U0135307

天喜文化

第四十三回　闲取乐偶攒金庆寿　不了情暂撮土为香

第四十四回　变生不测凤姐泼醋　喜出望外平儿理妆

第四十五回　金兰契互剖金兰语　风雨夕闷制风雨词

第四十六回　尷尬人难免尷尬事　鸳鸯女誓绝鸳鸯偶

第四十七回　呆霸王调情遭苦打　冷郎君惧祸走他乡

第四十八回　滥情人情误思游艺　慕雅女雅集苦吟诗

第四十九回　琉璃世界白雪红梅　脂粉香娃割腥啖膻

第五十回　芦雪广争联即景诗　暖香坞雅制春灯谜（一）

第五十回　芦雪广争联即景诗　暖香坞雅制春灯谜（二）

第五十一回　薛小妹新编怀古诗　胡庸医乱用虎狼药

第五十二回　俏平儿情掩虾须镯　勇晴雯病补雀金裘

第五十三回　宁国府除夕祭宗祠　荣国府元宵开夜宴（一）

第五十三回　宁国府除夕祭宗祠　荣国府元宵开夜宴（二）

第五十四回　史太君破陈腐旧套　王熙凤效戏彩斑衣

第五十七回　慧紫鹃情辞试忙玉　慈姨妈爱语慰痴颦（一）

第五十七回　慧紫鹃情辞试忙玉　慈姨妈爱语慰痴颦（二）

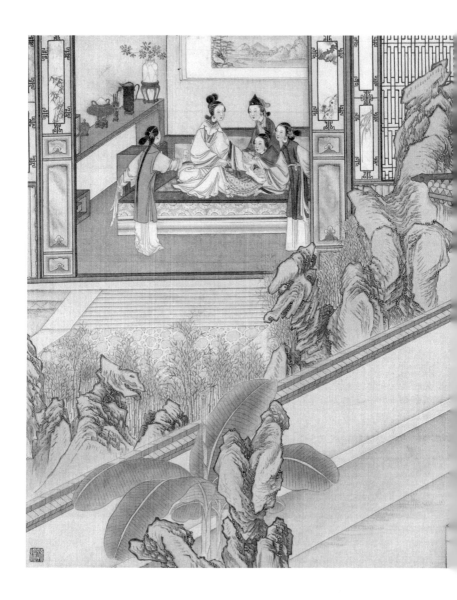

第五十七回　慧紫鹃情辞试忙玉　慈姨妈爱语慰痴颦（三）

第五十八回　杏子阴假凤泣虚凰　茜纱窗真情揆痴理

第五十九回　柳叶渚边嗔莺咤燕　绛云轩里召将飞符（一）

第五十九回　柳叶渚边嗔莺咤燕　绛云轩里召将飞符（二）

第六十回　茉莉粉替去薔薇硝　玫瑰露引来茯苓霜

马瑞芳品读红楼梦

④

马瑞芳 著

天地出版社 | TIANDI PRESS

白鹿
© Bailu Studio

目　录

凤姐风光庆寿，宝玉别处上香

——第四十三回　闲取乐偶攒金庆寿　不了情暂撮土为香

贾母要给王熙凤过生日，"学那小家子，大家凑份子""咱们大家好生乐一日"，所以叫"闲取乐"。恰好这一天也是金钏儿的生忌，贾宝玉私自去水仙庵祭奠金钏儿。庵里的条件非常简陋，所以叫"撮土为香"。

贾母给凤姐极大脸面

冷子兴演说荣国府说，现今贾府"安富尊荣者尽多，运筹谋画者无一"。红学家经常说，"安富尊荣"就是指贾府的爷们不思进取，这样说有一定道理，但不很准确。贾府"安富尊荣"的代表是贾母，对贾府起主导作用的也是贾母。贾母的处世哲学就是：一切围着她的享受转，一切围着使她开心转，怎样能够吃得好、玩得好，怎样能够不断花样翻新地取乐，自己就怎样做。这是贾母生活的重心，而她生活的重心相应地又成了凤姐管家的重心。贾母这种老年心态可以理解，不仅贾母，现在很多老年人也有这种心态。对他们来说，人生拼搏已成过眼云烟，"夕阳无限好，只是近黄昏"；在当下尽量

"慢活"，尽量享受人生乐事、桑榆晚景。这种心态对老年人来说本无可厚非，但如果一个家族都迎合着这种心态及时行乐，安于现状，就太危险了。一个以享乐为中心的家族，怎么可能长治久安、兴旺发达？

凑钱给"开心果"凤姐过生日，就是贾母"闲取乐"的活动。贾母在刘姥姥走后，生了几天病，吃了两剂药，也就好了。她跟王夫人说："初二是凤丫头的生日，上两年我原早想替他作生日，偏到跟前有大事，就混过去了。今年人又齐全，料着又没事，咱们大家好生乐一日。"王夫人说她也是这么想的，既然老太太高兴，就商量一下定了吧。

贾母说："我想往年不拘谁作生日，都是各自送各自的礼，这个也俗了，也觉生分似的。今儿我出个新法子，又不生分，又可取笑。"又说："咱们也学那小家子，大家凑份子，多少尽着这钱去办，你道好顽不好顽？"王夫人这个人是贾母说什么都行："这个很好，但不知怎么凑法？"于是贾母马上派人去把众人请来商量，包括薛姨妈、邢夫人、凤姐、姑娘们、宝玉、尤氏、李纨，以及赖大家的及其他管事的媳妇们等。这些人来了，"乌压压挤了一屋子"。只有薛姨妈和贾母对坐，邢夫人和王夫人坐在房门前的椅子上。宝钗几个人坐在炕上，宝玉坐在贾母怀里。贾母叫拿几个小杌子，给赖大母亲这几个嬷嬷坐。这是贾府风俗，年纪大、服侍过父母的家人，比年轻主子还有体面。所以尤氏、凤姐都站着，赖大母亲等三四个老嬷嬷倒坐下了。

贾母一说凑份子，大家都同意这么办。为什么大家都同意？也有和凤姐好的，愿意这么办；也有怕凤姐的，巴不得奉承她。贾母首先表示自己出二十两，薛姨妈也随着贾母出二十两。邢夫人、王夫人表示，她们不敢和老太太一样，每人十六两。尤氏、李纨表示，她们再矮一等，每人十二两。贾母对李纨说："你寡妇失业的，那里还拉你出这个钱，我替你出了罢。"可见贾母也心疼李纨。王熙凤说："老太太别高兴，且算一算帐再揽事。老太太身上已有两份呢，这会子又替大嫂子出十二两，说着高兴，一会子回想又心疼了。过后儿又说'都是为凤丫头花了钱'，使个巧法子，哄着我拿出三四份子来暗里补上，我还做梦呢。"王熙凤总是抓住一切机会逗贾母开心。大家都笑了，贾母也笑着说："依你怎么样呢？"凤姐说："生日没到，我这会子已经折受的不受用了。我一个钱饶不出，惊动这些人实在不安，不如大嫂子这一份我替他出了罢了。"凤姐真会出吗？她只是在人前示好，实际上她根本不会出。凤姐又说："我想老祖宗自己二十两，又有林妹妹、宝兄弟的两份子。姨妈自己二十两，又有宝妹妹的一份子，这倒也公道。只是二位太太每位十六两，自己又少，又不替人出，这有些不公道。老祖宗吃了亏了！"贾母一听，说："到底是我的凤姐儿向着我，这说的很是。要不是你，我叫他们又哄了去了。"太婆婆和孙媳妇两人说笑话，互相打趣。王熙凤替养尊处优的贾母分斤掰两，贾母也假装真吃了亏。王熙凤又巧妙地把贾母逗乐了。

凤姐说："老祖宗只把他姐儿两个交给两位太太，一位占一个，派多派少，每位替出一份就是了。"这时赖大母亲站起来，也给贾母凑趣，说："这可反了！我替二位太太生气。在那边是儿子媳妇，在这边是内侄女儿，倒不向着婆婆、姑娘，倒向着别人。这儿子媳妇成了陌路人，内侄女儿竟成了个外侄女儿了。"赖大母亲也是好口才，说得贾母和大家都笑起来。赖大母亲又说："少奶奶们十二两，我们自然也该矮一等了。"贾母心里特别有数，虽然现在不管家了，但她心里清楚，贾府这些管家及管家太太都很有钱。贾母说："你们虽该矮一等，我知道你们这几个都是财主，果位[1]虽低，钱却比他们多。你们和他们一例才使得。"又说："姑娘们不过应个景儿，每人照一个月的月例就是了。"又叫鸳鸯也去凑些人，平儿、袭人、彩霞等丫鬟都参加了。贾母还问平儿："你难道不替你主子作生日，还入在这里头？"平儿说："我那个私自另外有了，这是官中的，也该出一分。"贾母说："这才是好孩子。"

凤姐居然还提到不要忘了两位姨奶奶，得问她们一声，"尽到他们是理，不然，他们只当小看了他们了"。这么多人凑钱给她过生日，她还不满足，连可怜的赵姨娘和周姨娘，都得叫她们出钱。丫鬟去问了一下，两个人也表示每人出二两。这么一算，凑了一百五十两有余。贾母说："一日戏酒用不了。"

一个凑份子情节，写出贾府各色人的待遇、地位、处世态度。什么人是什么地位，有什么样的处世态度，作者几笔就描绘出来了。贾母月钱二十两，她出二十两；薛姨妈也出二十两，似乎跟贾母平等，但她是客人，既有钱又是凤姐亲姑妈，二十两银子出得着；邢夫人、王夫人月钱跟贾母相同，却"不敢和老太太并肩"，要低贾母一等，出十六两，经凤姐调度，成了每人十八两；尤氏和李纨再减一等，十二两，贾母表示替李纨出，凤姐花言巧语地假装要替李纨出，实际上一毛不拔。凤姐又替贾母打抱不平，说贾母出得比两位太太多，还要替宝玉、黛玉出，"老祖宗吃了亏了"，这是替贾母考虑，还是提醒姐妹也得给她出份子？从后文描写看，丫鬟向尤氏报告"太太和姨太太打发人送份子来了"时，是两封银子，当然一封是王夫人的，一封是薛姨妈的，"连宝钗、黛玉的都有了"，看来是

1　果位：指分位。——编者注

薛姨妈做好人，替黛玉出了份子，免了邢夫人之责；赖嬷嬷等想要比尤氏再低一等，贾母却说她们"都是财主"。贾母并不知道贾府已经有些僧多粥少了，却深知"庙穷和尚也富"。凤姐平时正眼瞧都没瞧过赵姨娘和周姨娘一眼，但给她过生日，贾府人人出份子，她还要让人去问那"两个苦瓠子[1]"，理由是"尽到他们是理"，实际上是她还不知足。

凤姐该不该学学尤氏

贾母给凤姐过生日，派尤氏管，叫凤姐安安静静享受一天，尤氏答应了，从贾母那儿出来，到凤姐房间商量怎么过。凤姐说："你只看老太太的眼色行事就完了。"凤姐把自己在荣国府立足妙诀传授给尤氏，尤氏和她开玩笑："你这阿物儿，也忒行了大运了。我当有什么事叫我们去，原来单为这个。出了钱不算，还要我来操心，你怎么谢我？"凤姐说："你别扯臊，我又没叫你来，谢你什么！你怕操心？你这会子就回老太太去，再派一个就是了。"她显然有点儿得意忘形。尤氏说："你瞧他兴的这样儿！我劝你收着些儿好。太满了就泼出来了。"尤氏的话不幸言中，就像《红楼梦》开始时那副对联，"身后有余忘缩手，眼前无路想回头"，现在这么得意，得想想有什么不足的事，不要走到断头路了再想着回头。王熙凤此时兴奋异常，却没想到在她生日当天，就会发生一件让她丢人现眼的大事。

第二天，管家林之孝家的把下人凑的银子送到宁国府。尤氏心里很清楚，凤姐虽然答应替李纨出，但肯定不会出。她收下这些银

1　苦瓠子：指苦命人。——编者注

子后到荣国府，凤姐正要把贾母等的银子封起来给尤氏送过去。尤氏说她有点儿信不过，得当面点一下。一点，果然没有李纨的。凤姐捣鬼被当场抓住了。尤氏说："怎么你大嫂子的没有？"凤姐说："那么些还不够使？短一份儿也罢了，等不够了我再给你。"尤氏说："昨儿你在人跟前做人，今儿又来和我赖，这个断不依你。我只和老太太要去。"凤姐说："我看你利害。明儿有了事，我也丁是丁卯是卯的，你也别抱怨。"尤氏说："你一般的也怕。不看你素日孝敬我，我才是不依你呢。"

王熙凤春风得意，她瞧不起尤氏，认为尤氏为人太软弱。后来大闹宁国府时，她当面说尤氏"又没才干，又没口齿"，像"锯了嘴子的葫芦"。但是尤氏真的像王熙凤所说的那样不济吗？并不是。尤氏收到钱之后，当着凤姐的面，把平儿那一份还给她；到贾母那儿，先和鸳鸯商量如何讨贾母喜欢，然后把鸳鸯那一份还了；到王夫人那儿，趁着王夫人进佛堂，又把彩云[1]那一份还了；趁凤姐不在跟前，把周姨娘、赵姨娘那两份都还了。脂砚斋评点："尤氏亦可谓有才矣。论有德比阿凤高十倍，惜乎不能谏夫治家，所谓'人各有当'也。"

尤氏比凤姐会做人，她跟凤姐有不一样的人生观和处世态度。尤氏恰好有在封建贵族家庭如何自保的处世良方。作为贵族少奶奶，比起争强好胜、总和各种人明争暗斗的凤姐，尤氏更懂得怎样安分守己、与世无争、谦卑低调。她似乎奉行中庸之道，讲究无为而治、知足常乐。凤姐注意不到尤氏的优点，她想不到像尤氏这样看起来

---

1 关于王夫人的丫鬟彩霞、彩云二人，原著中常有前后不一致的情况，如本回前文提到参与凑份子的是彩霞，此处又说尤氏把钱还给了彩云。此问题一直存在争议，有研究者认为彩霞、彩云为同一人，此类情况属作者笔误；也有研究者认为二人是姐妹。本书中仍按原著中的说法讲述。——编者注

有点儿窝囊的传统女性，会对自己有什么启发。

尤氏把平儿、鸳鸯、彩云、周姨娘、赵姨娘的份子全还了，懂得吃小亏占大便宜，舍小钱换好名声，她哪儿像凤姐挖苦的那样没有才干？尤氏还平儿份子钱时嘲笑凤姐："弄这些钱那里使去！使不了，明儿带了棺材里使去。"脂砚斋评："此言不假，伏下后文短命。"

贾母学小家子凑份子为凤姐过生日，给了她极大的面子。清代点评家却注意到，贾母"攒金做寿"有另外的含义，暗示了凤姐"物极必反、盛极必衰"的命运：凤姐当时过于风光，有些得意忘形，很快就会遇到让她非常挫败、丢脸的事。脂砚斋评："所以特受用了，才有琏卿之变。乐极生悲，自然之理。"贾母对王夫人说，要借着给凤姐过生日的机会，"咱们大家好生乐一日"，脂砚斋评："贾母犹云'好生乐一日'，可见逐日虽乐，皆还不趁心也。所以世人无论贫富，各有愁肠，终不能时时遂心如意。此是至理，非不足语也。"贾母觉得"学那小家子，大家凑份子"的方式很"好玩"，清代评论家张新之说，贾母这个建议标志着贾府由盛向衰，"出新法，学小家，大往小来，衰败已兆"。前辈红学家的评点，虽然是一家之言，但揭示了很多深刻的问题。

关系最密切的弟弟哪儿去了

到九月初二凤姐生日，大家都打听到尤氏办得非常热闹，有唱戏的，有耍百戏的，有说书的。李纨对姐妹们说："今儿是正经社日，可别忘了。"然后她发现宝玉没来，派丫鬟去看宝玉去哪儿了。丫鬟去了半日，回来报告李纨："花大姐姐说，今儿一早就出门去了。"大家听了都非常奇怪，怀疑这个丫鬟听得不准，又派探春的丫鬟翠墨去问。翠墨回来说："可不真出了门了。说有个朋友死了，出去探丧去了。"探春说："断然没有的事。凭他什么，再没今日出门之理。你叫袭人来，我问他。"袭人来了，说："昨儿晚上就说了，今儿一早起有要紧的事到北静王府里去，就赶回来的。劝他不要去，他必不依。今儿一早起来，又要素衣裳穿，想必是北静王府里的要紧姬妾没了，也未可知。"李纨说："若果如此，也该去走走，只是也该回来了。"贾母得知后很不高兴，命人去接。如果贾府派人到北静王府去，岂不就露馅儿了？贾宝玉早埋下"伏兵"，他提前让茗烟告诉李贵，拦住去找他的人，"只说北府里留下了，横竖就来的"。

贾宝玉哪儿去了？祭奠金钏儿去了。凤姐过生日，从贾母到丫鬟好一阵儿热闹，跟凤姐关系最亲密的小弟弟却跑了。无巧不成书，风光无限的管家奶奶过生日，含冤投井的丫鬟的生忌也是这一天。这是上苍捉弄，还是曹雪芹的巧妙构思？

贾宝玉一脸凝重、遍体纯素地出门，贴身小厮茗烟都不知道他要干什么。宝玉骑上马就跑，专找冷清的路走，茗烟只好跟着他跑。宝玉问茗烟，这个地方有没有卖香的，还得要檀香、芸香和降香。这三种是最名贵的香，不用名贵的香无以表达情意之重。茗烟说这三种香很难买到，宝玉为难了。茗烟提醒道："要香作什么使？我见二爷时常小荷包有散香，何不找一找。"宝玉一下子醒悟，从衣襟下掏出个荷包来，摸了一下，竟然有两小块沉香和速香合成的香料，很高兴。因为他要祭奠金钏儿，用自己随身带的香，就更亲切了。他又问茗烟有没有炉炭，茗烟说："荒郊野外那里有？用这些何不早说，带了来岂不便宜。"宝玉说："糊涂东西，若可带了来，又不这样没命的跑了。"茗烟给他出了个主意，不远处就是水仙庵，"这水仙庵的姑子长往咱们家去，咱们这一去到那里，和他借香炉使使，他自然是肯的"。

水仙庵是为祭祀洛神而建的庵。宝玉说："殊不知古来并没有个洛神，那原是曹子建的谎话。谁知这起愚人就塑了像供着。今儿却合我的心事，故借他一用。"两人到了水仙庵。姑子看到宝玉来了，好像看见天上掉下活龙一样，连忙鞍前马后地服侍。"情不情"的贾宝玉对泥塑木雕的女性都有感情，看到洛神的像，"真有'翩若惊鸿，婉若游龙'之态，'荷出绿波，日映朝霞'之姿"，居然掉下泪来。他大概由洛神联想到投井自尽的金钏儿了。宝玉找姑子借了香炉，茗烟捧着香炉到了后院，要挑个干净地方，茗烟建议放在井台上。这正合贾宝玉的心意，因为金钏儿是投井而死的。

乖觉茗烟道出宝玉心事

他们来到井台，把香炉放下。贾宝玉把身上带的香掏出来点上，含泪施了半礼。这里人物行动的分寸描写得很准确，贾宝玉是主子，金钏儿是奴才，主子不能跪下给奴才磕头，只能含泪施半礼。既要祭奠，也要讲究身份。宝玉施完礼，焚完香，让茗烟把东西收了，这时茗烟有一段精彩的表现。《西厢记》中崔莺莺在花园烧香，第一炷祝父亲早日升天，第二炷祝母亲身体健康，第三炷她不说话了，于是红娘替她说：祝小姐早日得一个如意郎君。在祭奠金钏儿时，茗烟就成了贾宝玉身边的"红娘"。宝玉不是始终不说祭奠谁吗？于是茗烟根据自己的推测说了一番话，说得非常机灵。茗烟趴下磕了几个头，嘟嘟囔囔祝道："我茗烟跟二爷这几年，二爷的心事，我没有不知道的，只有今儿这一祭祀没有告诉我，我也不敢问。只是这受祭的阴魂虽不知名姓，想来自然是那人间有一、天上无双，极聪明、极俊雅的一位姐姐妹妹了。二爷心事不能出口，让我代祝：若芳魂有感，香魄多情，虽然阴阳间隔，既是知己之间，时常来望候二爷，未尝不可。你在阴间保佑二爷来生也变个女孩儿，和你们一处相伴，再不可又托生这须眉浊物了。"说完了，又磕了几个头，才爬起来。

茗烟太聪明乖觉，这"第一个得用的"书童，句句说到了宝玉心上。脂砚斋评："忽插入茗烟一篇流言，粗看则小儿戏语，亦甚无味。细玩则大有深意。试思宝玉之为人，岂不应有一极伶俐乖巧小童哉？"如果这个地方直接写宝玉点着金钏儿的名字祝祷，岂不是太笨？宝玉一声不吭，他到底祭奠谁，成了哑谜。茗烟磕头祝祷，直说到宝玉心中，既能解释宝玉为什么谎称去北静王府，又仍不点出宝玉到底祭奠谁，给读者留下悬念，供后边铺写。这番妙趣横生的祝词又体现出茗烟一向乖觉可人的特性。

宝玉听茗烟说完，笑了，踢了茗烟一脚，说："休胡说，看人听见笑话。"茗烟劝宝玉在水仙庵吃点儿东西，劝着他赶快回贾府。

宝玉来到怡红院，袭人她们都不在，都去给王熙凤祝寿了。几个老婆子看到他回来了，连说："阿弥陀佛，可来了！把花姑娘急疯了！上头正坐席呢，二爷快去罢。"宝玉换上喜庆衣服，问清在什么地方坐席，就径直去往新盖的花厅，远远地先听见奏乐声。刚到穿堂，看到玉钏儿独自坐在廊檐下掉眼泪，因为今天是她姐姐的生忌。玉钏儿一看到宝玉来，立刻说："凤凰来了，快进去罢。再一会子不来，都反了。"由于姐姐为了宝玉投井而死，玉钏儿对他始终怀有怨恨；而宝玉是贾府的凤凰，他不来，所有人都着急得很，所以玉钏儿说了这样略显尖刻的话。宝玉赔笑道："你猜我往那里去了？"玉钏儿不理他，只管自己擦泪。

在这段描写旁有脂砚斋评点玉钏儿的话："是平常言语，却是无限文章，无限情理。看至后文，再细思此言，则可知矣。"什么意思？宝玉在贾府败落的过程中，曾外出避祸，长期离家在外，贾府上下焦急地盼他回来。这个地方借了玉钏儿的话，预示了此后的情节。玉钏儿不理贾宝玉的问话，因为心里有怨气；宝玉本是想告诉她我去祭奠你姐姐了，但是玉钏儿不理他，宝玉也只好不说了。通过两个人的交流，我们基本可以确定宝玉去祭奠的人正是金钏儿。

宝玉进了花厅，众人真像得了凤凰一样激动。宝玉赶快给凤姐行礼，贾母和王夫人都说他："不知道好歹，怎么也不说声就私自跑了，这还了得！明儿再这样，等老爷回家来，必告诉他打你。"又骂跟他的小厮们只听他的话，说去就去，也不回一声。然后又问宝玉到底去哪里了，吃了什么，有没有受惊吓。宝玉又编了一套谎话，说北静王的爱妾没了，自己去安慰他；贾母居然也就信了。贾母因为宝贝孙子回来了，也就不再计较，只是百般哄宝玉。

大家继续看戏，当时上演了南戏《荆钗记》，讲述的是宋代书生王十朋和妻子钱玉莲的悲欢离合。王十朋中了状元，被丞相逼迫停妻再娶。妻子钱玉莲被富豪逼迫改嫁，投江自杀，被人救起。王十朋以为妻子已死，到江边祭奠。最后二人经历种种波折，终于团圆。王十朋祭奠的一幕引得贾母、薛姨妈心酸落泪，也引起林黛玉旁敲侧击地讽刺了一下贾宝玉出远门祭奠金钏儿的事。

贾琏偷腥，平儿挨打

——第四十四回　变生不测凤姐泼醋　喜出望外平儿理妆

　　把贾府"铁凤凰"的生日和自杀奴婢的生忌安排到同一天，应该着喜庆衣装出现在凤姐宴会上的宝玉却身着素服去祭奠金钏儿，这已经让人不得不感叹曹雪芹的天才构思；更令读者大开眼界，也叫凤姐大跌眼镜的是，还有个比宝玉更应该出现在生日宴席上的人也跑了，是谁？就是凤姐的夫君——花花公子贾琏。

　　凤姐生日那天，贾琏和鲍二家的在凤姐床上偷情，被凤姐发现，大闹了一场。贾琏恼羞成怒，假装要杀凤姐。平儿在混战中受到牵连，被凤姐打了，心里很委屈，李纨把她请到了大观园，袭人又把她让到了怡红院。贾宝玉平时没有机会关心平儿，这一次正好帮平儿理妆，给她找来胭脂香粉，帮她换上袭人的衣服，感到很欣慰。平儿受到贾母的安慰，也喜出望外。

　　第四十四回《变生不测凤姐泼醋　喜出望外平儿理妆》，王熙凤过生日，贾母给了极大面子让她坐首席，没想到她却抓到了贾琏跟别人偷情，盛怒之下迁怒于平儿，把平儿打了，接着竟被贾琏追杀。这一回的王熙凤，大喜大悲，风云突变，瞬间从天上掉到地下了。

黛玉调侃宝玉，众人敬酒凤姐

贾母亲自出面给凤姐风风光光过生日，但就在这一天，贾宝玉却一早跑出去了。他回来时，戏台上正在上演《荆钗记》，他也坐下看。其中《男祭》一出讲述王十朋以为妻子钱玉莲已经死了，去江边祭奠她，黛玉看到这里就对宝钗说："这王十朋也不通的很，不管在那里祭一祭罢了，必定跑到江边子上来作什么！俗语说，'睹物思人'，天下的水总归一源，不拘那里的水舀一碗看着哭去，也就尽情了。"宝钗没回答。黛玉这是什么意思？她每时每刻都在观察宝玉，听说宝玉自称到北静王府陪北静王哀悼爱妾，去了好久才回来，似乎猜到了他可能是去某个地方祭奠金钏儿或其他什么人了，于是假借谈论王十朋，挖苦宝玉：要想祭奠在哪儿不能祭奠呢，何苦跑那么老远。宝钗没有说什么，可能也已经心中有数了，只是觉得没有必要做出评价。宝玉假装没听见黛玉的讽刺，回头要了热酒敬凤姐。

贾母带头凑份子给凤姐过生日，给了凤姐极大的面子；开席时，贾母又给了凤姐更大的面子——她以自己懒得坐席为由，让凤姐坐首席。多善解人意的老祖宗！设想如果贾母坐席，王熙凤还能大模大样地坐在那儿喝酒吗？她得站在贾母席边服侍，负责夹菜、劝酒之类。贾母不坐席，跟薛姨妈在里间榻上歪着看戏，挑几样爱吃的放茶几上，随意吃着，把她的席面赏给没席面的丫头、听差、妇人们。老太太这样做，既方便自己随意行事，也能起到疼顾下人的效果。但贾母不坐首席，不是还有邢夫人、王夫人吗？怎能叫王熙凤坐首席呢？原来邢夫人、王夫人得跟贾母一起待在里间。外面的世界成了"他姊妹们坐"的。贾母处处周到，时时暖心。

看下边一段描写，贾母可真是把王熙凤宠上天了：

> 贾母不时吩咐尤氏等："让凤丫头坐在上面，你们好生替我待东，难为他一年到头辛苦。"尤氏答应了，又笑回说道："他坐不惯首席，坐在上头横不是竖不是的，酒也不肯吃。"贾母听了，笑道："你不会，等我亲自让他去。"凤姐儿忙也进来笑说："老祖宗别信他们的话，我吃了好几钟了。"贾母笑着，命尤氏："快拉他出去，按在椅子上，你们都轮流敬他。他再不吃，我当真的就亲自去了。"

这是多大的面子，即使贾母的长子贾赦，可曾在酒席上有过贾母"待东"的荣幸？尤氏受命代贾母待东，先向凤姐敬酒，说："一年到头难为你孝顺老太太、太太和我。我今儿没什么疼你的，亲自斟杯酒，乖乖儿的在我手里喝一口。"尤氏说"老太太、太太和我"，因为自己是长嫂，平时也会享受到凤姐的"孝敬"；"我今儿没什么疼你的"，实际已经为她操办了整场生日宴；"乖乖儿的在我手里喝一口"，就属于关系不错的妯娌之间开玩笑了。凤姐笑道："你要安心孝敬我，跪下我就喝。"凤姐因有贾母撑腰，已有些不知天高地厚，尤氏笑道："说的你不知是谁！我告诉你说，好容易今儿这一遭，过了后儿，知道还得像今儿这样不得了？趁着尽力灌丧两钟罢。"尤氏这番说辞，又预示了王熙凤未来的不幸命运，正如脂砚斋所评："闲闲一戏语，伏下后文，令人可伤。所谓'盛筵难再'。"接着"众姊妹"敬酒，赖大妈妈领着嬷嬷们敬酒，凤姐"只得喝了两口"。鸳鸯等也来敬，凤姐不能喝了，求"好姐姐们"饶过，鸳鸯来了几句既俏皮又刚硬的话："真个的，我们是没脸的了？就是我们在太太跟前，太太还赏个脸儿呢。往常倒有些体面，今儿当着这些人，倒拿起主子的款儿来了。我原不该来。不喝，我们就走。"贾母身边首席大丫鬟，凤姐哪里得罪得起？忙赶上拉住假装要走的鸳鸯："好姐姐，我喝就是了。"拿过酒来，满满斟了一杯喝干。同在贾母羽翼下的一对主奴的"交锋"，写得何等有趣、精彩。写小说，就是要在这些极其细微的地方见功力，见水平。

凤姐喝多了，想回自己房间洗脸。这一洗，却洗出了最龌龊、恶心的事。

凤姐泼醋，贾琏撒野

贾琏趁凤姐不在，把鲍二家的约到凤姐床上偷情。他布了两道哨兵，都被凤姐识破，把贾琏和鲍二家的抓了现行。凤姐好一场大闹，贾琏仗剑追杀，比一场大戏都热闹。这件事叫凤姐非常没有面子，但更伤害她的自尊心和感情的，并不是贾琏在妻子生日这天和仆妇鲍二家的通奸，而是鲍二家的在凤姐如此风光的时候，公然咒骂她，希望她死。鲍二家的这样张狂，当然是因为贾琏的纵容。贾琏说自己命里"犯了'夜叉星'"，凤姐听到这些话，气得浑身乱战；她还听到鲍二家的对贾琏说，如果凤姐死了，他可能会把平儿扶正，于是又怀疑平儿也在背地里暗算自己，或者对自己有怨气。

凤姐虽然清楚丈夫喜欢寻花问柳，但她做梦也没想到丈夫居然咒她死，这对她来说太残酷了。凤姐真真切切地听到贾琏和鲍二家的一块儿咒自己死，这是她泼醋的根本原因。凤姐的暴躁，贾琏的无情无义、无赖无耻，曹雪芹写到了极致。贾珍和贾琏兄弟二人都是花花公子，都在《红楼梦》中出尽洋相：贾珍玩弄女性，玩弄到儿媳妇、小姨子头上；贾琏寻花问柳，不管"脏的臭的"，都拉到屋里。尽管凤姐如此厉害，但贾琏有"尚方宝剑"——宗法社会不可侵犯的夫权，所以有恃无恐。凤姐捉奸在床，却不敢问贾琏的罪，更不敢动手打贾琏，只能拣软柿子捏，和鲍二家的厮打，外加打无辜的平儿。凤姐怕贾琏溜走，堵着门骂，仍不敢骂贾琏，只骂平儿和鲍二家的："好淫妇！你偷主子汉子，还要治死主子老婆！平儿过来！你们淫妇忘八一条藤儿，多嫌着我，外面儿你哄我！"她只是在骂鲍二家的和平儿时，捎带着骂贾琏一句"忘八"。平儿遭到凤姐、贾琏两人的打骂，忍无可忍，想要找刀子寻死；凤姐一头撞在贾琏怀里，说："你们一条藤儿害我，被我听见了，倒都唬起我来。你也勒死我！"凤姐向贾琏撒泼，是叫贾琏勒死自己，并没有要勒死贾琏，她撒泼也撒在封建宗法制度限定的范围之内。

贾琏从墙上抽出剑来，说要把这些人一起杀了，当然是虚张声势。尤氏等人来了，贾琏越发"倚酒三分醉"，逞起威风，故意说要杀凤姐。明明是自己做错了事，却要在大家面前表演杀妻，无耻不无耻？贾琏这么蛮横，因为手中掌握着夫权。凤姐看着有人来了，就不那么撒泼了，哭着往贾母那边跑。贾琏居然拿着剑追了过去，一直追到祖母跟前。他为什么敢这样做？就是仗着贾母疼他。孙媳妇再得宠，怎能比孙子更得宠呢？哪怕只是一个不成器的孙子。

曹雪芹像画连环画一样，画出了贾琏在贾母跟前的三个特别好玩的表现。第一个表现是"乜斜着眼"向祖母撒娇："都是老太太惯的他，他才这样，连我也骂起来了！""乜斜着眼"，像是喝醉了酒的表情，但话说得理直气壮，不像醉话：我是咱们贾府顶门立户的男人，她怎么敢骂我？老太太您只会娇惯孙媳妇，难道不应该给孙子撑腰吗？第二个表现是在贾母跟前"撒娇撒痴，涎言涎语"，满嘴胡说八道。贾琏的表现既像一个无赖，又像一个向祖母撒娇的傻小子。他是在试探祖母到底能对自己娇惯到什么程度。第三个表现是"趔趄着脚儿出去了"。我特别喜欢"趔趄着脚儿"这个形容，这是形容脚步不稳、醉醺醺的状态，但他行动的目的很明确，就是尽快离开这里。为什么？因为贾母发话："我知道你也不把我们放在眼睛里，叫人把他老子叫来！"贾琏怕老子，听了这话赶紧脚底抹油——溜了。其实贾母不会把贾赦叫来，让她的孙子遭受皮肉之苦，她只是吓唬贾琏一下。《红楼梦》写贾琏的这段表现，简直绝了。俗话说："好汉无好妻，赖汉眠花枝。"王熙凤这只雌凤，怎么偏偏配了贾琏这么一只野鸡？贾琏不仅没用，还要背叛她、诅咒她。

国公府的是非观

更悲哀的是，凤姐的泼醋之举受到了邢夫人、王夫人和贾母的批评。风波过后，"这里邢夫人、王夫人也说凤姐儿"，具体说了什么，曹雪芹没写，因为有接下来贾母的那段话就够了。贾母笑着说："什么要紧的事！小孩子们年轻，馋嘴猫儿似的，那里保得住不这么着。从小儿世人都打这么过的。都是我的不是，他多吃了两口酒，又吃起醋来。"贾母这是温和的劝说，也是严厉的训斥。贾母这番话当然是安慰凤姐，但主要还是旗帜鲜明地维护贾琏的夫权。在贾母看来，贾琏当然可以寻花问柳，这不是什么了不起的事，而且他的所作所为是国公府的惯例，也是整个社会中的男人都会做的，妻子不应该大惊小怪。贾琏可以乱搞，凤姐不能吃醋。贾母表面上对凤姐"多吃了两口酒，又吃起醋来"表示宽容，实际上是宣布，如果你没"吃酒"，那就绝不准"吃醋"。这是在敲打王熙凤。在封建社会，夫为妻纲，丈夫可以一妻多妾，可以"采野花""打野食"，妻子只能"嫁鸡随鸡，嫁狗随狗"，从一而终。丈夫对妻子不满，可以将妻子扫地出门，而"妒忌"便是"七出"（休妻的七个理由）之一。

第二天贾琏酒醒了，回想起自己昨天的行为，感觉很后悔。邢夫人一早就催促贾琏去贾母那里赔礼道歉。他是怎么赔礼道歉的？特别有趣，贾琏"忍愧前来，在贾母面前跪下"，说："昨儿原是吃了酒，惊了老太太的驾了，今儿来领罪。"贾琏不承认自己寻花问柳有错，也不承认自己要挟杀妻有错，他只承认惊了祖母的驾有错。贾母怎么教训孙子？这就更有趣了，她居然批评贾琏寻花问柳的档次太低！她说："那凤丫头和平儿还不是个美人胎子？你还不足！成日家偷鸡摸狗，脏的臭的，都拉了你屋里去。"言外之意，你打点儿"野食"吃，没什么了不起，但不要吃得档次太低，放着五星级饭店的石斑鱼不吃，跑到夜市吃小河沟里的泥鳅，太跌份儿了。贾母还说："为这起淫妇打老婆，又打屋里的人，你还亏是大家子公子出身，活打了嘴了。"好像贾琏的错误并不在于他招"淫妇"上门，只在于他为了"淫妇"打老婆；意思就是，"淫妇"可以招，老婆也可以打，只是不要为了外面的"淫妇"打老婆就行。这位老太君还有是非观吗？有，她秉持的是非观，是国公府的是非观、男权社会的是非观。

贾琏接下来要听从祖母的命令向凤姐道歉。他是为了自己偷鸡摸狗道歉吗？不是。贾母叫他给凤姐道歉时，他看到凤姐站在那边，"也不盛妆，哭的眼睛肿着，也不施脂粉，黄黄脸儿，比往常更觉可怜可爱"。可见贾琏此时并未对凤姐怀有任何愧疚之情，甚至还以一种近乎调戏的眼光审视着凤姐的姿色。他决定道歉，是想到"不如赔了不是，彼此也好了，又讨老太太的喜欢了"，于是嬉皮笑脸地蒙混过关了。

两人和好后，凤姐向贾琏有段掏心窝子的话："我怎么像个阎王，又像夜叉？那淫妇咒我死，你也帮着咒我。千日不好，也有一日好。可怜我熬的连个淫妇也不如了，我还有什么脸来过这日子？"凤姐居然用上"可怜我"这种说法，太不同寻常了。过去凤姐在贾琏跟前说话，大致有三种形态：一种是带有娇嗔语气的撒娇，一种是带有幽默诙谐的语气的开玩笑，一种是趾高气扬、神气活现的摆谱儿。现在她居然用弱女子的姿态说话，一点儿不作假地表露了自己的心声。都说一日夫妻百日恩，如果不是有深仇大恨，丈夫怎能诅咒妻子？凤姐认为经过这次公开泼醋，贾琏背后咒她死的事，大家都知道了，她已经没脸见人，也没法和贾琏维持正常的夫妻关系了。贾琏很狡猾，他并没有正面回答"我为什么咒你"或者说"你在我心目中连个淫妇都不如"，而是用一种偷换概念的方法搪塞过去了。他说："你还不足？你细想想，昨儿谁的不是多？今儿当着人还是我跪了一跪，又赔不是，你也争足了光了。"他丝毫不觉得自己有什么过错，反而责怪凤姐把事情闹大，导致自己当众下跪、道歉，丢了面子，可以说相当无耻了。

凤姐泼醋，泼得轰轰烈烈，还导致了一个结果——鲍二家的上吊了。听说鲍二家的亲戚要告状，凤姐笑了："这倒好了，我正想要打官司呢！"她表示，自己没有一个钱，让鲍二家的人只管去告，告不成，还要问他们"以尸讹诈"呢。凤姐听说那个"偷主子汉子"的"淫妇"死了，似乎很高兴，表示不会给他们赔偿，其性格中冷酷的一面又出来了。她也知道贾琏必定会掏钱，自己只是装聋作哑罢了。

贾琏许了鲍二两百两银子，把这两百两银子悄悄记在家务开支的账中。为了遮掩这起命案，贾琏还动用了王子腾的势力。将来树倒猢狲散，王子腾也会受到连累。

凤姐泼醋导致的对她最不利的结果是，贾琏寻花问柳的行为从此合法化了。贾母那番话使得凤姐将来不得不容忍贾琏出轨，贾琏想吃什么"野食"，她都不能干涉了。

宝玉为平儿尽心

第四十四回的回目是《变生不测凤姐泼醋　喜出望外平儿理妆》，可见平儿和凤姐占据同等的分量。平儿是无辜被打的，凤姐听到鲍二家的和贾琏说，"他死了，你倒是把平儿扶了正"，还听到贾琏抱怨，"如今连平儿他也不叫我沾一沾了。平儿也是一肚子委曲不敢说"。凤姐就以为平儿私下也埋怨她，不假思索地抬手就打了平儿。平儿实在冤枉，凤姐动手打她，说明凤姐内心一直在提防她。平儿受委屈又不敢和凤姐、贾琏对抗，只能也去打鲍二家的，然后寻死觅活。但平儿在贾府众人眼中一直是个大好人，贾母骂她"平儿那蹄子，素日我倒看他好，怎么暗地里这么坏"，尤氏马上替平儿申冤，说"平儿没有不是"，只是因为他们两口子"都拿着平儿煞性子"；于是贾母派琥珀去安慰平儿，还说明天让凤姐给她赔不是。

平儿哭得"哽咽难抬"，一塌糊涂。这个时候，薛宝钗先劝她："你是个明白人，素日凤丫头何等待你，今儿不过他多吃一口酒。他可不拿你出气，难道倒拿别人出气不成？别人又笑话他吃醉了。你只管这会子委屈，素日你的好处，岂不都是假的了？"宝钗很会做思想工作，她说凤姐只能拿平儿出气，因为她们主仆二人关系最好。宝钗正劝着，琥珀来转达了贾母的话，平儿有了面子。宝钗等去看贾母，宝玉就把平儿让到怡红院，袭人赶快照顾着。平儿还在流眼泪，宝玉说："好姐姐，别伤心，我替他两个赔不是罢。"你看，贾琏偷情，凤姐泼醋，贾宝玉却赔起不是来了。平儿说："与你什么相干？"这时贾宝玉"情不情"的特质就体现出来了，他回答："我们弟兄姊妹都一样。他们得罪了人，我替他赔个不是也是应该的。"宝玉认为，哥哥、嫂子有错误，做兄弟的理应替他们赔不是，太善良了。然后他又说："可惜这新衣裳也沾了，这里有你花妹妹的衣裳，何不换了下来，拿些烧酒喷了熨一熨。把头也另梳一梳。"然后亲自侍候平儿化妆。平儿洗好脸，宝玉又建议她擦粉，见她找不到粉，宝玉赶快走到梳妆台前，拿出玉簪花棒，拈了一根给她，告诉她，"这是紫茉莉花种研碎了兑上香料制的"。平儿一看，果然轻、白、红、香，四样俱美，扑在脸上容易匀净。再看胭脂，也不像一般那种成张的，而是小小白玉盒子盛着，是"怡红院化妆品公司"自制的，是贾宝玉给丫鬟们做的。搽好粉，抹好胭脂，宝玉又把花盆里开的一枝并蒂秋蕙剪下来，给平儿戴在头上。这时李纨派丫鬟来找平儿，平儿就走了。

曹雪芹在这里来了一大段心理描写。宝玉做完这些，心里很有成就感。他觉得平儿是极为聪明、清俊的上等女孩儿，之前一直遗憾自己没有机会在她跟前尽心。这一天恰好是金钏儿的生忌，现在又闹出这么多事来，宝玉心情很复杂。宝玉想到，"贾琏惟知以淫乐悦己，并不知作养脂粉。又思平儿并无父母兄弟姊妹，独自一人，供应贾琏夫妇二人。贾琏之俗，凤姐之威，他竟能周全妥贴，今儿还遭荼毒，想来此人薄命，比黛玉犹甚"。想到这里，宝玉居然哭了。当时袭人她们正好不在房里，宝玉"尽力落了几点痛泪"。"情不情"的宝玉，竟然为哥哥的侍妾哭了一场。

脂砚斋曾在"平儿理妆"的描写中，加了段很长的评点，大意为：平儿在绛云轩梳妆是世人想不到的，宝玉也想不到。宝玉最善于搞闺阁当中的脂粉之事，确实有描写的必要，但又不适合特意写出来。如果写他平时怎么给袭人等丫鬟打扮，可能每天都会这样做，何必拣一天细写？如果是宝钗她们，让她们换袭人的衣服也不太合适，而且姐妹们对宝玉很了解，不必特意展示这些情节。来了一个半生不熟的平儿，是最好的机会，作者就可以放手细写绛云轩闺房中的事了。这段评点对小说家的巧思理解得不错。

宝玉代表哥哥、嫂子给平儿道了歉，侍候平儿梳妆打扮，平儿走后，宝玉又把平儿刚才喷上酒的衣服拿熨斗熨好，看到她落下的手帕上有泪痕，自己洗了给她晾上。宝玉真是太体贴人了。他能够照顾平儿一番，喜出望外；平儿得到宝玉的照顾，也喜出望外。平儿的喜出望外还在于贾母派人把她从怡红院叫回来，叫凤姐和贾琏当众给她道歉，安慰她。"贾琏见了平儿，越发顾不得了，所谓'妻不如妾，妾不如偷'，听贾母一说，便赶上来说道：'姑娘昨日受了屈了，都是我的不是。奶奶得罪了你，也是因我而起。我赔了不是不算外，还替你奶奶赔个不是。'说着，也作了一个揖。"

凤姐泼醋，满盘皆输

凤姐泼醋，又使得贾琏当众给平儿道歉。贾琏给凤姐道歉时，不情不愿；给平儿道歉时，却是真心实意。这使平儿极其有面子，也使凤姐极其没面子。贾琏一向没皮没脸，而且他本来就喜欢平儿，就是叫他当众给通房大丫头下个跪，他应该也不在乎。这还不算，贾母还叫凤姐安慰平儿。这时，如果凤姐真像贾琏这样安慰平儿，也算她有风度、有面子；没想到向来动作快的凤姐，没有平儿的动作快，也说明她没有平儿心思快。平儿听贾母一说，赶快先给凤姐道歉，她走上来给凤姐磕头，说："奶奶的千秋，我惹了奶奶生气，是我该死。"凤姐"正自愧悔昨日酒吃多了，不念素日之情，浮躁起来，为听了旁人的话，无故给平儿没脸。今反见他如此，又是惭愧，又是心酸，忙一把拉起来，落下泪来"。平儿分明没有不是，偏偏要主动赔不是；凤姐分明有不是，偏偏没能主动赔不是。平儿的大度包容、懂事明理，把凤姐的气量狭小、不能容人，进一步烘托出来了。

这一次凤姐泼醋后，贾母对她训话，凤姐得到了深刻的教训，汲取了经验。如果再来个"鲍二家的"，凤姐还能这样泼醋吗？恐怕不能了。凤姐怎么办？她要改弦更张。比如之后出现的尤二姐，凤姐会笑吟吟地把尤二姐引进大观园，看似贤良、忍让，其实暗地里紧锣密鼓地布置罗网，最后要了尤二姐的性命。

这一次满盘皆输的结局，使得凤姐以后再和人争斗时，手段更加毒辣，心思更加缜密，也更加"明是一盆火，暗是一把刀"了。

泼醋余波和风雨之词

——第四十五回　金兰契互剖金兰语　风雨夕闷制风雨词

中国古代把不是同父母而情如兄弟的人叫"金兰之交"。"金兰契互剖金兰语"，是指已经成为好朋友的林黛玉和薛宝钗说知心话；"风雨夕闷制风雨词"，是林黛玉在秋风秋雨的夜晚独自苦闷地写了首《秋窗风雨夕》。这一回开头部分的内容，是李纨和凤姐的唇枪舌剑，以及赖嬷嬷请贾府的人赴宴，聊起贾府过去如何管教子孙的情节。

"你们两个只该换一个过子才是"

第四十四回结尾，贾母叫贾琏、凤姐、平儿一起回家，凤姐因打了平儿心里不安，看房里没人，拉着平儿说："我昨儿灌丧了酒了，你别愤怨，打了那里，让我瞧瞧。"平儿说没打重。这时外面说"奶奶、姑娘都进来了"，是李纨带着众姐妹来找凤姐。探春说："我们有两件事：一件是我的，一件是四妹妹的，还夹着老太太的话。"探春特别会说话，在这里特意提到老太太。凤姐说："有什么事，这么要紧？"探春说："我们起了个诗社，头一社就不齐全，众人脸软，所以就乱了。我想必得你去作个监社御史，铁面无私才好。再四妹妹为画园子，用的东西这般那般不全，回了老太太，老太太说：'只怕后头楼底下还有当年剩下的，找一找，若有呢拿出来，若没有，叫人买去。'"

凤姐比猴还精，立刻判断出来怎么回事，她说："我猜着了，那里是请我作监社御史！分明是叫我作个进钱的铜商。你们弄什么社，必是要轮流作东道的。你们的月钱不够花了，想出这个法子来拘我去，好和我要钱。可是这个主意？"凤姐一说，李纨笑了："真真你是个水晶心肝玻璃人。"意思是说：你太聪明了，大家的心思，你一语中的。李纨的一句话，引起凤姐对她的一通大批判，简单说就是：你本该带着姑娘们学针线，现在她们起诗社了，能用几个钱，你就不管了？你的收入不是很高吗？然后凤姐给李纨算了笔细账，说李纨一年得有四五百两银子的收入。"这会子你怕花钱，调唆他们来闹我，我乐得去吃一个河涸海干，我还通不知道呢！"这是妯娌间开玩笑。李纨的收入，似乎凤姐比她本人算得还清楚，这也是国公府的一小笔经济账。

李纨为人低调，少言寡语，这一次，她的口才却充分表现出来："你们听听，我说了一句，他就疯了，说了两车的无赖泥腿市俗专会打细算盘分斤拨两的话出来。这东西亏他托生在诗书大宦名门之家做小姐，出了嫁又是这样，他还是这么着，若是生在贫寒小户人家，作个小子，还不知怎么下作贫嘴恶舌的呢！天下人都被你算计了去！"这段话说得太精彩了，把王熙凤批了个底儿掉，李纨接着又说："昨儿还打平儿呢，亏你伸的出手来！那黄汤难道灌丧了狗肚子里去了？气的我只要给平儿打报不平儿。忖夺了半日，好容易'狗长尾巴尖儿'的好日子，又怕老太太心里不受用，因此没来，究竟气还未平。你今儿又招我来了。给平儿拾鞋也不要，你们两个只该换一个过子才是。"凤姐泼醋再一次全军覆没，不仅丢尽了面子，在大嫂子跟前，又挨了一顿痛痛快快的臭骂。

前辈红学家说，李纨"以谑代骂，令人胸中一快，不独为平儿吐气也"。意思是这段话不仅给平儿扬眉吐气，还表现了李纨对王熙凤整个人的不以为然。李纨是在开玩笑，但也说明平儿得人心，凤姐不得人心。最后李纨说两个人应该"换一个过子"，也就是说把平儿扶正，让她做主子，让王熙凤降级，做侍妾、粗使丫鬟。这似乎是在开玩笑，但也是谶语，最后贾府败落，大约就是这么个结局。

凤姐赶快表示："竟不是为诗为画来找我，这脸子竟是为平儿来报仇的。竟不承望平儿有你这一位仗腰子的人。早知道，便有鬼拉着我的手打他，我也不打了。平姑娘，过来！我当着大奶奶、姑娘们替你赔个不是，担待我酒后无德罢。"王熙凤能屈能伸，知道打了平儿在大观园失了人心，借台阶下台，当众给平儿赔不是。平儿这个时候自然要说："奶奶们取笑，我禁不起。"

当李纨"逼问"王熙凤到底管不管诗社时，王熙凤表示："我不入社花几个钱，不成了大观园的反叛了，还想在这里吃饭不成？明儿一早就到任，下马拜了印，先放下五十两银子你们慢慢作会社东道。过后几天，我又不作诗作文，只不过是个俗人罢了。'监察'也罢，不'监察'也罢，有了钱了，你们还撵出我来！"于是王熙凤也成了海棠诗社的一员，尽管她后来只"写"了一句诗"一夜北风紧"。凤姐说，这些事一定都是宝玉挑唆出来的，李纨说："正是为宝玉来，反忘了他。头一社是他误了。我们脸软，你说该怎么罚他？"凤姐说，叫他把你们每个人屋子的地扫一遍吧。凤姐确实有趣，荣国府的大少爷会扫地吗？但贾宝玉大概很愿意到姐姐妹妹的房子扫地吧。

赖嬷嬷抚今追昔

姐妹们刚要走，赖嬷嬷来了。赖嬷嬷是荣国府老家奴，在贾母跟前是可以坐杌子的。她一来，凤姐们赶快站起来，说："大娘坐。"赖嬷嬷往炕沿上坐了，大家给她道喜，因为她的孙子先是捐了官，现在选出来，有了正式官职。她这次是来邀请贾府主子到她家赴宴的，但她稀里糊涂的，听见大家跟她道喜，就把她来的任务给忘了，聊起来："我也喜，主子们也喜。若不是主子们的恩典，我们这喜从何来？"李纨问她的孙子什么时候上任，赖嬷嬷说："我那里管他们，由他们去罢！"似乎并不太关心。然后她叙述了一番她家培养这个孙子有多不易，"花的银子也照样打出你这么个银人儿来了"。她的孙子二十岁上"蒙主子的恩典"捐了个前程，过了十年，又正式当了官。她教育孙子说："你不安分守己，尽忠报国，孝敬主子，只怕天也不容你。"这是世代为奴的口气。

接着赖嬷嬷又对贾府教育孩子发表了一番议论，指着宝玉说："不怕你嫌我，如今老爷不过这么管你一管，老太太护在头里。"然后回忆，当年贾政小时候，贾代善怎么管教他，宁国府那边管教子孙更加严格，简直像审贼……赖嬷嬷倚老卖老，教训年轻的主子，也是她对贾府过去光辉历史的回忆。在她看来，当时贾府很注意教育子孙，不像现在贾母这样娇纵孙子。

赖嬷嬷有句话特别引起红学家注意："你那里知道那'奴才'两字是怎么写的！"从赖嬷嬷开始，到她儿子赖大，都是贾府奴仆。现在孙子做了县官，赖嬷嬷感叹奴才不好当，是经历了很多艰难以后的真实体会。这里面隐藏了曹家的历史，曹家本来是皇帝的包衣，也就是奴才；从奴才逐渐成为皇帝所信任的江宁织造，经历了千难万险。

赖嬷嬷打开了话匣子，忘了她来的主要任务，这时儿媳妇赖大家的来找她了。赖大家的说，她来"打听打听奶奶姑娘们赏脸不赏脸"，赖嬷嬷这才想起自己是来请主子们赴宴。赖家此时已是财主，赖嬷嬷却说："托主子洪福，想不到的这样荣耀，就倾了家，我也是愿意的。"老太太特别会说话。

李纨、凤姐都答应去，凤姐特别声明："别人不知道，我是一定去的。先说下，我是没有贺礼的，也不知道放赏，吃完了一走，可别笑话。"凤姐确实是"水晶心肝玻璃人"。她看透了赖嬷嬷家大摆宴席请主子们去，主子们当然要赏，她提前声明自己没有赏。

赖嬷嬷看到周瑞家的站在旁边，就问："这周嫂子的儿子犯了什么不是，撵了他不用？"原来周瑞儿子在凤姐过生日时喝醉了，态度不好，干活儿也不勤快，撒了一地馒头，被凤姐撵出去了。赖嬷嬷替他求情，特别提到：周瑞家的是太太的陪房，你把她儿子撵出去，让太太没面子。这就打中了凤姐的要害。凤姐于是改变主意，决定打他四十棍子，不用撵走了。至于周瑞的儿子在挨打时会不会被同伴们手下留情，凤姐就不知道了。

李纨和凤姐对话，赖嬷嬷倚老卖老，曹雪芹都写得细致生动。接下来作者才写到回目上的内容——"金兰契互剖金兰语"。

黛玉对宝钗披肝沥胆

薛宝钗会做人，最成功的是在林黛玉跟前做人。"兰言解疑癖"是一个例子，给黛玉送燕窝是另一个例子。黛玉长期咳嗽，宝钗来看她，说，你这病"每年间闹一春夏"，又不老又不小的，不是长法。黛玉说："我知道我这样病是不能好的了。"宝钗分析，你的药方上，人参、肉桂太多，这些东西太热，你应该平肝健胃，最好用上等燕窝一两、冰糖五钱，熬粥来喝，最滋阴补气。黛玉表示，自己不好意思主动提出要喝燕窝粥，怕周围人议论。宝钗说自己家还有燕窝，回头给你送过来。黛玉长期缺乏兄弟姐妹的温暖，她感到宝钗像亲姐姐一样关照自己，孤凄的心灵特别感动。她深情地说："你素日待人，固然是极好的，然我最是个多心的人，只当你心里藏奸。从前日你说看杂书不好，又劝我那些好话，竟大感激你。往日竟是我错了，实在误到如今。细细算来，我母亲去世的早，又无姊妹兄弟，我长了今年十五岁，竟没一个人像你前日的话教导我。怨不得云丫头说你好，我往日见他赞你，我还不受用。咋儿我亲自经过，才知道。比如若是你说了那个，我再不轻放过你的，你竟不介意，反劝我那些话，可知我竟自误了。"

林黛玉是不是太天真、太率真了？对人毫不设防，解开了对薛宝钗的心结以后，更不设防，竟然自我检讨起来，连心灵深处隐秘的想法都说出来了，这是真正的"金兰语"。黛玉用纯净的心灵看宝钗，用纯净的心灵揣摩宝钗，披肝沥胆；宝钗却不像黛玉那样单纯，她似乎有更复杂的想法。黛玉说"我知道我这样病是不能好的了"时，宝钗居然回答："可正是这话。古人说'食谷者生'，你素日吃的竟不能添养精神气血，也不是好事。"怎么能这样劝慰病人？这样岂不等于默认林黛玉活不了多久了？她难道不知道这样说会增加黛玉的心理负担吗？黛玉向宝钗倾诉，"我是一无所有，吃穿用度，一草一纸，皆是和他们家的姑娘一样，那起小人岂有不多嫌的"，因此不好意思再提出吃燕窝的事。宝钗深知贾母极爱黛玉，其实应该用"外祖母和祖母一样"的说法劝黛玉，但她不合时宜地开起玩笑来："将来也不过多费得一副嫁妆罢了，如今也愁不到这里。"似乎她已经认定黛玉以后一定会嫁到别人家，不会留在贾府。如果放在过去，黛玉就会怀疑：宝姐姐你叫我带着嫁妆走，是不是你要带着嫁妆进来？但是现在不管宝钗说什么，黛玉都认为她是好心。这样的描写，充满了玄机。因为在薛宝钗戏言"将来也不过多费得一副嫁妆罢了"这句之后，有脂砚斋评点："宝钗此一戏，直抵过通部黛玉之戏宝钗矣，……黛玉因识得宝钗后方吐真情，宝钗亦识得黛玉后方肯戏也。此是大关节大章法，非细心看不出。"看来宝钗戏言是曹雪芹小说构思上的"大章法"，可惜我们看不到曹雪芹如何处理宝、黛、钗三人的最终结局了。

《红楼梦》特别有意思，一般小说如果出现"三角恋"，往往是两个情敌争风吃醋，对掐到底，争个你死我活。而《红楼梦》中两个势不两立的"情敌"黛玉和宝钗，居然成了好朋友。但宝钗和黛玉成了好朋友，并不意味着"金玉姻缘"和"木石姻缘"的角逐就此休战，而是在更加复杂的形势下紧锣密鼓地进行。具体怎么进行的呢？还是那句话，曹雪芹的原稿丢了，我们不知道了。但有一点可以肯定：曹雪芹的构思和一般的爱情小说完全不一样，他构思的不是"三角恋"，也不是"家长操纵婚姻导致悲剧"的情节，他想要写的是"覆巢之下焉有完卵"，是整个贾府的覆灭。

黛玉深感人生苦秋来临

黛玉和宝钗好了，两人不再互相猜忌，黛玉不再为宝钗怄气，但她的病越来越重了，她"短命而亡"的预示出现了。宝钗走后，黛玉面对秋雨连绵，看《乐府杂稿》，写秋雨，写伤别离的诗。她模仿《春江花月夜》的形式，写出了《代别离·秋窗风雨夕》。

我们听听大观园天才女诗人怎样写秋窗风雨的夜晚：

> 秋花惨淡秋草黄，耿耿秋灯秋夜长。
> 已觉秋窗秋不尽，那堪风雨助凄凉。
> 助秋风雨来何速，惊破秋窗秋梦绿。
> 抱得秋情不忍眠，自向秋屏移泪烛。
> 泪烛摇摇爇短檠，牵愁照恨动离情。
> 谁家秋院无风入？何处秋窗无雨声？
> 罗衾不奈秋风力，残漏声催秋雨急。
> 连宵脉脉复飕飕，灯前似伴离人泣。
> 寒烟小院转萧条，疏竹虚窗时滴沥。
> 不知风雨几时休，已教泪洒窗纱湿。

《秋窗风雨夕》比《葬花吟》更加悲苦，更加感伤，"移泪烛""离人泣""泪洒窗纱湿"，有关"流泪"的字眼随处可见。为什么黛玉、宝钗成了好朋友，黛玉和宝玉心心相印，黛玉却还在流泪呢？因为长期心理压抑；因为长期和"金玉良缘"过招；因为一次次和宝玉掏心窝子、心灵碰撞；因为对未来没有希望，时刻感到焦虑……这些都使黛玉的身体越来越衰弱。仅仅十五岁，她就已经感到人生的深秋、苦秋来临了。

《秋窗风雨夕》是"代别离"，林黛玉预感到要和深爱的贾宝玉分离，要和她喜欢的潇湘馆分离，要和自己美丽的生命分离。宝黛深深相爱，宝钗、黛玉成了好朋友，但是《葬花吟》中写的人生风雨没有休止，仍然是风刀霜剑、花谢花飞、秋风秋雨、万木凋零。林黛玉缠绵病榻，更觉得"秋风秋雨愁煞人"。还是"想眼中能有多少泪珠儿，怎经得秋流到冬尽，春流到夏"。

画儿上画的和戏上扮的爱宠

黛玉刚刚写完《秋窗风雨夕》，宝玉来了。在这之前，黛玉要求宝钗"晚上再来和我说句话儿"，宝钗答应了她，但没来。宝玉没"预约"，却冒雨来了。黛玉看到宝玉身披蓑衣、头戴斗笠，开玩笑说："那里来的渔翁！"宝玉说，这套打扮都是北静王送的，"你喜欢这个，我也弄一套来送你"。黛玉脱口而出："我不要他。戴上那个，成个画儿上画的和戏上扮的渔婆了。"说完马上想到，刚才嘲笑宝玉是渔翁，自己成了渔婆，一时后悔不迭，因为失言而害羞。宝玉一心都在黛玉身上，没听出黛玉说了什么错话，也没意识到她为什么害羞。

"渔翁"对"渔婆"，黛玉脱口而出，她在潜意识中已经把自己和宝玉当成一家人了。不过黛玉说的"渔婆"是"画儿上画的和戏上扮的"，不是现实生活中的。了解宝黛爱情最终结局的脂砚斋说："妙极之文。使黛玉自己直说出夫妻来，却又云'画的''扮的'，本是闲谈，却是暗隐不吉之兆。所谓'画儿中爱宠'是也，谁曰不然？"元杂剧《西厢记》中，因为崔莺莺的母亲棒打鸳鸯，莺莺感叹："他做了影儿里的情郎，我做了画儿里的爱宠。"林黛玉说的"画儿上画的"，也成了谶语。贾宝玉和林黛玉无论怎么相爱，最后也成不了夫妻，就像画儿上画的、戏上扮的渔翁和渔婆，一个是水中月，一个是镜中花。他们现在日日相守、时时关心，将来却不得不伤别离。有考证者认为，贾宝玉后来因为家难进了狱神庙，在那儿待了一年，北静王把他救了出来。也有学者说，贾宝玉因为丑祸，跑到外面去避祸。林黛玉为贾宝玉担心、忧愁，眼泪至死不干，万苦不怨；落难中的贾宝玉也对林黛玉牵肠挂肚。他们互相担忧思念，却无法传递给对方，"一个枉自嗟呀，一个空劳牵挂"。最后林黛玉孤零零泪尽夭亡，贾宝玉回到大观园，走进寒烟漠漠、落叶萧萧的潇湘馆，但那里已是人去楼空。

我读大学时，宝玉、黛玉纯洁的爱情让我深受感动。我常想，一个是阆苑仙葩，一个是美玉无瑕，曾经互相深爱，即便最后未能成双，又有什么遗憾？后来看到席慕蓉有首诗叫《白鸟之死》，我觉得可以用来形容宝黛爱情：

　　你若是那含泪的射手

　　我就是　那一只

　　决心不再躲闪的白鸟

　　只等那羽箭破空而来

　　射入我早已碎裂的胸怀

　　你若是这世间唯一

　　唯一能伤我的射手

　　我就是你所有的青春岁月

　　所有不能忘的欢乐和悲愁

这诗像不像曹雪芹写的宝黛爱情？既然相爱，不一定互相拥有。

宝玉一天几次都来看黛玉，晚上还冒雨来看，进门就问："今儿好些？吃了药没有？今儿一日吃了多少饭？"还要拿灯照照林妹妹的脸，看看她的气色是不是好些了。林黛玉同样关心贾宝玉，知道贾宝玉来，有怡红院的人打着灯笼，还是觉得不放心，把自己书架上的玻璃绣球灯拿下来，让丫鬟点上一支小蜡烛，递给贾宝玉，说："这个又比那个亮，正是雨里点的。"贾宝玉说他也有这么一个，怕被他们摔了，就没点来。黛玉说："跌了灯值钱，跌了人值钱？你又穿不惯木屐子。那灯笼命他们前头照着。这个又轻巧又亮，原是雨里自己拿着的。你自己手里拿着这个，岂不好？明儿再送来。就失了手也是有限的，怎么忽然又变出这'剖腹藏珠'的脾气来！""剖腹藏珠"是形容人过分爱护琐细的事物，却不爱护自己。

1987年版电视剧《红楼梦》中有个镜头：贾府败落，贾宝玉身无分文，胡子拉碴，拿着一个玻璃绣球灯在桥上走，此时已被卖入妓院的史湘云认出了他，两个人劫后相遇。史湘云最后这样落难可能并不是曹雪芹的原意，但贾宝玉肯定会珍视这个玻璃绣球灯，因为它是宝黛爱情的重要见证。林黛玉教训贾宝玉爱惜灯不爱惜自己，亲手给他准备下雨时点的灯。这一段平淡的日常细节，把宝黛深情写得真真切切。其实林黛玉对贾宝玉凡事关心已经成为习惯，比如：通灵宝玉的穗子就是她给穿的；第八回他们从薛家离开的时候，小丫鬟给贾宝玉戴斗笠时戴得不好，是林黛玉帮他戴上的；第二十回两个人吵架后，贾宝玉明确说出"难道你就知你的心，不知我的心不成"以后，林黛玉受到触动，转而责备他："分明今儿冷的这样，你怎么倒反把个青肷披风脱了呢？"林黛玉习惯性地关心贾宝玉的一举一动，有时候就从这些看似别别扭扭的问话中表现出来。

过去常有人说，像林黛玉这样的人，做不了好妻子；但我母亲早就说过，心里有爱情就能做个好妻子。宝黛爱情这样纯净、澄明，这样真挚动人、超凡脱俗，已经不需要什么世俗的婚姻形式了，哪怕结婚之后举案齐眉，也没有这种初恋的美好了。

贾宝玉对林黛玉事事关心，处处留意。他后来知道宝钗给黛玉送燕窝，认为宝姐姐是客人，不应该这样麻烦她。于是他就把黛玉需要吃燕窝的事告诉贾母，从此贾母便派人送燕窝来了。

宝姐姐送燕窝

对黛玉来说，跟宝钗成为好朋友，甚至闺中密友，确实是大好事。黛玉对宝钗说了自己的烦难，宝钗便对黛玉说："你放心，我在这里一日，我与你消遣一日。你有什么委屈烦难，只管告诉我，我能解的，自然替你解一日。"黛玉和宝钗的交情已经到了这样的地步，不知道续书作者到底有没有仔细看过这些段落，有没有看懂这些段落？到了后四十回"黛死钗嫁"的情节，本来那么睿智、那么自重的薛宝钗，竟然像木偶一样任人摆布，接受旨在损害林黛玉的调包计，怎么可能？怪不得鲁迅先生在《论睁了眼看》中说："赫克尔[1]（E. Haeckel）说过：人和人之差，有时比类人猿和原人之差还远。我们将《红楼梦》的续作者和原作一比较，就会承认这话大概是确实的。"

1　赫克尔：又译为恩斯特·海克尔（Ernst Haeckel，1834—1919），德国动物学家、哲学家，推崇达尔文主义。——编者注

黛玉把宝钗当成亲姐姐，但宝钗毕竟不是亲姐姐，也不是像宝玉那样的生死恋人。晚上下雨了，本来答应再来看黛玉的宝钗没有来，她派婆子给黛玉送来了燕窝。黛玉和薛家婆子似乎是普通的闲聊，却无意中暴露出贾府秩序越来越坏的现实。连林黛玉这样的神仙中人都知道，贾府的下人经常夜间聚赌。林黛玉让婆子喝茶，婆子说还有事，黛玉说："我也知道你们忙。如今天又凉，夜又长，越发该会个夜局，痛赌两场了。"婆子表示："今儿又是我的头家，如今园门关了，就该上场了。"庚辰本《脂砚斋重评石头记》在这一段旁边有段很长的评点："几句闲话，将潭潭大宅夜间所有之事描写一尽。虽偌大一园，且值秋冬之夜，岂不寥落哉？今用老妪数语，更写得每夜深人定之后，各处（灯）光灿烂、人烟簇集，柳陌之巷之中，或提灯同酒，或寒月烹茶者，竟仍有络绎人迹不绝，不但不见寥落，且觉更胜于日间繁华矣。此是大宅妙景，不可不写出。又伏下后文，且又趁出后文之冷落。此闲话中写出，正是不写之写也。"这段话什么意思？这是跟曹雪芹有相同生活遭遇的脂砚斋，用自己的生活经验补述出了大观园的夜间图景。当贾母、王夫人、王熙凤等人都安睡后，下人的生活才拉开序幕，呼朋唤友，聚赌喝酒，门户大开。这就伏下了此后史太君严厉打击赌博的情节，也和将来贾府败落后的冷清形成对比。林黛玉因为耽误了薛家婆子赌博，命人给婆子几百钱打酒吃。林黛玉此时的脾气比起过去的"小性儿""爱恼"，已经有了很大改变。她随和多了，通情达理多了；但是她的身体越来越差了。

　　婆子走后，紫鹃服侍黛玉睡下，黛玉在枕上感念宝钗，又羡慕她有母亲和哥哥；想着和宝玉"虽素习和睦，终有嫌疑"。黛玉的思想负担仍然很重。曹雪芹来了一段精彩的情景交融的描写："又听见窗外竹梢蕉叶之上，雨声淅沥，清寒透幕，不觉又滴下泪来。"可怜的潇湘妃子"抱得秋情不忍眠"，直到四更将尽，才渐渐睡了。林黛玉食少，心烦，睡眠少，岂能久乎？

鸳鸯抗婚，电闪雷鸣

——第四十六回　尴尬人难免尴尬事　鸳鸯女誓绝鸳鸯偶

第四十六回的内容非常单纯，"尴尬人"指邢夫人，她办了件"尴尬事"——受贾赦之托，去游说鸳鸯给贾赦做小老婆；鸳鸯坚决不干，以死抗争。这就是《红楼梦》的著名章节"鸳鸯抗婚"。"尴尬人难免尴尬事"，不仅是邢夫人的尴尬，也是贾赦的尴尬、凤姐的尴尬、贾母的尴尬，更是日渐衰落的国公府的尴尬。

贾宝玉说，"男人是泥作的骨肉"，贾府这些"须眉浊物"干的丑事，可谓一波未平，一波又起。长江后浪推前浪，前浪也不让后浪。贾琏刚刚出尽丑态，他的老子贾赦就粉墨登场了。凤姐泼醋是因为贾琏寻花问柳，鸳鸯抗婚是因为贾赦想三想四。从时间顺序上看，凤姐泼醋和鸳鸯抗婚只相隔十天左右。凤姐泼醋发生在九月初二，第二天，赖嬷嬷来请贾府主子参加他们家九月十四那天的宴会，在赖家宴会开始前的一天，发生了鸳鸯抗婚这件事。

贾赦猎艳，凤姐智对

贾赦胡子都白了，还一门心思玩女人；他看上了贾母的贴身丫鬓鸳鸯，想弄来做姨娘。这样的人只能说是老不要脸。如果有个懂事明理的夫人劝阻他，他也不至于出洋相。而邢夫人软弱无能，居然当起丈夫的"马泊六"[1]来，还先把难题摆到王熙凤跟前："叫你来不为别事，有一件为难的事，老爷托我，我不得主意，先和你商议。老爷因看上了老太太的鸳鸯，要他在房里，叫我和老太太讨去。我想这倒平常有的事，只是怕老太太不给，你可有法子？"

邢夫人倒三不着两，这段话就语无伦次。公公要猎艳，居然叫儿媳妇想办法，可笑不可笑？邢夫人明知贾母离不开鸳鸯，还说讨鸳鸯是平常事，她不得主意；其实她有主意，她的主意就是讨好贾赦。

凤姐第一反应是坚决反对，如实地跟邢夫人分析了这件事不能办的种种理由。她表示，鸳鸯深受贾母信赖，贾母不可能放弃她，"老太太离了鸳鸯，饭也吃不下去的"。凤姐知道贾母爱护子孙，纵容子孙，但子孙不能损害她的利益。她用着顺手的丫鬟，像离不开手的拐杖，怎么能送给别人？凤姐还知道贾母对大儿子早有不满，说："老太太常说，老爷如今上了年纪，作什么左一个小老婆右一个小老婆放在屋里，没的耽误了人家。放着身子不保养，官儿也不好生做去，成日家和小老婆喝酒。"贾母看不惯大儿子不争气，不思上进。贾母很善良，认为贾赦耽误了那些年轻女孩儿。鸳鸯是贾母最喜欢的丫鬟，贾母当然不愿意让鸳鸯也被贾赦耽误了。凤姐劝阻邢夫人是出于好意，而且她告诉邢夫人，老太太对老爷是这样的态度："这会子回避还恐回避不及，倒拿草棍儿戳老虎的鼻子眼儿去了！"都说"老虎屁股摸不得"，向贾母要鸳鸯，基本等于"戳老虎的鼻子

---

1 马泊六：又作马伯六、马八六等，指撮合男女搞不正当关系的人。——编者注

眼儿"，想想就知道有多危险。凤姐还劝："老爷如今上了年纪，行事不妥，太太该劝才是。比不得年轻，作这些事无碍。如今兄弟、侄儿、儿子、孙子一大群，还这么闹起来，怎样见人呢？"

凤姐的话句句在理，如果邢夫人能够接受，再去跟贾赦解释一番，那么"鸳鸯抗婚，老爷丢脸"这件事，本来是可以避免的。如果是那样，贾赦和邢夫人给人留下的就是另外的一种印象了。但是邢夫人昏庸又左性，无能又颟顸；昏庸无能是她的教养决定的，颟顸左性是明媒正娶的正房夫人的身份决定的。曹雪芹把邢夫人写得非常典型，看来曹雪芹在现实生活中接触过不少这样的夫人。

凤姐实话实说，邢夫人却恼了。说凤姐派她不是，还说："就是老太太心爱的丫头，这么胡子苍白了又做了官的一个大儿子，要了做房里人，也未必好驳回的。"凤姐知道，邢夫人"禀性愚犟，只知承顺贾赦以自保"，既贪财又吝啬，家里一切事都是贾赦说了算，自己还经常克扣钱财，"儿女奴仆，一人不靠，一言不听的"。凤姐擅长对什么人说什么话，对这种愚蠢固执、八头牛都拉不回来的笨蛋，她立刻意识到劝说起不到作用，干脆顺水推舟，让邢夫人我行我素，把洋相出尽。她马上见风使舵，否认了自己之前的说法，还以贾琏为例，证明父母肯定心疼儿女，所以老爷向老太太要个丫头，老太太没有理由不给他的。其实贾赦和邢夫人对贾琏似乎没有多疼爱，凤姐举的老爷、太太拿心爱的东西赏给贾琏的例子，可能只是她临时虚构出来的，只是为了给邢夫人一个台阶下。凤姐不能得罪婆婆，惹不起躲得起，让邢夫人爱怎么闹怎么闹，她就不用负责了。凤姐相当狡猾，但对付邢夫人这样愚蠢又蛮横的人，不狡猾怎么行？

凤姐估计，邢夫人办事没有章法，脾气又大，如果事情办砸了，很可能会迁怒他人。如果鸳鸯没要来，她一定会迁怒于凤姐，会说凤姐走漏了风声，提前给鸳鸯做工作了。我们从凤姐后来的行为可以看出，她确实为此做了巧妙的安排，让邢夫人一步一步按她设定的方案去办。她先是撺掇邢夫人马上去找贾母，就算贾母不同意，别人也不知道；但邢夫人打算先去和鸳鸯说，她觉得如果鸳鸯同意了，"人去不中留"，贾母那边也就好办了。凤姐故意奉承说："到底是太太有智谋，这是千妥万妥的。别说是鸳鸯，凭他是谁，那一个不想巴高望上，不想出头的？这半个主子不做，倒愿意做个丫头，将来配个小子就完了。"邢夫人于是让凤姐先过去，"别露一点风声"，自己晚饭后再去。但此时凤姐想到，如果贾母和鸳鸯不同意，邢夫人多疑，很可能怀疑自己先去对她们说了什么不利的话，所以两人最好一起过去，邢夫人就不会怀疑自己了。于是凤姐以邢夫人的车需要修理为借口，请邢夫人坐她的车一起过去，这样邢夫人就一直和自己寸步不离了。

　　她们从东院到了贾母那边之后，凤姐又借口怕贾母问起自己为何去找邢夫人，建议邢夫人先去见贾母，自己稍后再去。这样一来，先见到贾母的就是邢夫人，凤姐撇清了关系，不会有走漏风声的嫌疑了。凤姐自己先溜了，还将此事告诉了平儿，并让她出去逛逛，免得邢夫人过来找她，让她去给鸳鸯做工作。这也是小说家的妙笔安排，平儿去园子里转，才能先后遇到鸳鸯和袭人，并和袭人以两个"准姨娘"的身份听鸳鸯诉衷肠。而王熙凤则带点儿幸灾乐祸的心态，等着看在自己面前威风八面的婆婆，如何去"戳老虎的鼻子眼儿"，再在她的婆婆贾母面前碰个头破血流。

　　《红楼梦》写得特别有趣，贾赦和贾琏这对父子，都是色鬼中的饿鬼，老子贾赦似乎比儿子贾琏的品位高点儿。贾琏"犯了夜叉星"，不能纳妾，只能花点儿小钱偷期密约、偷鸡摸狗，勾搭男仆的妻子；贾赦有个所谓的"贤妻"，对美女贪多嚼不烂。黛玉进府就看到大舅舅房里有许多盛妆丽服的姬妾丫鬟，这些就是贾赦靠权势和金钱长期霸占的年轻女子。但这个老色鬼还不满足，又看上了鸳鸯。贾母身边的丫鬟，除傻大姐之外，都是贾府丫鬟的"人尖儿"，比如派给宝玉的晴雯，王夫人就形容她是"西施样子"；贾母自己留着用的丫鬟，当然更聪明能干，也更漂亮。鸳鸯到底长得什么样儿，让胡子都白了的贾赦惦记上？第二十四回曾经对她稍加描写。当时贾母派袭人叫宝玉去看望生病的大老爷，宝玉回房等着袭人给他拿衣服换上的时候，发现鸳鸯也在屋里，"回头见鸳鸯穿着水红绫子袄儿，青缎子背心，束着白绉绸汗巾儿，脸向那边低着头看针线，脖子上戴着花领子。宝玉便把脸凑在他脖项上，闻那香油气，不住用手摩挲，其白腻不在袭人之下"。这一段是写在贾母身边长大的皮小子贾宝玉跟祖母的侍女耍赖皮，顺笔写出鸳鸯皮肤细腻、相貌秀丽、穿着讲究。贾赦看上鸳鸯，叫邢夫人去说媒，我们又通过邢夫人的眼睛看到鸳鸯的样子："只见鸳鸯正然坐在那里做针线，见了邢夫人，忙站起来。邢夫人笑道：'做什么呢？我瞧瞧，你扎的花儿越发好了。'一面说，一面便接他手内的针线瞧了一瞧，只管赞好。放下针线，又浑身打量。只见他穿着半新的藕合色的绫袄，青缎掐牙背心，下面水绿裙子。蜂腰削背，鸭蛋脸面，乌油头发，高高的鼻子，两边腮上微微的几点雀斑。"鸳鸯面容姣美，身材出众，青春靓丽，老色鬼看上她，似乎也顺理成章。

　　贾赦要鸳鸯，除贪图美色之外，还有没有别的目的？清代就有红学家认为，贾赦和邢夫人其实想掌握贾母的财富。洪秋蕃点评："贾赦欲纳鸳鸯，虽出不情，然必有所为。意者思得贾母之藏物乎？

贾母藏物，鸳鸯主之，鸳鸯来而藏物可探囊而取矣。后文贾母曰：'弄开了他，好摆弄我。'未始非中窾之言。"还有的红学家说，鸳鸯是贾母的一把总钥匙，贾赦得到了鸳鸯，就可以釜底抽薪，得到贾母财富的总钥匙。

邢夫人平时既愚蠢又倔强，为执行贾赦讨鸳鸯的"指示"，倒"聪明"起来，她观察鸳鸯一番后，使了个眼色让随从们退出去，开始向鸳鸯阐述做贾赦姨娘的种种好处。我们看看原本不善言辞的邢夫人如何在鸳鸯跟前巧舌如簧：

> 邢夫人便坐下，拉着鸳鸯的手笑道："我特来给你道喜来了。"鸳鸯听了，心已猜着三分，不觉红了脸，低了头不发一言。听邢夫人道："你知道你老爷跟前竟没有个可靠的人，心里再要买一个，又怕那些人牙子家出来的不干不净，也不知道毛病儿，买了来家，三日两日，又要奓鬼吊猴的。因满府里要挑一个家生女儿收了，又没个好的：不是模样儿不好，就是性子不好，有了这个好处，没了那个好处。因此冷眼选了半年，这些女孩子里头，就只你是个尖儿，模样儿，行事做人，温柔可靠，一概是齐全的。意思要和老太太讨了你去，收在屋里。你比不得外头新买的，你这一进去了，进门就开了脸，就封你姨娘，又体面，又尊贵。你又是个要强的人，俗话说的，'金子终得金子换'，谁知竟被老爷看中了你。如今这一来，你可遂了素日志大心高的愿了，也堵一堵那些嫌你的人的嘴。跟了我回老太太去！"说着拉了他的手就要走。

邢夫人这番话，脂砚斋很欣赏："说得得体。我正想开口一句不知如何说，如此则妙极是极，如闻如见。"邢夫人在这个场合忽然"聪明"起来，说明了这样几个问题：其一，邢夫人生性贪财，而鸳鸯身份特殊，替丈夫讨鸳鸯做小老婆，既能顺从丈夫，也更方便日后窥探贾母的财富；其二，她想出先说服鸳鸯，再对贾母釜底抽薪的策略，根本不考虑贾母的生活习惯和需要，可见一点儿都不孝顺婆婆；其三，她觉得鸳鸯"素日志大心高"，一厢情愿地认为凡是奴仆都想"巴高"，而做小老婆是丫鬟们的最佳选择，于是把进门就能做姨娘的"美好前程"给鸳鸯展示出来；其四，她话中有话，特意提到鸳鸯是"家生女儿"的身份，暗示她：你的命运就是由主子决定的。

鸳鸯的表现是：她一听"道喜"，已经大致猜到了邢夫人的意图，"红了脸，低了头不发一言"；邢夫人说完就要拉她去回贾母，她"红了脸，夺手不行"。但邢夫人根本没想到她会拒绝，以为她只是害羞，不好意思直接答应，于是又用"放着主子奶奶不做，倒愿意做丫头""不过配上个小子，还是奴才"的说法进一步威胁她。还给她来了个更美好的"前程诱惑"：进门以后生了孩子，"你就和我并肩了"。鸳鸯仍不说话，邢夫人又以为她想让父母替她做主。

邢夫人说了一车话，鸳鸯始终没有说一个字，为什么？这是由她的身份和个性决定的。即使是贾母身边最受宠的丫鬟，仍然不能当面顶撞大太太；鸳鸯内心已经决定以死抗争，没必要立刻拒绝邢夫人。

曹雪芹一再写鸳鸯"低了头不发一言""夺手不行""仍是不语"，正是要与她后来在平儿、袭人、嫂子乃至贾母面前的滔滔宏论形成强烈的对比。鸳鸯从开始的低头不语、一言不发，到后来的慷慨陈词，曹雪芹的设置多么巧妙！

邢夫人没想到，鸳鸯居然瞧不上荣国府大老爷贾赦，鸳鸯抗婚的大戏开幕了。

鸳鸯抗婚，一波高过一波

第一波，是拒绝邢夫人。平时邢夫人的嘴很笨，到了鸳鸯跟前却滔滔不绝，说得面面俱到，总而言之就是：你给贾赦做了姨娘，又尊贵又体面，是你人生的最佳选择。说完也不征求鸳鸯的意见，立刻就要拉她走。鸳鸯一脑门子不高兴，一肚子不以为然，但她是丫鬟，不能当面顶撞太太，只能"夺手不行"。邢夫人以为她不好意思直接答应，于是转而去找她的嫂子。

第二波，是跟袭人、平儿说出心里话。鸳鸯说："别说大老爷要我做小老婆，就是太太这会子死了，他三媒六聘的娶我去做大老婆，我也不能去。"这是鸳鸯的人格宣言。鸳鸯是"家生女儿"，她的父母就是贾府的奴才，她一出生就注定要给贾府做奴才。她居然拒绝做姨娘，看来她和晴雯一样，"心比天高，身为下贱"。多诱人的荣华富贵她也不贪，宁死不做糟老头子的玩物。

第三波，是骂退前来游说的嫂子。鸳鸯的嫂子对她说，有件"天大的喜事"，还没来得及把做姨娘的话直接说出来，鸳鸯就预计到她要说什么了，马上指着嫂子的鼻子骂："怪道成日家羡慕人家女儿作了小老婆，一家子都仗着他横行霸道的，一家子都成了小老婆了！"鸳鸯平时温文尔雅，这次痛快淋漓地臭骂嫂子一顿，真是口才出众。

第四波，是被宝玉请到怡红院。宝玉听到鸳鸯跟袭人、平儿讲了心里话，大骂嫂子，知道事态很严重，于是请鸳鸯去怡红院休息一下。宝玉听到了她们之前的对话，心里很郁闷，但是也无计可施，因为他不能批评自己的伯父。脂砚斋评："通部情案，皆必从石兄挂号，然各有各稿，穿插神妙。"什么意思？"石兄"指通灵宝玉，代表曹雪芹叙事，而通灵宝玉是贾宝玉的灵魂。所以本来跟宝玉毫无关系的鸳鸯抗婚事件，宝玉也比别人知道得更早。这就像鲁迅先生所说，整个贾府的"悲凉之雾"，只有宝玉能够感受到。

第五波，是假装答应哥嫂，求见贾母。贾赦通过鸳鸯的哥哥金文翔逼婚，被鸳鸯再次拒绝后，酸溜溜地说出一番刻薄的话："'自古嫦娥爱少年'，他必定嫌我老了。大约他恋着少爷们，多半是看上了宝玉，只怕也有贾琏。"国公府的继承人、世袭一等将军，居然妒忌起自己的侄儿和儿子，还威胁鸳鸯说，"凭他嫁到谁家去，也难出我的手心"，欺男霸女、无耻无赖的嘴脸暴露无遗，看来国公府的末日快到了。鸳鸯的哥哥向她传达了贾赦的话，鸳鸯假装无奈，冷静地表示"便愿意去，也须得你们带了我回声老太太去"。哥嫂以为她回心转意了，于是嫂子跟着她到贾母跟前，然后就到了鸳鸯抗婚最重要的一波。

第六波，是当众揭露贾赦恶行，争取贾母保护。鸳鸯当着大观园众人，把来龙去脉都讲了一遍，跪在贾母跟前痛诉衷肠："因为不依，方才大老爷越性说我恋着宝玉，不然要等着往外聘，我到天上，这一辈子也跳不出他的手心去，终久要报仇。我是横了心的，当着众人在这里，我这一辈子莫说是'宝玉'，便是'宝金''宝银''宝天王''宝皇帝'，横竖不嫁人就完了！就是老太太逼着我，我一刀子抹死了，也不能从命！若有造化，我死在老太太之先，若没造化，该讨吃的命，服侍老太太归了西，我也不跟着我老子娘哥哥去，我或是寻死，或是剪了头发当尼姑去！若说我不是真心，暂且拿话来支吾，日后再图，天地鬼神，日头月亮照着嗓子，从嗓子里头长疔烂了出来，烂化成酱在这里！"鸳鸯连老太太逼她从命的可能性都考虑到了，表示如果老太太逼她，她宁愿自杀也不会从命。一个身份低微的女奴，面对强权誓死反抗，可谓铁骨铮铮。

贾母气极出真言

鸳鸯抗婚，惹起贾母雷霆大怒。鸳鸯跪在面前痛诉衷肠，还拿出剪子剪头发，似乎已经做好了出家的准备，然后被众人拦下了。贾母气得浑身乱战，说："我通共剩了这么一个可靠的人，他们还要来算计！"邢夫人不在跟前，贾母不假思索地把王夫人臭骂了一顿："你们原来都是哄我的！外头孝敬，暗地里盘算我。有好东西也来要，有好人也要，剩了这么个毛丫头，见我待他好了，你们自然气不过，弄开了他，好摆弄我！"

贾母的话有支持鸳鸯抗婚的意思吗？没有。有批评贾赦不该讨小老婆的意思吗？同样没有。贾母是从自己的需要出发，不想放弃像拐棍儿一样的丫鬟鸳鸯，是从都不孝顺老母亲的角度对"你们"——贾赦、贾政夫妇提出批评。尽管这件事的参与者只有贾赦夫妇，但两人当时都不在场，于是贾母便迁怒于王夫人。贾母的话，撕开了国公府血淋淋的伤口：不管是贾赦夫妇，还是贾政夫妇，都像狼一样觊觎贾母的财富，想操纵她、愚弄她！

贾母错怪了王夫人，但王夫人也只得赶快站起来，不敢还一言。王夫人为人老实，而且在当时的社会中，即便婆婆错了，儿媳妇也不能反驳，这是规矩。薛姨妈看到王夫人被贾母责怪，自己反不好劝了。这也是为客之道，你的姐姐受了委屈，你替她申辩，等于批评贾母。

李纨一听到鸳鸯说这些话，马上很懂事地带姐妹们出去了。这也是封建大家庭的规矩：千金小姐应该回避家族内部的龌龊事，最好眼不见为净。姐妹们离开贾母的房间，应该不再听这些事了，但探春是有心的人，她还在听。她在窗外听到贾母教训王夫人，她想：王夫人虽有委屈，但不敢争辩；薛姨妈是王夫人的亲姐妹，也不好替王夫人争辩；宝钗是客人，也不方便替姨妈争辩；李纨、凤姐、宝玉越发不敢和老太太争辩。现在能出来说话的只有女孩儿，而迎春老实，惜春小，探春自己必须站出来说话了。

探春走进贾母房间，赔笑向贾母说："这事与太太什么相干？老太太想一想，也有大伯子要收屋里的人，小婶子如何知道？便知道，也推不知道。"关键时刻可以看出来，"贾府三艳"中，真正有见识、有胆量、有口才的就是庶出的三姑娘，只有她敢于挺身而出。她的话还没说完，贾母就笑了，说："可是我老糊涂了！姨太太别笑话我。你这个姐姐他极孝顺我，不像我那大太太一味怕老爷，婆婆跟前不过应景儿。可是委屈了他。"贾母立刻就坡下驴，先自称"老糊涂了"，实际上她一点儿都不糊涂。薛姨妈只答应"是"。"是"什么不具体说，却说："老太太偏心，多疼小儿子媳妇，也是有的。"薛姨妈在贾府客居，不能得罪贾赦和邢夫人。她听贾母夸王夫人孝顺，故意说老太太是偏疼小儿子媳妇才这么说的，实际上老太太的大儿子和大儿媳妇也是孝顺的。贾母坚持说："不偏心！"

贾母改口说王夫人"极孝顺"，未必是心里话。所谓孝顺，对父母首先是"顺"，然后才能"孝"。而王夫人在家庭事务上，一直和贾母貌合神离，倚仗着女儿是贵妃，跟贾母对着干。贾母喜欢黛玉，说宝玉和黛玉"不是冤家不聚头"，王夫人却和薛姨妈联手推动"金玉姻缘"；贾母喜欢晴雯，王夫人却把晴雯赶走；贾母不喜欢"没嘴的葫芦"袭人，王夫人却不征求贾母意见，把袭人内定为贾宝玉未来的侍妾。贾母教训王夫人，实际是她在情绪激动的情况下，说出了藏在心底很长时间的实话。贾母很清楚，她的两个儿子都不孝顺，两个儿媳妇更不孝顺。贾母早就对刚进府的林黛玉宣布，"我这些儿女，所疼者独有你母"。看来只有女儿真正孝顺她。贾母训王夫人，这是情急出真言。其实贾母很有经验，她一眼就看出来，贾赦讨鸳鸯，除为了美色，更是为了算计老母亲，觊觎老母亲的财富。这是贾赦、贾政夫妇不孝顺的大暴露。这样一来，贾母的话就撕破了贾府温情脉脉的"孝顺"面纱。

贾母震怒，连宝玉都有不是了："宝玉，我错怪了你娘，你怎么也不提我，看着你娘委屈？"人们经常说贾宝玉是"封建家族的叛逆者"，其实这个"叛逆者"严格遵守着封建社会的伦理道德。贾宝玉回答得很得体："我偏着娘说大爷大娘不成？通共一个不是，我娘在这里不认，却推谁去？我倒要认是我的不是，老太太又不信。"贾宝玉会说话，但没有凤姐说得好听。贾母又说："凤姐儿也不提我。"凤姐就说出了一番别人做梦都想象不出的话，她居然故意埋怨贾母。凤姐说："我倒不派老太太的不是，老太太倒寻上我了？"贾母很好奇地要听凤姐说她有什么不是。凤姐说："谁教老太太会调理人，调理的水葱儿似的，怎么怨得人要？我幸亏是孙子媳妇，若是孙子，我早要了，还等到这会子呢。"妙语惊人，奇兵突出。本来贾母叫凤姐发言，她很难说。她可能不得不批评贾赦，因为贾赦惹贾母生气了，不批评贾赦就会得罪贾母；但儿媳妇批评公公，以后的日子还过不过了？于是凤姐故意说贾赦要鸳鸯是对的，表面上像在反驳贾母，实际上，凤姐的"反驳"比直接给贾母戴高帽都巧妙。她说贾母会调理人，所以贾赦才要；她也顺便称赞了鸳鸯有魅力，说自己

"若是孙子，我早要了"。什么叫把死人说活？凤姐这话就做到了。但是贾母也不简单，贾母接着说："你带了去，给琏儿放在屋里，看你那没脸的公公还要不要了！"贾母说的当然不是真心话，鸳鸯既然不能给长子，当然也不会给长孙，她只是借着这个话题取乐。但这又给凤姐出了个大难题：如果接受，她本来是个醋缸，肯定咽不下这口气；如果不接受，又公然违抗了贾母的命令。凤姐怎么回答？"琏儿不配，就只配我和平儿这一对烧糊了的卷子和他混罢。"刚刚在凤姐泼醋事件当中，贾母还对贾琏说，凤姐和平儿都是"美人胎子"，现在凤姐不仅把自己说成是"烧糊了的卷子"，连平儿都跟她一块儿"烧糊了"。贾母震怒的气氛全部被驱散，一屋子人又高高兴兴的了。王熙凤遇到什么难题都有解决的办法，太不简单了。

鸳鸯抗婚成功，她将来的命运又如何？程高本第一百一十一回写的是"鸳鸯女殉主登太虚"。续书作者没有好好理解曹雪芹给人物命名的用意，而是出于封建陈腐的观念，做出"鸳鸯殉主"的安排。曹雪芹给人物命名有时候喜欢反讽，"鸳鸯"就含有反讽的意思；就是说，她名字叫"鸳鸯"，但永远不会"成双"。鸳鸯的名字在前八十回的回目出现过三次，有两次都和是否"成双"有关。第四十回是《金鸳鸯三宣牙牌令》，第四十六回是《鸳鸯女誓绝鸳鸯偶》，第七十一回是《鸳鸯女无意遇鸳鸯》。在第四十六回中，鸳鸯拒绝和大老爷贾赦成亲；在第七十一回中，鸳鸯撞散了司棋和表弟潘又安这对"野鸳鸯"。这说明什么？说明鸳鸯永远是一只孤鸟，永远不成双。

鸳鸯侍候贾母，照顾贾母，依赖贾母，并且忠实于贾母，但是她没受过忠臣孝子自杀殉主的教育，她有自己的人生价值和追求。她早就下定决心，就算贾母死了，她也要和贾赦斗争到底。她跟平儿表白心迹时说得很清楚："若是老太太归西去了，他横竖还有三年的孝呢，没个娘才死了他先收小老婆的！"我推测曹雪芹的构思应该是，贾母去世后，贾赦在守丧期间就被抄家治罪，很快就死了。鸳鸯逃过了这一劫，还要不要信守一辈子不嫁人的誓言？按说可以不用坚持了，但从曹雪芹给人物命名常含反讽意义的创作习惯看来，鸳鸯的结局很可能是直到贾府败落，都既没嫁人也没殉主。

据脂砚斋评语，鸳鸯抗婚"此回亦有本而笔，非泛泛之笔也"，说明曹雪芹身边确实发生过类似于鸳鸯抗婚的真实事件，曹雪芹把这个事件纳入《红楼梦》的宏伟主题，让各种人物登场表演。贾母的家长威风，贾赦的无耻，邢夫人的愚蠢，王熙凤的狡诈，鸳鸯的铮铮铁骨，以及王夫人、薛姨妈、探春、宝玉，乃至平儿、袭人、鸳鸯嫂子等，一人一面，各唱各调，组成一部波澜起伏的大戏，煞是好看。

薛蟠挨打

——第四十七回　呆霸王调情遭苦打　冷郎君惧祸走他乡

"呆霸王"是薛蟠的外号，"冷郎君"指"冷面冷心"的柳湘莲。薛蟠在赖尚荣家宴会上遇到柳湘莲，以为临时来串戏、有豪侠之气的柳湘莲也是戏子，可以随意调戏，结果被柳湘莲骗出去胖揍了一顿。柳湘莲之后并未避祸逃跑，说柳湘莲"惧祸走他乡"，是薛姨妈编出来哄儿子的。柳湘莲早就打算出去，他"萍踪浪迹"，一向四处云游。

贾母痛训邢夫人

贾母被贾赦气得浑身发抖，幸亏凤姐的一番花言巧语使贾母心情稍稍好转。这时邢夫人来了，王夫人赶快迎出去。妯娌之间这样做似乎很正常，但此时王夫人可能想的是：我替你挨了婆婆一顿训，现在你总算来了，赶紧自己听听，可不能半路退回去！

邢夫人进院门时，几个婆子已经悄悄向她报告了这里的情况，邢夫人此时想回去也来不及了，里面已经知道她到了，王夫人又迎了出来，她只好硬着头皮进去给贾母请安。按说这么多晚辈在，邢夫人请安，贾母总得给个笑脸叫她坐下，但是贾母一声不言语，等于给她一个下马威，邢夫人自己也觉得愧悔。凤姐早就借口有别的事躲出去了；薛姨妈、王夫人也碍着邢夫人的脸面各自退出去了。贾母见周围没人，开始教训大儿媳妇："我听见你替你老爷说媒来了。你倒也三从四德，只是这贤惠也太过了！你们如今也是孙子儿子满眼了，你还怕他，劝两句都使不得，还由着你老爷的那性儿闹。"在这里故意说"三从四德"，显然是讽刺。邢夫人羞得满脸通红："我劝过几次不依。老太太还有什么不知道呢，我也是不得已儿。"邢夫人确实愚蠢，话都不会说，婆婆批评她，赶快应下来就是，她还要犟嘴。贾母怒了："他逼着你杀人，你也杀去？"杀人不过头点地，邢夫人仗势欺人，逼少女给糟老头子做妾，葬送人家终生幸福，跟拿刀杀人也差不多。接着贾母对邢夫人说：我不让贾赦把鸳鸯弄去做小老婆，并非鸳鸯不同意，而是我需要鸳鸯照顾，你们把我最得力的丫鬟弄走，我就不方便了；把鸳鸯留在我身边，就等于贾赦一天到晚孝顺我了。这实际上是批评贾赦、邢夫人不孝顺。贾母怎么说的？

贾母道："他逼着你杀人，你也杀去？如今你也想想，你兄弟媳妇本来老实，又生得多病多痛，上上下下那不是他操心？你一个媳妇虽然帮着，也是天天丢下笆儿弄扫帚。凡百事情，我如今都自己减了。他们两个就有一些不到的去处，有鸳鸯，那孩子还心细些，我的事情他还想着一点子。该要去的，他就要了来，该添什么，他就度空儿告诉他们添了。鸳鸯再不这样，他娘儿两个，里头外头，大的小的，那里不忽略一件半件，我如今反倒自己操心去不成？还是天天盘算和你们要东西去？我这屋里有的没的，剩了他一个，年纪也大些，我凡百的脾气性格儿他还知道些。……所以这几年一应事情，他说什么，从你小婶和你媳妇起，以至家下大大小小，没有不信的。所以不单我得靠，连你小婶、媳妇也都省心。我有了这么个人，便是媳妇和孙子媳妇有想不到的，我也不得缺了，也没气可生了。这会子他去了，你们弄个什么人来我使？你们就弄他那么一个真珠的人来，不会说话也无用。"

然后贾母还说："他要什么人，我这里有钱，叫他只管一万八千的买，就只这个丫头不能。留下他服侍我几年，就比他日夜服侍我尽了孝的一般。""他要什么人"里的"他"是谁？一等将军贾赦。这等于说，贾赦来要鸳鸯，就是想叫年迈的母亲不自在，就是不孝顺母亲！"你来的也巧，你就去说，更妥当了。"贾母的意思是：你要把我这番话原原本本告诉贾赦，叫他别再打鸳鸯的主意。贾母背后虽然对大儿子"左一个小老婆右一个小老婆"看不顺眼，但当着邢夫人的面，她却没说这样的话，因为贾母的丈夫，当年的荣国公，也不止一个姨太太，这是后边探春理家时透露出来的。

贾母强调：鸳鸯需要留在我身边，这是我的"生活必需品"。

鸳鸯抗婚这件事，对贾母来说，不是奴才反抗主子，而是老母亲的需要和儿子的渔色行为产生了冲突。

凤姐巧妙斗牌

讲完这番话，贾母仍没叫邢夫人坐下，自顾自对丫鬟说："请了姨太太、你姑娘们来说个话儿，才高兴，怎么又都散了！"丫鬟赶快去请，这些人都忙着赶回来。只有薛姨妈说："我才来了，又作什么去？你就说我睡了觉了。"这个连名字都没出现的丫鬟非常会说话，她说："好亲亲的姨太太、姨祖宗！我们老太太生气呢，你老人家不去，没个开交了，只当疼我们罢。你老人家嫌乏，我背了你老人家去。"薛姨妈来了，贾母立刻让她坐，说"咱们斗牌罢"。哪几个人斗牌？贾母、薛姨妈、王夫人、王熙凤，没有邢夫人。贾母又叫鸳鸯来，"叫他在这下手里坐着。姨太太眼花了，咱们两个的牌都叫他瞧着些儿"。王熙凤瞅机会给贾母逗乐，叹口气对探春说："你们识书识字的，倒不学算命！"探春说："这又奇了。这会子你倒不打点精神赢老太太几个钱，又想算命。"王熙凤说："我正要算算今儿该输多少呢，我还想赢呢！你瞧瞧，场子没上，左右都埋伏下了。"这么一说，贾母笑了。

鸳鸯洗牌，五个人起牌斗了一回，鸳鸯一看，贾母的牌快和了，只差一张二饼，就递了个暗号给凤姐。凤姐知道贾母缺什么牌后，并不马上把这张牌发下来，而是故意琢磨半天，好像拿不准发什么牌："我这一张牌定在姨妈手里扣着呢。我若不发这一张，再顶不下来的。"薛姨妈说我没有你的牌，凤姐说回来要查，薛姨妈说你只管查，你先发下来我看看是什么牌。凤姐送到薛姨妈眼前，薛姨妈一看是二饼，笑了："我倒不稀罕他，只怕老太太满了。"凤姐赶快说："我发错了。"老太太满了，你赶快发下去就是，却故意说发错了，要收回来。打牌的规矩是，牌一亮，就不能收回来；但她故意要收回来，这是干吗？就为了惹老太太笑。贾母已经笑着把牌掷下来："你敢拿回去！谁叫你错的不成？"凤姐又说："可是我要算一算命呢。这是自己发的，也怨埋伏！"贾母被人哄了，还很高兴，说："可是呢，你自己该打着你那嘴，问着你自己才是。"贾母有点儿开心了，对薛姨妈说："我不是小器爱赢钱，原是个彩头儿。"她说的话本来也对，她还缺钱吗？但甭管多有钱的人，打牌时哪怕赢别人几毛钱都会很高兴，所以贾母把它叫"彩头儿"。薛姨妈凑趣说："可不是这样，那里有那样糊涂人说老太太爱钱呢？"

凤姐输了，得数钱给贾母，一听这个，正数着的钱又穿上了，笑道："够了我的了。竟不为赢钱，单为赢彩头儿。我到底小器，输了就数钱，快收起来罢。"她听贾母说要彩头儿，就故意假装小气不给贾母钱。贾母打牌的规矩是鸳鸯洗牌，见鸳鸯不洗牌，贾母说："你怎么恼了，连牌也不替我洗。"鸳鸯拿起牌来，说："二奶奶不给钱。"贾母说："他不给钱，那是他交运了。"又对小丫头说："把他那一吊钱都拿过来。"小丫头真的把凤姐那一吊钱拿过来放到贾母旁边。凤姐赶快说："赏我罢，我照数儿给就是了。"还是假装小气。薛姨妈也凑趣："果然是凤丫头小器，不过是顽儿罢了。"凤姐一听，站起来拉着薛姨妈，回头指着贾母素日放钱的木匣子说："姨妈瞧瞧，那个里头不知顽了我多少去了。这一吊钱顽不了半个时辰，那里头的钱就招手儿叫他了。只等把这一吊也叫进去了，牌也不用斗了，老祖宗的气也平了，又有正经事差我办去了。"她这么一说，把大家都惹笑了。偏偏这时平儿又送了一吊钱来。凤姐说："不用放在我跟前，也放在老太太的那一处罢。一齐叫进去，倒省事，不用做两次，叫箱子里的钱费事。"贾母笑得手里的牌撒了一桌子，推着鸳鸯，说："快撕他的嘴！"

中央电视台春节联欢晚会小品，不知道编剧得捻断几根须，才能编好剧本，不知道演员得反复排练多少遍才能在导演那里过关，凤姐如果上春晚，剧本、导演都不要，彩排也不要，现场自编自导自演，能叫全国十几亿人笑得肚子疼。

凤姐一系列的插科打诨是为了什么？叫贾母消气，帮贾母从儿子不孝的打击当中走出来。这就是凤姐后来自己总结的，模仿《二十四孝》里的"斑衣戏彩"，就为了讨老人开心。她的即兴表演天衣无缝，合情合理。她的一番话使满席生暖，虽然是故意讨好，但又没有讨好的痕迹。像这样一个孙媳妇，贾母想不喜欢都难。更妙的是，不管薛姨妈，还是鸳鸯、平儿，她们不经彩排，都能给王熙凤配戏配得十分到位，大概是大家庭长久历练的结果。

贾母骂"下流种子"

贾母被王熙凤一番喜剧表演安抚下来，终于笑了。这时贾琏来了，是贾赦迫不及待地派他打听消息，看看鸳鸯讨到手没有。愚蠢的一等将军有不达目的绝不罢休的劲头。贾琏要进去，平儿提醒他，不要再去惹贾母了；但贾琏不听，他必须执行贾赦派给他的任务。因为他惹了贾母顶多挨两句骂，惹了他爹，可能就会挨揍，后来他爹果然找了个理由揍了他。

贾琏来到贾母房外，看到王熙凤等坐着打牌，邢夫人站在那里，凤姐眼尖，看到贾琏，使眼色不让他进来，又使眼色给邢夫人，意思是让她出去。邢夫人不便就走，倒了碗茶放到贾母跟前，这个献殷勤的动作恰好打乱了王熙凤的安排，贾母一回身，贾琏躲闪不及，被贾母看见了。这一段各人的活动，把邢夫人的愚蠢、王熙凤的伶俐、贾琏的莽撞、贾母的机敏写活了。

贾母说："外头是谁？倒像个小子一伸头。"凤姐赶快站起来："我也恍惚看见一个人影儿，让我瞧瞧去。"贾琏只好进去赔笑："打听老太太十四可出门？好预备轿子。"贾母很精明："既这么样，怎么不进来？又作鬼作神的。"贾琏说："见老太太玩牌，不敢惊动，不过叫媳妇出来问问。"贾母说："就忙到这一时，等他家去，你问多少问不得？那一遭儿你这么小心来着！又不知是来作耳报神的，也不知是来作探子的，鬼鬼祟祟的，倒唬我一跳。什么好下流种子！你媳妇和我顽牌呢，还有半日的空儿，你家去再和那赵二家的商量治你媳妇去罢。"

贾母这段话太精彩了，她估计贾琏来做探子，骂他"下流种子"，骂他的同时也骂贾赦。老太太毕竟老了，把"鲍二家的"说成"赵二家的"，也不知道鲍二家的已经死了。鸳鸯说："鲍二家的，老祖宗又拉上赵二家的。"贾母说："可是，我那里记得什么抱着背着的。提起这些事来，不由我不生气！我进了这门子作重孙子媳妇起，到如今我也有了重孙子媳妇了，连头带尾五十四年，凭着大惊小险千奇百怪的事，也经了些，从没经过这些事。还不离了我这里呢！"贾母这番话是什么意思？意思是说：我这么见多识广，也没见过像贾琏这么下流的，你爹比你还下流！凤姐逗了贾母半天乐，贾琏一探头，全部报销。

王熙凤引起贾母的笑声，总和贾赦夫妇、贾琏父子引起贾母的骂声交错着。贾母、王熙凤的明察秋毫，总和贾赦、贾琏的浑浑噩噩交织着，看来贾府的阴盛阳衰真成了不治之症。

"阿呆"垂涎"小柳儿"

几乎与贾府上演"贾赦讨妾不成蚀把米"这出闹剧的同时，贾府的奴才赖嬷嬷家大摆宴席，庆祝第三代奴才赖尚荣做县官。贵族渐渐没落，奴才悄悄崛起，荣枯传递就是这么有趣。

贾母带王夫人、薛姨妈、宝玉姐妹等到赖大花园坐了半天。贾母把王夫人、薛姨妈都带上了，却不带邢夫人，极细微的小事，却是给"大房"极大的没脸。

这里有段似乎是闲笔的描写，说赖大花园"虽不及大观园，却也十分齐整宽阔，泉石林木，楼阁亭轩"，可见管家的家里靠着贾府发了财。贾府败落，原来的奴才倒当官了。

赖尚荣请来了一些朋友，其中就有柳湘莲。柳湘莲原是世家子弟，"读书不成，父母早丧"，同时"酷好耍枪舞剑，赌博吃酒，以至眠花卧柳，吹笛弹筝"。他长得漂亮，喜欢串戏，不知道他身份的人，会误以为他是蒋玉菡一样的优伶。赖尚荣跟他关系不错，所以请他来吃酒。其他人知道他的身份，还比较尊重，但"阿呆"薛蟠看走了眼，误以为他是"风月子弟"，不断不怀好意地示好，打算把他变成同性恋伙伴。柳湘莲想躲开薛蟠，但赖尚荣不放，说宝二爷有话要跟你说，你见了他再走。宝玉来后，拉了柳湘莲到小书房坐下，商量给秦钟上坟的事。宝玉说，大观园的池子里结了莲蓬，他叫茗烟拿去供在秦钟坟上，还担心秦钟的坟被雨冲坏，茗烟回来说"不但不冲，且比上回又新了些"，想着应该是柳湘莲他们帮忙新筑的。柳湘莲没多少钱，却常惦记着给秦钟上坟，实属不易。宝玉说本想让茗烟去找你，但你"萍踪浪迹，没个一定的去处"。柳湘莲说，你不用找我了，"眼前我还要出门去走走，外头逛个三年五载再回来"。宝玉想留柳湘莲晚上再走，柳湘莲说："你那令姨表兄还是那样，再坐着未免有事，不如我回避了倒好。"

柳湘莲本想躲事，没想到"呆霸王"横行霸道惯了，竟在大门里乱嚷乱叫："谁放了小柳儿走了！"柳湘莲原是世家子弟，薛蟠怎么也得管人家叫声"柳相公""柳公子"，但他竟张嘴就叫"小柳儿"，像称呼妓女、娈童一样。柳湘莲一听，恨不能一拳把他打死，又想，这是赖尚荣选官宴会，在这儿打人不合适，只好勉强把这口气忍了下去。

薛蟠一见柳湘莲出来，"如得了珍宝，忙趱趱着上来一把拉住"。这里又是个"趱趱"。《红楼梦》里用"趱趱"形容人的脚步，至少用了三次。第一次是贾芸碰到倪二，倪二"趱趱着"，是醉汉走路的样子；第二次是凤姐泼醋，贾琏在贾母跟前撒娇装痴，贾母要把贾赦叫来，贾琏"趱趱着出去"，也是喝醉了东倒西歪；这一次薛蟠抓柳湘莲，还是喝醉了。薛蟠说："我的兄弟，你往那里去了？"柳湘莲只得说："走走就来。"薛蟠说："好兄弟，你一去都没兴了，好歹坐一坐，你就疼我了。"他说的这是什么话？"你一去都没兴了"，暗示着"你"是给大家取乐的；"坐一坐，你就疼我了"，"疼我"就是说"你"得变成"我"的同性恋伙伴，任"我"戏弄。薛蟠随后又说："凭你有什么要紧的事，交给哥，你只别忙，有你这个哥，你要做官发财都容易。""呆霸王"觉得钱能通神，什么事都能管。他打死人都不偿命，所以他觉得自己玩弄一个戏子，不是易如反掌吗？

柳湘莲恨得牙痒痒，于是心生一计，把薛蟠拉到避人的地方，偷偷对他说："你真心和我好，假心和我好呢？"柳湘莲很有心计，这些话不能叫别人听到，假装愿意和薛蟠好。薛蟠一听，"乜斜着眼"——看这个表情，既是喝醉了又是色胆包天，他笑着说："好兄弟，你怎么问起我这话来？我要是假心，立刻死在眼前！"柳湘莲说："既如此，这里不便。等坐一坐，我先走，你随后出来，跟到我下处，咱们替另喝一夜酒。我那里还有两个绝好的孩子，从没出门。你可连一个跟的人也不用带。""绝好的孩子"是什么？就是非常好的娈童；"从没出过门"，就是从没出来接过客。薛蟠一听，高兴得酒醒了一半，立刻同意了。柳湘莲说："我这下处在北门外头，你可舍得家，城外住一夜去？"他知道"呆霸王"一心乱搞，已欲火烧身，故意把他引到离家远的地方。薛蟠果然中计，说："有了你，我还要家作什么！"

柳湘莲教训薛蟠

两人回到宴席后，薛蟠左一壶右一壶，先喝了个八九分醉。柳湘莲提前离席，到了北门外等着，不久便看到薛蟠骑着一匹大马赶了过来，"张着嘴，瞪着眼，头似拨浪鼓一般，不住左右乱瞧，及至从湘莲马前过去，只顾望远处瞧，不曾留心近处，反踩过去了"。"呆霸王"急得一副傻相，呆得可笑也醉得可笑。柳湘莲随后赶来，薛蟠一见，如获奇珍。柳湘莲把他带到一片"人迹已稀"的苇塘处，把马拴到树上，骗薛蟠说："你下来，咱们先设个誓，日后要变了心，告诉人去的，便应了誓。"薛蟠说："这话有理。"于是下了马，也把马拴在树上，跪下发誓："我要日久变心，告诉人去的，天诛地灭！"他还没说完，就听到"嗖"的一声，脑后像铁锤砸下来，眼前一阵黑，身不由己地倒下了。柳湘莲一看就知道"他是个笨家，不惯挨打"，随便一出手他就倒下了。柳湘莲又用三分气力，往他脸上拍了几下，他脸上顿时就青一块紫一块了。薛蟠还想挣扎着爬起来，说："原是两家情愿，你不依，只好说，为什么哄出我来打我？"这时柳湘莲才说："我把你瞎了眼的，你认认柳大爷是谁！"取过马鞭又打了三四十下，把薛蟠的腿拉起来，往苇坑泥泞处拉了几步，滚得全身都是泥水，说："你可认得我了？"薛蟠乱叫："肋条折了。我知道你是正经人，因为我错听了旁人的话了。"柳湘莲说："还要说软些才饶你。"薛蟠哼哼"好兄弟",又换来一拳;哼哼"好哥哥",换来两拳。薛蟠只好说:"好老爷,饶了我这没眼睛的瞎子罢!"薛蟠现在叫起"老爷"来了,原来还叫"小柳儿"。柳湘莲还要薛蟠喝两口苇塘里的水,薛蟠嫌水太脏,又被柳湘莲打了两拳,于是只好勉强喝了一口,结果把刚才吃的东西都吐出来了。柳湘莲又让薛蟠把吐出来的东西吃了,薛蟠磕头不迭。柳湘莲解了气,丢下薛蟠,骑马走了。

这时贾珍他们到处找不到薛蟠,听人说好像出北门了。薛蟠的小厮因为薛蟠刚才不让跟着,他们也不敢去找。后来贾珍不放心,叫贾蓉带人出去找了。大家出北门下桥走了二里多路,看到薛蟠的马拴在苇坑边,就觉得有希望了。一看,薛蟠脸也肿了,衣服也破了,身上滚得像泥猪。贾蓉猜到薛蟠一定是被柳湘莲揍了,于是赶紧下了马,让人把薛蟠搀出来,笑道:"薛大叔天天调情,今儿调到苇子坑里来了。必定是龙王爷也爱上你风流,要你招驸马去,你就碰到龙犄角上了。"说得多轻巧有趣。贾蓉这个坏小子看到这样好玩的事,一定会说出捉弄人的话;贾蓉还要把泥猪一样的薛蟠抬到赖尚荣的席上去,薛蟠只好央告他别去了,这才被送回家。

薛姨妈喝完酒,回去一看,香菱哭得眼睛都肿了,问了缘故,看薛蟠虽然没有伤筋动骨,但脸上身上有很多伤痕。她很生气,要找人去抓柳湘莲,还想告诉王夫人,把柳湘莲抓来治罪。薛宝钗忙劝道:"这不是什么大事,不过他们一处吃酒,酒后反脸常情,谁醉了,多挨几下子打,也是有的。况且咱们家无法无天,也是人所共知的。妈不过是心疼的缘故。要出气也容易,等三五天哥哥养好了出的去时,那边珍大爷、琏二爷这千人也未必白丢开了,自然备个东道,叫了那个人来,当着众人替哥哥赔不是认罪就是了。"

薛宝钗懂事，知道息事宁人，也知道自己的哥哥不是什么好玩意儿。薛姨妈说"到底是你想的到"，然后告诉薛蟠，柳湘莲酒后放肆，酒醒以后后悔不及，畏罪潜逃了，这就是回目上的"冷郎君惧祸走他乡"。实际上柳湘莲并不是因为打了薛蟠逃走，而是本来就要走。

第四十七回非常有意思，薛蟠之前干了很多坏事，这次终于触了霉头，被柳湘莲狠狠教训了一顿。"宝玉挨打"是《红楼梦》的重要情节，"薛蟠挨打"是《红楼梦》的巧妙情节。薛蟠仗着家里有几个臭钱，横行霸道，无恶不作，强抢甄英莲，打死冯渊，在贾府私塾玩弄男童，在花街柳巷任意取乐，从没受到过惩罚，现在被柳湘莲胖揍一顿，大快人心。而且，"呆霸王"不挨打，香菱如何学诗？薛蟠不外走他乡再遇柳湘莲，尤氏姐妹的悲剧如何演绎？所以说，"薛蟠挨打"是这部长篇小说的有机组成部分。

香菱学诗

"滥情人"是谁？"阿呆"薛蟠。"慕雅女"是谁？薛蟠的侍妾香菱。薛蟠因"滥情"被柳湘莲胖揍一顿，感觉无地自容，于是想出去学习做买卖，实际是躲羞。他一走，一向羡慕大观园的香菱得以进入大观园，跟林黛玉学写诗。

香菱学诗，是写香菱的重笔，也是写林黛玉的重笔，更是写诗情画意大观园的重笔。

薛蟠外出经商躲羞

薛蟠被打，三五天后，疼痛渐渐消失，但伤痕还没好，于是在家装病。转眼到了十月，铺子里伙计要算账回家。六十多岁的老伙计张德辉是薛家当铺总管，自己家也比较有钱了，他现在要回家，到明年才来。他说，今年纸札香料短少，如果贩这个，明年肯定发财。薛蟠听了便想："我如今挨了打，正难见人，想着要躲个一年半载，又没处去躲。天天装病，也不是事。况且我长了这么大，文又不文，武又不武，虽说做买卖，究竟戥子、算盘从没拿过，地土风俗远近道路又不知道，不如也打点几个本钱，和张德辉逛一年来。赚钱也罢，不赚钱也罢，且躲躲羞去。二则逛逛山水也是好的。"于是他便和母亲商量。薛姨妈一听，儿子居然要学着做买卖，当然高兴；又怕他在外生事，不想让他去，就说：你守着我，我还放心些，咱们也不等着这几百两银子用，你在家里安分守己就行了。薛蟠打定主意要走，就说：你们天天说我不知世事，什么都不学，我现在想学着做买卖，又不准我去；总把我关在家里，什么时候是个头？张德辉和咱们家是世交，什么都能教我，还能有差错吗？你不让我去，过两天我不告诉你们，自己一走了之，明年发了财回来，那时候才知道我呢。于是气哼哼地睡觉去了。

薛姨妈就和薛宝钗商量。薛宝钗看得比妈妈长远，她说，哥哥果然要经历正事，倒是好事。他如果真改了，是他一生的福。如果不改，你也没有别的法子。对他只能一半尽人力，一半听天命。你就当是丢了八百一千银子，交给他试试吧。有伙计们帮着，别人也不好骗他。而且他出去以后，身边没有依靠的人，谁还怕谁，饥一顿饱一顿，说不定比在家里还老实呢。薛宝钗总是权衡利弊，对世事看得比较透彻。脂砚斋在这段话旁加评点："作书者曾吃此亏，批书者亦曾吃此亏，故特于此注明，使后人深思默戒。"这是什么意思？薛宝钗说的这一番话，是曹雪芹从现实生活中总结出的经验，而且脂砚斋也有过类似的经历。根据这条批语，有红学家推测，在曹家被抄家后，曹雪芹没有了生活来源，曾经做过买卖，甚至有人说他曾经开过酒馆。因为他有这些生活经历，《红楼梦》才能既写得出上层社会，又写得出中下层社会。薛姨妈听后说，那就花几个钱，叫他学乖吧。薛姨妈隔着书房的帘子，再三嘱咐张德辉好好照顾自己的儿子。

薛蟠出去做买卖，是什么阵势？带着两个贴身小厮、乳父老苍头、两个懂事的旧仆人，再加上张德辉，共六个人。他们雇了三辆拉行李的大车，还有四头能走远路的骡子。薛蟠骑着自家的铁青大走骡，另外牵着一匹坐马。这个阵势太大了，一般小商人哪有这种排场？所以薛蟠后来就在外面遇到了强盗，可巧是柳湘莲救了他，于是两人化敌为友，结拜为兄弟。

美香菱入住大观园

薛蟠走了，天才小说家曹雪芹给他心爱的人物香菱安排了一个精彩的表现机会。贾宝玉梦游太虚幻境时看香菱的册子，判词第一句就是"根并荷花一茎香"，说明她的性格中有荷花样的馨香。她一直羡慕大观园吟诗作赋的女孩儿，也想去学。但她是薛蟠的侍妾，没有权利进大观园。现在她有机会住进大观园了，但不敢跟薛姨妈提出来。薛姨妈很谨慎，薛蟠一走，就把书房各种陈设都搬进来收好，命跟薛蟠走的那两个男仆的妻子也进来睡觉，还命香菱把门锁了，跟自己去睡。宝钗说："妈既有这些人作伴，不如叫菱姐姐和我作伴去。我们园里又空，夜长了，我每夜作活，越多一个人岂不越好。"薛姨妈一听，感觉正合适，就答应了。

其实善解人意的薛宝钗这样做，是为了满足香菱住进大观园的愿望。香菱原来的家庭甄士隐家是士绅之家，周瑞家的说她的模样"有些像咱们东府里蓉大奶奶的品格儿"；贾琏见她一面，就说她"生的好齐整模样""那薛大傻子真玷辱了他"。说明香菱像秦可卿那样清秀妖媚。她被人拐卖做了薛蟠的侍妾，不能像薛家姑娘宝钗那样到海棠诗社写诗。但曹雪芹这么钟爱的一个人，怎能不让她展示性格的馨香呢？所以曹雪芹创造了一个薛蟠外出、香菱进园的机会。

香菱跟薛宝钗说："我原要和奶奶说的，大爷去了，我和姑娘作伴儿去。又恐怕奶奶多心，说我贪着园里来顽，谁知你竟说了。""好姑娘，你趁着这个工夫，教给我作诗罢。"宝钗想教她写诗吗？并没有。宝钗跟黛玉聊天，说过"女子无才便是德"这种意思，说女孩儿多学些针线最重要。哥哥的侍妾，她怎么可能主张她学诗呢？宝钗说："我说你'得陇望蜀'呢。我劝你今儿头一日进来，先出园东角门，从老太太起，各处各人你都瞧瞧，问候一声儿，也不必特意告诉他们说搬进园来。若有提起因由，你只带口说我带了你进来作伴儿就完了。"宝钗虽然没有承诺教香菱写诗，但她创造了香菱学诗的条件。

贾雨村帮贾赦夺古扇

香菱答应着才要走，平儿"忙忙的走来"。注意这个"忙忙的走来"，作者之前从没写过平儿走路的形态，这次写她匆匆忙忙的，必有缘故。平儿看到香菱，香菱问她好，平儿也问好。宝钗告诉平儿："我今儿带了他来作伴儿，正要去回你奶奶一声儿。"平儿说："姑娘说的是那里话？我竟没话答言了。"宝钗说："这才是正理。店房也有个主人，庙里也有个住持，虽不是大事，到底告诉一声，便是园里坐更上夜的人知道添了他两个，也好关门候户的了。"看来香菱还带进了她的丫鬟。平儿答应了，对香菱说："你既来了，也不拜一拜街坊邻舍去？"平儿这是叫香菱离开，她有要紧事跟宝钗说。宝钗大概也会意，说我正要叫她去呢。平儿嘱咐，你不用到我们家去，我们二爷病着呢。香菱走了，平儿拉住宝钗悄悄地说："姑娘可听见我们的新闻了？"薛宝钗实际是听到了，但她故意说没听到，"因连日打发我哥哥出门，所以你们这里的事，一概也不知道"。平儿说："老爷把二爷打了个动不得，难道姑娘就没听见？"宝钗这才说："早起恍惚听见了一句，也信不真。我也正要瞧你奶奶去呢，不想你来了。又是为了什么打他？"平儿就咬牙骂起来了。

平儿很少痛骂哪个人，只是之前有一次骂过贾瑞"癞蛤蟆想天鹅肉吃""叫他不得好死"，这次她痛骂贾雨村："都是那贾雨村什么风村，半路途中那里来的饿不死的野杂种！认了不到十年，生了多少事出来！"林黛玉是贾雨村送来的，"认了不到十年"，也就是说，林黛玉进贾府已将近十年。平儿说"生了多少事"，说明贾雨村跟贾府攀上后，干了好几件缺德事。这次干的事，直接危害到了贾琏。平儿说："今年春天，老爷不知在那个地方看见了几把旧扇子，回家看家里所有收着的这些好扇子都不中用了，立刻叫人各处搜求。谁知就有一个不知死的冤家，混号儿世人叫他作石呆子，穷的连饭也没的吃，偏他家就有二十把旧扇子，死也不肯拿出大门去。二爷好容易烦了多少情，见了这个人，说之再三，把二爷请到他家里坐着，拿出这扇子略瞧了瞧。据二爷说，原是不能再有的，全是湘妃、棕竹、麋鹿、玉竹的，皆是古人写画真迹，因来告诉了老爷。老爷便叫买他的，要多少银子给他多少。偏那石呆子说：'我饿死冻死，一千两银子一把我也不卖！'老爷没法子，天天骂二爷没能为。已经许了他五百两，先兑银子后拿扇子。他只是不卖，……谁知道雨村那没天理的听见了，便设了个法子，讹他拖欠了官银，拿他到衙门里去，说所欠官银，变卖家产赔补，把这扇子抄了来，作了官价送了来。"当年乱判葫芦案的贪官，作恶更上一层楼，讹石呆子拖欠官银，把扇子抄来送到贾赦这里，这依然是为了巴结贾府。他的官职不是贾政、王子腾帮忙得到的吗？他要背靠大树好乘凉。

平儿又说："老爷拿着扇子问着二爷说：'人家怎么弄了来？'二爷只说了一句：'为这点子小事，弄得人坑家败业，也不算什么能为！'"曹雪芹这样的伟大作家塑造人物，不是好人就高大全，坏人就一无是处，他笔下的人物复杂多面。贾琏这种无赖、无耻的好色之徒，见到父亲干的缺德事，也会说句公道话。这样写，这个人物就丰富立体了。平儿继续说："老爷听了就生了气，说二爷拿话堵老爷，因此这是第一件大的。这几日还有几件小的，我也记不清，所以都凑在一处，就打起来了。"联系上下文来看，贾琏挨的这顿揍多半跟贾赦没要到鸳鸯有关，贾赦不能违抗贾母，只能拿贾琏撒气。

贾琏被打，平儿跑到宝钗这儿干吗？她说："我们听见姨太太这里有一种丸药，上棒疮的，姑娘快寻一丸子给我。"薛家有治棒疮的丸药，平儿怎么知道？之前宝玉挨打，宝钗送过的。宝玉挨打，是他爹怨恨他不好好读书，流荡优伶，是希望他好；贾琏挨打，是他爹嫌弃他，没能把别人的东西讹来，是希望他坏。元妃省亲时点了一出戏《一捧雪》，脂砚斋评"伏贾家之败"。《一捧雪》讲的就是奸臣为抢夺一个玉杯害得别人家破人亡的事。贾赦因为几把扇子，害得石呆子被抄家，人也不知死活。这事是贾雨村替他办的，贾雨村将来在贾府倒霉时又会落井下石。插上这一段就交代了贾赦在索要鸳鸯不成之后，又办了件缺德事。前面还交代，他没要来鸳鸯，于是花了八百两银子买了个十七岁的姑娘嫣红，放到屋里了。

香菱拜黛玉为师

晚饭后，宝钗她们都上贾母那儿去了，香菱则到潇湘馆来。看来往贾母那儿跑得勤的，并不是亲外孙女林黛玉，而是王夫人的外甥女薛宝钗。黛玉的病好得差不多了，看到香菱来很欢喜。香菱说："我这一进来了，也得了空儿，好歹教给我作诗，就是我的造化了！"香菱向宝钗要求学作诗，宝钗说她"得陇望蜀"，看来不打算教。黛玉是怎么回答的？"既要作诗，你就拜我为师。我虽不通，大略也还教得起你。"黛玉很痛快，一口就答应了。看来香菱这次确实找对了人。

在这一回中，我们发现，林黛玉之所以能成为大观园首席女诗人，是因为她非常好学，把古代名人名作都研究透了，还能学以致用。从她怎样教香菱就能看出来，她是怎样从前人作品中学习写诗的。

香菱听林黛玉说愿意教她，很高兴，说："果然这样，我就拜你作师。你可不许腻烦的。"黛玉说："什么难事，也值得去学！不过是起、承、转、合，当中承、转是两副对子，平声对仄声，虚的对虚的，实的对实的，若是果有了奇句，连平仄虚实不对都使得的。"这话说得很对，古人写诗，包括大诗人李白、苏轼，有了好句好词时，真是平仄都不管。黛玉还告诉香菱，写诗词句是次要的，立意第一要紧。立意好了，词句都不用修饰，自然诗就是好的，这就叫"不以词害意"。

接着林黛玉给香菱布置作业。宋代严羽《沧浪诗话》说学写诗，"入门须正，立志须高"。学写诗就是要找对了门走进去，不要走邪门歪道；要学高人的作品，才能写出好作品，如果一开始就学三四流的，就不可能写出好作品了。黛玉布置的作业是：先读王维的五言律诗一百首，细心揣摩透了，再读杜甫的七言律诗一二百首，再读李白的七言绝句一二百首。林黛玉选的是"唐诗三杰"的作品，代表了唐诗的最高水平，体裁也选了这三位诗人最擅长的，王维的五律，杜甫的七律，李白的七绝，都是千古流传的。黛玉对香菱说，先以这三个人做楷模，然后再看看陶渊明、应玚、谢灵运、阮籍、庾信、鲍照等人的诗，像你这样聪明伶俐的人，用不了一年，就是一个"诗翁"了。为什么黛玉这样说？因为她觉得，写诗有学问固然重要，性情、天分却更重要。香菱先向黛玉借了王维的诗集拿回去学。黛玉还告诉香菱，那上面有红圈的，都是我选出来认为最好的，有一首你念一首；不明白的，可以问宝钗，如果遇见我，我也可以给你讲。可见林黛玉看诗时，认为最好的，早就画了圈，并不是这次特意为香菱画的。

1979年我和山东大学著名训诂学家殷孟伦先生一起到蒲松龄故居考察蒲松龄生平。我们看了好多蒲松龄手稿，大部分是抄六朝诗人的诗。殷先生问我，你看了这些诗稿有什么感想？我当时懵懵懂懂，说蒲松龄很好学呀。殷先生告诉我，蒲松龄把前人的诗，写月色的、写湖光山色的，分门别类抄了熟读。熟读前人的诗，就能作诗了。

由此可见，蒲松龄写诗是先学前人的精华之作，黛玉教香菱写诗亦是如此办法。

呆香菱苦吟诗

香菱回到蘅芜苑，什么也不干，在灯底下一首一首读起诗来。宝钗催她快睡觉，她不睡。宝钗只好随她去。第二天，黛玉刚梳洗完，香菱就来了，王维那些诗她一个晚上就读完了，又来要杜甫的律诗。然后两人讨论起来，香菱说了一些读王维诗的感受。我特别感动的一段，是香菱跟黛玉说，她读王维的《辋川闲居赠裴秀才迪》这首诗，读到"渡头余落日，墟里上孤烟"时，她琢磨"余"和"上"，难为他怎么想来。香菱说："我们那年上京来，那日下晚便湾住船，岸上又没有人，只有几棵树，远远的几家人家作晚饭，那个烟竟是碧青，连云直上。谁知我昨日晚上读了这两句，倒像我又到了那个地方去了。"

香菱怎么到京的？是薛蟠叫手下人打死冯渊，把她抢来的。这么不幸的少女，随着恶少来京城，竟有闲心看风景。当她读到王维的诗"渡头余落日，墟里上孤烟"时，竟然又想起当年的风景。记得上大学时读到这个地方，我的眼泪都流下来了。甄英莲，真应该可怜呀。

她们两个正说着，宝玉和探春来了，入座听香菱讲诗。黛玉继续对香菱讲，王维的诗句是从陶渊明"暖暖远人村，依依墟里烟"翻来的，并翻出诗来叫香菱看。宝玉无意中谈起大观园姐妹们写的诗已经被他传到外面，看见的人交口称赞，都抄走刻去了。探春、黛玉惊讶地问："这是真话么？"宝玉说："说谎的是那架上的鹦哥。"黛玉、探春都说宝玉："你真真胡闹！且别说那不成诗，便是成诗，我们的笔墨也不该传到外头去。"她们的观念还比较传统。这时惜春让入画来请宝玉，宝玉就去了。然后香菱"逼着"黛玉给她换杜甫的律诗来看，还央求黛玉、探春"出个题目，让我诌去"。黛玉说："昨夜的月最好，我正要诌一首，竟未诌成，你竟作一首来。十四寒的韵，由你爱用那几个字去。"香菱现学现卖，刚刚学了几首诗，居然就要开始创作了。

香菱高兴地拿回杜诗，先冥思苦想一会儿，作了两句诗，再去读两首杜诗，如此循环，"茶饭无心，坐卧不定"。宝钗看了说："何苦自寻烦恼。都是颦儿引的你，我和他算帐去。你本来呆头呆脑的，再添上这个，越发弄成个呆子了。"这是侧面描写，香菱真的"呆头呆脑"吗？当然不是，是她太热爱诗歌了，以至于废寝忘食。香菱写出一首诗，拿去找黛玉。黛玉说，"意思却有，只是措词不雅"，让她另作。香菱回到蘅芜苑，干脆连屋门都不进，或在池边、树下、山石上出神，或蹲在地下抠土，来往的人都很诧异。李纨、宝钗、探春、宝玉听说她在写诗，都远远地在山坡上看她，看到她一会儿皱眉，一会儿含笑。宝钗说："这个人定要疯了！昨夜嘟嘟哝哝直闹到五更天才睡下，没一顿饭的工夫天就亮了。我就听见他起来了，忙忙碌碌梳了头就找颦儿去。一回来了，呆了一日，作了一首又不好，这会子自然另作呢。"

宝玉笑道："这正是'地灵人杰'，老天生人再不虚赋情性的。我们成口叹说可惜他这么个人竟俗了，谁知到底有今日。可见天地至公。"宝玉一向同情香菱，觉得像香菱这么聪明俊秀的人，只能做个侍妾，非常可惜，现在她能写诗，就说明老天生人绝不会"虚赋情性"，给了你一定的天赋，你一定会在条件允许的时候发挥出来。贾宝玉的叹息，其实就是曹雪芹的叹息，曹雪芹的构思。

宝钗听了宝玉的话后说："你能够像他这苦心就好了，学什么有个不成的。"言外之意是，你如果能像香菱学诗一样，好好学四书五经，参加科举考试，还不是信手拈来的事？贾宝玉不回答。

香菱又构思出了新作，跑到黛玉那儿去了。探春等跟了去，听黛玉评诗。黛玉说："自然算难为他了，只是还不好。这一首过于穿凿了，还得另作。"所谓"穿凿"就是比附的东西太多。宝钗看了说，这首不像吟"月"，倒像吟"月色"。

香菱本以为自己这首肯定行了，听她们说还不好，有些扫兴，只好继续思索。她独自到竹子旁散步，耳不旁听，目不别视，挖心搜胆地构思。探春隔着窗子说："菱姑娘，你闲闲罢。"香菱呆头呆脑地回答："'闲'字是十五删的，你错了韵了。"大家听了大笑。宝钗说:"可真是诗魔了。都是颦儿引的他!"

到了晚间,香菱对着灯又出了一会儿神,上床躺下,睁着两眼睡不着觉,五更才朦朦胧胧睡去。天亮,宝钗醒了,见她睡得挺安稳,心想,她翻腾了一晚,不知诗是不是作成了?忽听香菱在梦里说:"可是有了,难道这一首还不好?"宝钗听了又是可叹,又是可笑,把香菱叫醒了问:"得了什么?你这诚心都通了仙了。学不成诗,还弄出病来呢。"一边说一边梳洗了,之后和姐妹们一起去贾母那边。

香菱苦志学诗,梦中得了八句,她梳洗完毕,赶快写下梦中得句,去找林黛玉了。走到沁芳亭,看见宝钗正在给姐妹们讲香菱梦中作诗说梦话的事。大家看见香菱来了,都要看看她到底在梦中作了什么诗。

看到这一段,联想到苏联著名诗人马雅可夫斯基,也是经常为构思诗句睡不着。有一次他想写一个人如何对另一个人忠心、痴情,想不出,晚上睡不着,突然梦里得到一句:"你的身体/我将永远爱惜和珍贵,/就像一个兵/被战争打成残废,/毫无用处,/谁也不要了,/但却珍惜自己唯一的那条腿。"他怕忘了,半夜爬起来,摸黑写下"一条腿"。第二天早上醒来,看到"一条腿"。什么"一条腿"?想了半天,才想起梦里的句子。马雅可夫斯基是苏联首席大诗人,而《红楼梦》中贾宝玉梦游太虚幻境看到的金陵十二钗副册的人物香菱,竟然也梦中写诗,曹雪芹创作的这个人物确实非常精彩。

庚辰本《脂砚斋重评石头记》四十八回有一段评语:

细想香菱之为人也,根基不让迎、探,容貌不让凤、秦,端雅不让纨、钗,风流不让湘、黛,贤惠不让袭、平,所惜者青年罹祸，命运乖蹇，至为侧室，且虽曾读书，不能与林、湘辈并驰于海棠之社耳。然此一人岂可不入园哉？

这段话的意思是：仔细想想香菱这个人，本来她的家庭背景不比迎春、探春差，她的相貌不比王熙凤、秦可卿差，她的端庄雅致不比李纨、薛宝钗差，她的风流才情不比史湘云、林黛玉差，她的贤惠不比袭人、平儿差，可惜她幼年被拐卖，命运坎坷，只能给薛蟠做个小妾。虽然她也读过书，但她没有条件进入海棠诗社，和林黛玉、史湘云一起写诗。这样一个人岂能不让她进入大观园呢？脂砚斋的评语，抬出金陵十二钗正册中的好几位跟香菱类比，形容她才貌出众且温柔可爱。我们看过了"慕雅女雅集苦吟诗"，再回想薛蟠在酒桌上唱的"一个蚊子哼哼哼，两个苍蝇嗡嗡嗡"，可见香菱真是一朵鲜花插在牛粪上了。命运就是这样不公平。

大观群钗盛况空前

——第四十九回　琉璃世界白雪红梅　脂粉香娃割腥啖膻

"琉璃世界"指大雪后大观园，人好像行走在玻璃盒里一样，而栊翠庵的红梅在皑皑白雪中像胭脂一样红；"脂粉香娃"指史湘云和贾宝玉，他们在芦雪广[1]烤鹿肉吃。

其实第四十九回并不仅仅是写芦雪广赏雪联诗，还是写大观园群钗毕集、盛况空前的场景。有研究者认为，这一回里出现的十二个女子，是曹雪芹早期构思的十二金钗。

精诚所至，金石为开

这回的开头继续写香菱学诗的情节。香菱梦中得诗，来向林黛玉汇报："你们看这一首。若使得，我便还学；若还不好，我就死了这作诗的心了。"大家拿过她的诗来一看，是这样写的：

1　芦雪广（yǎn）：大观园中的景观之一，因四周有芦苇而得名。"广"指依山崖建造的房屋。——编者注

精华欲掩料应难，影自娟娟魄自寒。

一片砧敲千里白，半轮鸡唱五更残。

绿蓑江上秋闻笛，红袖楼头夜倚栏。

博得嫦娥应借问，缘何不使永团圆！

这是香菱写的第三首诗，她经过反复推敲，学王维、杜甫的诗作，终于在梦中作出这首诗。大家看了都说，"这首不但好，而且新巧有意趣"，还说开诗社一定要请香菱。

这首诗确实写得好。头两句"精华欲掩料应难，影自娟娟魄自寒"，是形容云雾遮不住月亮的光辉，也暗喻生活的艰难遮不住香菱的才华。一个被拐少女，一个侍妾，成了有才气的诗人。中间两句写残月西斜时，捣衣女子在月下劳作，直到五更鸡叫；江上的旅人、楼上的少妇，在月下都愁情满怀。有红学家分析，这里包含着香菱对外出的薛蟠的思念，这是有可能的。香菱给薛蟠做妾，就把薛蟠当成终生的依靠；薛蟠走了，她当然会思念薛蟠，这也无可厚非。最后一句"博得嫦娥应借问，缘何不使永团圆"，表达香菱对幸福安定生活的向往。甄英莲实在不简单，她的诗歌得到大家的一致赞同。

大观园群钗毕至

这时，几个小丫头和婆子匆匆忙忙地走来说："来了好些姑娘、奶奶们，我们都不认得，奶奶、姑娘们快认亲去。"

谁来了？原来是邢夫人的兄嫂带了女儿邢岫烟，李纨的寡婶带着女儿李纹和李绮，薛蟠的堂弟薛蝌带着妹妹薛宝琴，一起来投亲访友。贾母、王夫人都见过了，很高兴，贾母特别喜欢薛宝琴。贾宝玉到怡红院跟丫鬟们说："你们还不快看人去！谁知宝姐姐的亲哥哥是那个样子，他的叔伯兄弟形容举止另是一样了，倒像是宝姐姐的同胞弟兄似的。更奇在你们成日家只说宝姐姐是绝色的人物，你们如今瞧瞧他这妹子，更有大嫂嫂这两个妹子，我竟形容不出了。"大家以为贾宝玉少见多怪，结果晴雯跑去看了回来，又向袭人形容："你快瞧瞧去！大太太的一个侄女儿，宝姑娘一个妹妹，大奶奶两个妹妹，倒像一把子四根水葱儿。"形容得太生动了。

后面出现了这样一段文字："此时大观园中比先更热闹了多少。李纨为首，余者迎春、探春、惜春、宝钗、黛玉、湘云、李纹、李绮、宝琴、邢岫烟，再添上凤姐儿和宝玉，一共十三个。"红学家有这样的观点：此时提到的十二个女性，就是曹雪芹最初构思的金陵十二钗，后来曹雪芹的构思变了，减去了薛宝琴、李纹、李绮、邢岫烟四人，换上了贾元春、秦可卿、妙玉、巧姐。这种推测有相当的合理性，我认为薛宝琴以非凡的气势在小说出现，邢岫烟的戏份也不少，却都没有进入金陵十二钗，正是这个缘故。《红楼梦》经过五次增删，作者对每个人物的重要性在不同阶段有不同的认识，才会形成这样的变化。我在关于《红楼梦》成书的论文中曾论述过，前五回是小说家最后写成的，这当然是考据学方面的话题。从曹雪芹现存的文稿看，金陵十二钗在这一回出现了八个：林黛玉、薛宝钗、王熙凤、迎春、探春、惜春、李纨、史湘云，缺了元春、秦可卿、妙玉、巧姐，再加上第五回出现在副册首位也是唯一一位的香菱，把如此多的重要人物集中到了这一回中，曹雪芹堪称大手笔。

大观园的姑娘们高兴起来，探春说："咱们的诗社可兴旺了。"更巧的是湘云也来了。她的叔叔史鼐到外省做官，要带家眷，贾母舍不得湘云，就把她留下了。贾母本来要叫凤姐给她另外安排地方住，但湘云要和宝钗一块儿住。这样一来，大观园热闹了很多。这些人互相之间有时候不大分得清谁大谁小，只是"姐姐""妹妹"随便乱叫。香菱也特别高兴，她本来拜黛玉为师，现在湘云住到了蘅芜苑，她也向湘云请教如何作诗，湘云又爱说话，就开始没日没夜地高谈阔论。薛宝钗表示"我实在聒噪的受不得了"，她还给湘云说的"杜工部之沉郁，韦苏州之淡雅"加了"两个现成的诗家"，即"呆香菱之心苦，疯湘云之话多"，大家听了都笑起来。薛宝钗难得有开玩笑的时候。

薛宝琴桂枝独芳

正说着，薛宝琴来了，披着一件金翠辉煌的斗篷。宝钗问："这是那里的？"宝琴说："因下雪珠儿，老太太找了这一件给我的。"香菱上来看："怪道这么好看，原来是孔雀毛织的。"湘云说："那里是孔雀毛，就是野鸭子头上的毛做的。可见老太太疼你了，这样疼宝玉，也没给他穿。"薛宝钗说："真俗语说：'各人有缘法'。他也再想不到他这会子来，既来了，又有老太太这么疼他。"湘云瞅了半天，说："这一件衣裳也只配他穿，别人穿了，实在不配。"

这时琥珀来了，说："老太太说了，叫宝姑娘别管紧了琴姑娘。他还小呢，让他爱怎么样就怎么样。要什么东西只管要去，别多心。"宝钗赶快站起来答应，推着宝琴说："你也不知是那里来的福气！你倒去罢，仔细我们委曲着你。我就不信我那些儿不如你。"贾母喜欢宝琴，无微不至，不避嫌疑，特别是不避黛玉的嫌疑；宝钗假装吃醋是开玩笑，心里未必真这么想。湘云口无遮拦，说："宝姐姐，你这话虽是顽话，恰有人真心是这样想呢。"琥珀指指宝玉，宝钗和湘云说："他倒不是这样人。"琥珀又指黛玉，湘云就不吭声了，默认黛玉会吃宝琴的醋。宝钗说："更不是了。我的妹妹和他的妹妹一样。他喜欢的比我还疼呢，那里还恼？"宝玉向来知道黛玉"小性儿"，并不知道黛玉和宝钗已经成了好朋友。他正担心贾母疼薛宝琴，黛玉会不会不自在？湘云这么说，宝钗这么回答，再看黛玉，也不像以前那样立刻恼了，而是真和宝钗说的一样，对宝琴很好。她怎么会一点儿都不妒忌宝琴？怎么一点儿都不"小性儿"了？宝玉很纳闷儿。他想，黛玉和宝钗原来不是这样的，现在看来，她俩好像比跟别人还好。又看到黛玉赶着宝琴叫妹妹，都不提名道姓，就像亲姐妹一样，宝玉更加诧异了。

贾母疼爱宝琴是大家有目共睹的。都有谁住过贾母的碧纱橱？只有宝玉、黛玉、湘云、元春住过，而现在宝琴一来就"跟着贾母一处安寝"。贾母最看重"二玉"——宝玉和黛玉，现在突然多出个宝琴，似乎有取黛玉而代之的势头。直爽的湘云直接说出来了，凤姐看出来了，宝玉担心了，但黛玉浑然不觉。难道敏感的黛玉对贾母疼爱宝琴没有想法吗？我看这个"天上掉下的林妹妹"太纯净、太天真，她把外祖母永远看作自己人生幸福的定海神针。她恐怕没想到，姗姗来迟的宝琴，差点儿动摇了贾母之前"二玉是一对儿"的"既定方针"。

"是几时孟光接了梁鸿案？"

宝琴比黛玉小，特别聪明，她到了这里几天，发现林黛玉是个出类拔萃的人，所以她和林黛玉特别好。宝玉一直疑惑不解，等黛玉回房，他找来说："我虽看了《西厢记》，也曾有明白的几句，说了取笑，你曾恼过。如今想来，竟有一句不解，我念出来你讲讲我听。"黛玉一听,里面有文章,就说:"你念出来我听听。"宝玉说:"那《闹简》上有一句说得最好,'是几时孟光接了梁鸿案?'这句最妙。'孟光接了梁鸿案'这七个字,不过是现成的典,难为他这'是几时'三个虚字问的有趣。是几时接了?你说说我听听。"

这段话是什么意思?宝玉实际上是问黛玉:你和宝姐姐什么时候成好朋友了?黛玉于是把宝钗怎么关心她,教育她不要讲《西厢记》《牡丹亭》里的话做酒令,以及怎么给她送燕窝的事,都告诉了宝玉;又说到宝琴,想到自己连个姐妹都没有,又哭了,对宝玉说:"近来我只觉心酸,眼泪却像比旧年少了些的。心里只管酸痛,眼泪却不多。"

这段话特别有意义:绛珠仙了到人世间向神瑛侍者还泪,眼泪少了,说明她的眼泪快要流尽,快要回太虚幻境了。也就是说,林黛玉的生命快要走到尽头了。

大观园裘衣秀

我写过一篇文章《大观园里面的裘衣秀》。在《红楼梦》这部长篇小说中,林黛玉是"女一号",她穿什么,作者应该经常写,但黛玉进府,曹雪芹都不写她的穿戴。故事一再往前推演,仍然不写林黛玉夏天穿什么,秋天穿什么;但第四十九回,突然细细地描写了林黛玉穿的裘衣。作者为什么会这样写?我想不管我们写不写小说,都应该好好琢磨。

宝玉邀着黛玉一块儿去稻香村。"黛玉换上掐金挖云红香羊皮小靴,罩了一件大红羽纱面白狐狸里的鹤氅,束一条青金闪绿双环四合如意绦,头上罩了雪帽。"为什么曹雪芹突然如此详尽地写林黛玉服饰?更耐人寻味的是,他为什么将林黛玉的服饰写得如此高级、昂贵和时髦?林黛玉的裘衣就经济价值来说,一点儿也不比贾母送给贾宝玉的那件俄罗斯进口的金碧辉煌的雀金呢便宜。

所谓鹤氅，是类似斗篷的无袖外衣。林黛玉披着一件"大红羽纱面白狐狸里的鹤氅"。"羽纱面"其实是羽缎，这种纺织品不是国产的。清代大诗人王士禛不知为什么对这种纺织品特别感兴趣，在两个地方详细记载过。《皇华纪闻》载："西洋有羽缎、羽纱，以鸟羽毛织成，每一匹价至六、七十金，着雨不湿。"《香祖笔记》说，羽纱、羽缎来自荷兰等国，康熙初年传进中国只有一两匹，是"缉百鸟翻毛织成"的。林黛玉的裘衣外面用的就是康熙初年刚刚进口的、百鸟翻毛织成的、可防雨雪的高档衣料。裘衣的"白狐狸里"，并不是整张白狐狸皮，而是用狐狸腋窝处轻软的皮毛"狐白"制成的。《史记》写孟尝君有件白狐狸裘衣，价值千金。在清代，林姑娘这件"大红羽纱面白狐狸里的鹤氅"是什么价值，也就可想而知了。

林姑娘腰里系的带子，是"青金闪绿双环四合如意绦"[1]。"绦"是用丝线编织的带子，林姑娘的带子是用深蓝加金色的丝线和绿色丝线编织成的，绦带垂下的地方有四个如意结的纹样。林姑娘的衣服这么讲究，帽子和鞋子同样高档：头上戴着的雪帽，又叫"观音兜"；脚上穿红色羊皮靴，那时叫"胡履"，款式类似于胡人穿的鞋。

林姑娘的穿戴高档俏丽，她经常感叹寄人篱下，但贾母是照搬女儿贾敏的模式"富养"外孙女的。其实羊毛出在羊身上，林如海去世后，贾琏带回林家的"浮财"，大部分已用在建造大观园上，余下部分"富养"林黛玉不过九牛一毛耳，曹雪芹不会写林黛玉是

1　也有说法称，"双环四合如意绦"的样式常用在云肩上，此处也指的是云肩。——编者注

"富二代"，而是似乎无意中写出贾母对她的"破格"疼爱。林黛玉在享受"贾府三春"的待遇同时，贾母还有"政策性倾斜"。怡红院侍女佳蕙曾对小红说过，有次宝玉派她去给林姑娘送茶叶，正赶上贾母派人给林姑娘送钱，林姑娘就顺手抓了两把给她。林黛玉不缺少物质享受，她缺的是无法替代的母爱。

林黛玉和贾宝玉来到稻香村，姐妹们都在，一色的大红猩猩毡与羽毛缎斗篷。众姐妹都是谁呢？是迎春、探春、惜春。这样一来，林黛玉、贾宝玉加上"贾府三艳"，五个人的着装好像史太君裘皮厂批量生产的，一色的大红。另外还有三个人，身份不一样，衣服也不一样。李纨穿着一件"青哆罗呢对襟褂子"，她是寡妇，不能穿鲜艳的颜色，但是用的是高档呢料。宝钗穿着一件"莲青斗纹锦上添花洋线番羓丝的鹤氅"，皇商家里都是进口料子，衣服上是进口丝线和高档羊毛织的、表面起绒毛的花纹，"锦上添花"是主花凸出、锦式和锦纹变化丰富的满地纹。宝钗一向讲究实惠不炫耀，但是她着装贵重考究，颜色是不太张扬的蓝紫色。只有邢岫烟"仍是家常旧衣，并无避雪之衣"。邢姑娘家里穷，邢夫人又小气。邢岫烟又借住在"二木头"迎春那里，迎春连一件避寒衣服都不知道给邢岫烟准备。后来平儿看不过去，以凤姐的名义给了她一件裘衣。凤姐觉得邢岫烟不像邢夫人那样为人，所以喜欢她。

湘云的着装鹤立鸡群。湘云喜欢穿男装，她"穿着贾母与他的一件貂鼠脑袋面子大毛黑灰鼠里子里外发烧大褂子，头上戴着一顶挖云鹅黄片金里大红猩猩毡昭君套，又围着大貂鼠风领"。黛玉说："你们瞧瞧，孙行者来了。他一般的也拿着雪褂子，故意装出个小骚达子来。"就是说湘云打扮得像少数民族。湘云说："你们瞧瞧我里头打扮的。"她脱了褂子大家一看，"只见他里头穿着一件半新的靠色三镶领袖秋香色盘金五色绣龙窄褙小袖掩衿银鼠短袄，里面短短的一件水红装缎狐肷褶子，腰里紧紧束着一条蝴蝶结子长穗五色宫绦，脚下也穿着麀皮小靴，越显的蜂腰猿背，鹤势螂形"。大家都笑着说："偏他只爱打扮成个小子的样儿，原比他打扮女儿更俏丽了些。"湘云的裘衣"里外发烧"，意思就是里外都是毛皮，贵重毛皮加上貂皮围领，全身毛茸茸的，所以黛玉说她像孙悟空。大衣里面是剪裁合体的皮袄，系着漂亮腰带。在贾宝玉的"闺密"中，宝钗丰满，黛玉清瘦，最有健康美的是湘云。湘云好像穿过了时光隧道，从魏晋名士圈来到了大观园。她乐观，阳光，心胸开阔，心直口快，装扮成男孩儿或少数民族的样子，显得更加洒脱。当然了，湘云穿的这些时髦、昂贵的衣服，都是贾母给她的，因为湘云代表着贾母娘家的脸面。

湘云要大家赶紧商量作诗的事，李纨建议到芦雪广去，给新来的朋友接风。

贾宝玉不是"无事忙"吗？他惦记着这事，一夜没睡好。第二天一早，他看到窗口很亮，还担心是不是晴天了；他揭起窗屉一看，原来一夜大雪，下得有一尺多厚，天上还在下。宝玉非常高兴，急急忙忙往芦雪广跑去，他要先去侦察一番。出了院门，四顾一望，白茫茫的一片，"远远的是青松翠竹，自己却如装在玻璃盒内一般"。回目中的"琉璃世界"就指宝玉此时看到的景色。到了山坡之下，顺着山脚转过去，寒香拂鼻。回头一看，"栊翠庵中有十数株红梅如胭脂一般，映着雪色，分外显得精神"，这就是回目中的"白雪红梅"。宝玉站住，仔细看了一会儿。蜂腰板桥上有个人打伞走来，是李纨打发去请凤姐的人。

宝玉来到芦雪广，丫鬟、婆子们在扫雪。芦雪广盖在傍山临水的河滩上，四周有芦苇，冬天已经枯了，穿过芦苇过去就是藕香榭的竹桥。扫雪的丫鬟、婆子看见宝玉过来，说，姑娘们吃了饭才来，二爷太着急了。可见宝玉还没吃早饭呢。于是他去贾母那里，探春也来了，围着大红猩猩毡斗篷，戴着观音兜，扶着小丫头；兄妹一块儿往贾母处走。到贾母处，薛宝琴还在里面梳洗更衣。

人来齐了，宝玉直喊饿，催着开饭。头一样菜是贾母的饭——牛乳蒸羊羔。贾母说，这是"没见天日的东西"，我们上了年纪的人才吃，你们小孩儿不能吃，你们等着吃鹿肉吧。宝玉等不及，拿茶泡了碗饭，就着野鸡瓜薤匆匆吃完了。贾母说："我知道你们今儿又有事情，连饭也不顾吃了。"于是吩咐："留着鹿肉与他晚上吃。"凤姐说还有呢。史湘云悄悄向宝玉提议："有新鲜鹿肉，不如咱们要一块，自己拿了园里弄着，又顽又吃。"宝玉立刻同意，和凤姐要了块鹿肉，叫婆子送到园里去。

大观园人物赏雪联诗

大观园人物聚集芦雪广。李纨要出题限韵，找不到湘云和宝玉了。黛玉说："他两个再到不了一处，若到了一处，生出多少故事来。这会子一定算计那块鹿肉去了。"正说着，李婶走来看热闹，问李纨："怎么一个带玉的哥儿和那一个挂金麒麟的姐儿，那样干净清秀，又不少吃的，他两个在那里商议着要吃生肉呢，说的有来有去的。我只不信肉也生吃得的。"大家笑道："了不得，快拿了他两个来。"李纨出来找到他俩说："你们两个要吃生的，我送你们到老太太那里吃去。那怕吃一只生鹿，撑病了不与我相干。这么大雪，怪冷的，替我作祸呢。"宝玉说："没有的事，我们烧着吃呢。"李纨说："这还罢了。"果然老婆子们拿了铁炉、铁叉、铁丝蒙，准备烤肉了。

凤姐打发平儿来通知大家她不能来。湘云见了平儿，拉住不放。平儿也年轻好玩，就把手上的金镯子摘了，动手烤肉。这里埋下了伏笔，她的金镯子之后被人偷走了，后面有一回会重点讲到。

于是宝玉、湘云、平儿三个人围着火炉，平儿建议先烤上几块吃。宝钗、黛玉看惯了这些人捣蛋，都见怪不怪了；宝琴她们都觉得很不可思议。探春说："你闻闻，香气这里都闻见了，我也吃去。"湘云一边吃一边说："我吃这个方爱吃酒，吃了酒才有诗。若不是这鹿肉，今儿断不能作诗。"她看见宝琴站在旁边笑，就说："傻子，过来尝尝。"宝琴笑着说："怪脏的。"宝钗说："你尝尝去，好吃的。你林姐姐弱，吃了不消化，不然他也爱吃。"宝琴也过去吃了。一会儿凤姐打发小丫头来叫平儿，平儿说："史姑娘拉着我呢，你先走罢。"小丫头回去，一会儿凤姐来了，说："吃这样好东西，也不告诉我！"也吃起来了。黛玉说："那里找这一群花子去！罢了，罢了，今日芦雪广遭劫，生生被云丫头作践了。我为芦雪广一大哭！"湘云说："你知道什么！'是真名士自风流'，你们都是假清高，最可厌的。我们这会子腥膻大吃大嚼，回来却是锦心绣口。"

吃完洗手时，平儿发现镯子少了一个，四处都找不到。凤姐说："我知道这镯子的去向。你们只管作诗去，我们也不用找，只管前头去，不出三日包管就有了。"凤姐对人性看得太清楚了，她知道，有人眼皮子浅，见了金晃晃的镯子，就给偷走了。凤姐又问他们今天作什么诗，说老太太提醒过，快过年了，让他们作些灯谜正月里用。

大家听了都赞同。

　　大家进了地炕屋里，发现杯盘果菜都摆上了，墙上已经贴出了诗题和规定的韵脚，要求"即景联句，五言排律一首，限二萧韵"。李纨说："我不大会作诗，我只起三句罢，然后谁先得了谁先联。"这就要开始联句了。但谁都没想到，王熙凤居然也要写诗了。

贾母看上薛宝琴？

——第五十回 芦雪广争联即景诗 暖香坞雅制春灯谜

"芦雪广"是大观园里一个傍山靠水的建筑，"暖香坞"是惜春住的地方。大观园诗人们在芦雪广联诗，联的"即景诗"，是什么景？自然是雪景。后来依贾母的吩咐，大家又在暖香坞创作灯谜。

联诗的规则是"即景联句，五言排律"。"即景"就是写雪景，"排律"就是比八句还要长的律诗。这是大观园诗会的一次高潮，大观园诗人的一次才艺竞赛。

这一回里有个没在回目中提到，却对整个小说走向有影响的内容：贾母是不是看上了薛宝琴，而且想把她许配给贾宝玉？

芦雪广快活抢诗句

联句开始应该由李纨开头，但凤姐突然说："我也说一句在上头。"凤姐不说"我也作句诗"，而是说"我也说一句"。大家都笑了，说这样更妙。宝钗在李纨的号"稻香老农"上补了个"凤"字。李纨把题目讲给凤姐听，凤姐想了半天，说："你们别笑话我。我只有一句粗话，下剩的我就不知道了。"大家都说"越是粗话越好"。

因为是联句，首句起得好不好，会影响整个联句的水平，而且首句往往是对诗人眼界、才能的最大考验。既要起首句，又要写雪景，这是多么专业化的要求。凤姐不识字，当然不知道什么是"即景联句"，什么是"五言排律"，什么是"二萧韵"，她就直接说了一句"一夜北风紧"。大家听了都说好，认为"正是会作诗的起法""留了多少地步与后人"。王熙凤是金陵十二钗之一，十二钗除巧姐外，连秦可卿都在王熙凤的梦里念"三春去后诸芳尽，各自须寻各自门"这样两句诗，十二钗里的重要人物王熙凤怎么可以没有诗？曹雪芹安排她在联诗时"不该出手也出手"，把能事之人的异样才能描绘出来。

联诗写了三十五韵，七十句，很多人共同创作，居然上勾下联，血脉畅通，没有堆砌的感觉，还出现了一些写雪景的佳句，如"寒山已失翠，冻浦不闻潮""伏象千峰凸，盘蛇一径遥""沁梅香可嚼，淋竹醉堪调"等，把雪景中的梅花、翠竹都写了出来，既紧扣雪景，也反映了联诗者的个性。联诗本来规定一人两句，但湘云说到"海市失鲛绡"时，本该继续说下一句，却被林黛玉抢先说了"寂寞对台榭"，从这里开始，成了一人抢一句，更快乐了。宝琴说"埋琴稚子挑"时，湘云笑得弯着腰念了一句，大家都没听清，因为湘云是一边笑一边说的。湘云有"咬舌子"的毛病，她说"石楼闲睡鹤"，很可能说成了"洗楼闲睡鹤"，所以大家不懂，于是她就喊出来了。黛玉笑得捂着胸口，也跟着高声嚷"锦罽暖亲猫"。黛玉居然也有"高声嚷"的时候，太妙了；联句竟把"猫"用上，太稀奇也太有才了。联句联得很快乐，最后统计，谁联得最多？是史湘云，大家都说"这都是那块鹿肉的功劳"。大家联句，有的人没抢上，最后收尾的是李纨和李绮，李纨说"欲志今朝乐"，李绮说"凭诗祝舜尧"。

李纨说，这次宝玉又落第了，要罚。宝玉解释说自己不会联句，让大家担待他。李纨说："也没有社社担待你的。又说韵险了，又整误了，又不会联句了，今日必罚你。我才看见栊翠庵的红梅有趣，我要折一枝来插瓶。可厌妙玉为人，我不理他。如今罚你去取一枝来。"大家都说"罚的又雅又有趣"。宝玉乐意被罚，看来是想借机见妙玉。湘云和黛玉让他喝杯热酒再走。李纨要派人跟着宝玉，黛玉拦住说，有了人反而要不来了。黛玉早就看出了宝玉和妙玉之间的微妙感情，恐怕是从妙玉知道贾母不吃六安茶时，就琢磨到可能是宝玉给她透露的消息。

宝玉去要梅花，屋里的人打算让刚才联句联得少的三位客人邢岫烟、李纹、李绮分别用"红、梅、花"做韵写七律，后来李绮又换成了宝琴。这时宝玉笑嘻嘻地扛了枝红梅回来，说："你们如今赏罢，也不知费了我多少精神呢。"看来妙玉先刁难了他一番。大家要宝玉写诗，湘云让他写《访妙玉乞红梅》，大家都说有趣。邢岫烟、李纹、宝琴咏红梅花的诗写完了，宝琴写得最好，头两句"疏是枝条艳是花，春妆儿女竞奢华"，非常有味道。宝玉写的可以算是七十分的叙事诗。他念完，大家正在评论，几个丫鬟跑来说："老太太来了。"大家说，怎么这么高兴，下着雪老太太都跑来了。

凤姐调侃贾母

贾母喜欢听晚辈说说笑笑。大观园的人跑到芦雪广聚会写诗，本来没有老人家的份儿，贾母却偏偏跑来凑热闹。她围了大斗篷，戴着灰鼠暖兜，坐着竹轿来了，进来就说："好俊梅花！你们也会乐，我来着了。"老太太人老心不老，对美好的事物有特殊的感受。

她曾自夸，自己年轻时比凤姐还巧。我曾说贾母是老了的凤姐，现在看更像老了的湘云。奇怪的是，贾母的"开心果"王熙凤没有跟来。贾母对李纨等解释："我瞒着你太太和凤丫头来了。大雪地下坐着这个无妨，没的叫他们来踩雪。"贾母体谅晚辈，说这地方潮湿，不要久待，带大家去惜春住的暖香坞去了。

贾母听刘姥姥说园子好，希望有人能画下来，于是把这个工作派给了惜春，现在来"催债"了。惜春说，现在天冷了，颜料凝固了，所以先把画儿收起来了。贾母说："我年下就要的。你别拖懒儿，快拿出来给我快画。"正说着，王熙凤来了，笑嘻嘻地说："老祖宗今儿也不告诉人，私自就来了，要我好找。"贾母很高兴，又有点儿过意不去，说："我怕你们冷着了，所以不许人告诉你们去。你真是个鬼灵精儿，到底找了我来。以理，孝敬也不在这上头。"贾母肯定了凤姐孝顺自己，凤姐应该承认吧？但是她没有，因为王夫人没来，如果承认自己孝顺，那就意味着王夫人不孝顺了。她是怎么回答的？她拿贾母开涮："我那里是孝敬的心找来了？我因为到了老祖宗那里，鸦没雀静的，问小丫头子们，他又不肯说，叫我找到园里来。我正疑惑，忽然来了两三个姑子，我心里才明白。我想姑子必是来送年疏，或要年例香例银子，老祖宗年下的事也多，一定是躲债来了。我赶忙问了那姑子，果然不错。我连忙把年例给了，他们去了。如今来回老祖宗，债主已去，不用躲着了。已预备下希嫩的野鸡，请用晚饭去，再迟一回就老了。"

王熙凤真是应了那句歇后语"吃柳条拉筐子——肚子里编"，顺口就能编故事，编得有鼻子有眼，有情趣，有谐趣。小丫头怎么可能不告诉她贾母到哪儿去了？尼姑怎么可能敢来找贾母讨债？而王熙凤故意把贾母形容成"躲债来了"，还假装来向贾母通风报信。结果是贾母笑着挽了凤姐的手，上了轿，带着众人出了门。

　　贾母处于贾府这个封建家庭的顶端，高处不胜寒，总得被人敬着、供着，自己也得端着，这样日复一日，多么没趣。总要面对谨慎小心、恭恭敬敬的脸，自己都产生了审美疲劳。有凤姐这么个孙媳妇，风趣幽默，无话不谈，表面上看似把老祖宗当成平等的开玩笑的对象，花样迭出，而骨子里又恭敬、守礼，像这样的晚辈，贾母想不喜欢都难。

　　我从王熙凤联想到两个西方小说家创造的女性人物。一个是英国作家威廉·萨克雷写的《名利场》里的利蓓加·夏泼[1]，她极端自私又极端聪明，原本出身低微，借助美貌和聪明，玩弄各种各样的鬼花招儿，通过一个又一个男人，达到自己的目的。在萨克雷的笔下，她常常是绿眼睛一转，就计上心来。这个绿眼睛的英国女人，好像王熙凤漂洋过海留下的后代。还有一个是美国女作家玛格丽特·米切尔写的《飘》里的郝思嘉[2]，好莱坞大明星费雯·丽在这部小说改编的电影《乱世佳人》里饰演了这个角色。1936年《纽约时报》里有一篇书评，如果不是点名是在说郝思嘉，我简直以为作者在评价王熙凤。书评里是这样说的：郝思嘉生命力旺盛，全身每一寸细胞都活蹦乱跳，自私自利，没有原则，无情无义，贪婪成性，颐指气使，骨子里却是灵活轻巧、弹性良好的钢铁。她是美国小说中令人难忘的人物。她理直气壮地存在，而且势必还会存在很久。我怀疑，萨克雷和米切尔是不是都看过《红楼梦》？

1　利蓓加·夏泼：也有版本译为蓓基·夏泼。——编者注
2　郝思嘉：也有版本译为斯嘉丽·奥哈拉。——编者注

贾母关注宝琴

贾母从暖香坞带着众人出夹道东门，到了园子里，看到四面粉妆银砌，薛宝琴披着凫靥裘站在山坡上，身后丫鬟抱着一瓶红梅。大家笑道，原来宝琴也去弄红梅了。贾母立刻被眼前美景和雪景美人吸引，她说："你们瞧，这山坡上配上他的这个人品，又是这件衣裳，后头又是这梅花，像个什么？"大家说："就像老太太屋里挂的仇十洲画的《艳雪图》。"贾母摇头说："那画的那里有这件衣裳？人也不能这样好！"刚说完，宝琴后面又钻出个披大红猩毡的人。贾母以为又是哪个女孩儿，经大家提醒才知道是宝玉。原来宝玉又到妙玉那儿要梅花了，给每人各要了一枝。

贾母晚饭后，薛姨妈来了，说："昨日晚上，我原想着今日要和我们姨太太借一日园子，摆两桌粗酒，请老太太赏雪的，又见老太太安息的早。我闻得女儿说，老太太心下不大爽，因此今日也没敢惊动。早知如此，我正该请。"贾母说："这才是十月里头场雪，往后下雪的日子多呢，再破费不迟。"凤姐又插科打诨说："姨妈仔细忘了，如今先称五十两银子来，交给我收着，一下雪，我就预备下酒，姨妈也不用操心，也不得忘了。"王熙凤本是提醒薛姨妈，先把银子交给她，她可以替薛姨妈准备好酒席。贾母又开玩笑说："既这么说，姨太太给他五十两银子收着，我和他每人分二十五两，到下雪的日子，我装心里不快，混过去了，姨太太更不用操心，我和凤丫头倒得了实惠。"老太太为什么这么高兴？因为薛姨妈要请她，她喜欢热闹，所以拿王熙凤开个玩笑。

大家都笑。王熙凤把手一拍："妙极了，这和我的主意一样。"贾母笑了："呸！没脸的，就顺着竿子爬上来了。你不说姨太太是客，在咱们家受屈，我们该请姨太太才是，那里有破费姨太太的理！不这样说呢，还有脸先要五十两银子，真不害臊！"她拿王熙凤取乐，王熙凤说得更好："我们老祖宗最是有眼色的，试一试，姨妈若松呢，拿出五十两来，就和我分。这会子估量着不中用了，翻过来拿我作法子，说出这些大方话来。如今我也不和姨妈要银子，竟替姨妈出银子治了酒，请老祖宗吃了，我另外再封五十两银子孝敬老祖宗，算是罚我个包揽闲事。这可好不好？"

贾母的嘴再会说，能说过王熙凤吗？贾母说她顺着竿爬，没竿她照样爬，谁都想象不出她在什么情况下会说什么话，但只要她开口，必定叫老太太高兴得不得了。

贾母跟薛姨妈说起宝琴雪下折梅，比画儿都好看，又细问宝琴的年庚、八字、家境。薛姨妈猜想，贾母大概想把宝琴许配给宝玉。但宝琴早就许配给了梅翰林的儿子，这次进京是准备嫁妆。薛姨妈只好委婉地把宝琴有了人家的事说出来，她说："可惜这孩子没福，前年他父亲就没了。他从小儿见的世面倒多，跟他父母四山五岳都走遍了。他父亲是个好乐的，各处因有买卖，带着家眷，这一省逛一年，明年又往那一省逛半年，所以天下十停走了有五六停了。那年在这里，把他许了梅翰林的儿子，偏第二年他父亲就辞世了，他母亲又是痰症。"啰里啰唆说了半天，什么意思？就是想告诉贾母薛宝琴已经订婚了。凤姐没等她说完就故意跺脚说："偏不巧，我正要作个媒呢，又已经许了人家。"贾母问："你要给谁说媒？"凤姐说："老祖宗别管，我心里看准了他们两个是一对。如今已许人，说也无益，不如不说罢了。"凤姐敏锐地捕捉到了贾母的新动向。宝琴来后，贾母特别喜欢她，提供了各种超规格的款待；现在又问八字，很可能是在为贾宝玉做打算。这说明贾母虽然说过"二玉""不是冤家不聚头",但当她看到比黛玉更美丽、健康的宝琴,"二玉成一对"的想法便开始动摇。宝贝女儿贾敏的遗孤当然要关爱,但宝贝孙子宝玉的终身大事更重要。而薛宝钗在贾府待了这么长时间,贾母多次表扬她,还出钱给她过生日,但从来没有向薛姨妈问过宝钗的年庚八字,也就是说,贾母从没考虑过"金玉良姻"。

还有一种可能,就是贾母其实并没考虑宝玉和宝琴的婚事。她问宝琴八字,只是借关注宝琴来拒绝宝钗。贾母叫王夫人认宝琴做干女儿,就是她不想给宝玉娶宝琴的有力证据。贾母戏剧修养很高,《西厢记》里崔夫人叫崔莺莺认张生为哥哥的把戏,贾母是知道的。结义兄妹也是兄妹,所以即便宝琴没定亲,宝玉也不能娶名义上的妹妹。在这种情况下,贾母可以继续推行"双玉良缘"。

但是《红楼梦》是一本怎么解释都有道理的书。多年以来,在中国古代小说研究领域中,有关《红楼梦》的研究总是占最大份额。《红楼梦》的边边角角早就被红学家和古代文学研究者,甚至和古代文学研究八竿子打不着的光学家、历史学家、政治学家研究得透透的了。

薛姨妈主动说宝琴已许配给梅翰林的儿子,可能是故意给宝钗留下"宝二奶奶"的位置。"梅"和"没"同音,"梅翰林"是不是就意味着"没翰林"?贾母问宝琴八字,薛姨妈说宝琴已定亲,会不会就是两个智商很高的女性在互相打太极?

贾母格外关注薛宝琴的动向,按说黛玉该哭个六佛出世。但黛玉有什么反应,曹雪芹一个字都没写。后面倒出现了紫鹃试探宝玉的情节。

贾母叫惜春抓紧把大观园的画儿画出来。第二天饭后,又嘱咐惜春:"不管冷暖,你只画去,赶到年下,十分不能便罢了。第一要紧把昨日琴儿和丫头梅花，照模照样，一笔别错，快快添上。"老太太真喜欢宝琴，已是单纯的审美层面的喜欢，跟姻缘一点儿关系也没有。老封君品位不俗。惜春听了只好答应，但又感觉为难，她想不出怎样把这两样恰当地添进画儿里，便"只是出神"。李纨说，叫她自己想吧，咱们说话。然后又提到老太太让大家作灯谜的事，她就编了两个跟四书有关的，李纹和李绮也编了两个。湘云编了一首《点绛唇》："溪壑分离，红尘游戏，真何趣？名利犹虚，后事终难继。"大家想了半天，连博学的宝钗都想不出来，有人说是"和尚"，有人说是"道士"，有人说是"偶戏人"。写诗总落第的贾宝玉猜出来了，是"耍的猴儿"。为什么贾宝玉能猜出来？因为女孩儿们住在深宅大院，几乎不出门，完全不了解老百姓街头有什么娱乐活动。贾宝玉常往外跑，曾经看到过耍猴儿的。奇怪的是，史湘云写这个谜语，证明她也看到过耍猴儿的。大家说："前头都好，末后一句怎么解？"湘云说："那一个耍的猴子不是剁了尾巴去的？"大家都笑了。

史湘云这个"耍猴儿"的谜语会不会也有某种深意，预示着贾府将来也像剁了尾巴的猴子一样，"后事终难继"，都说"树倒猢狲散"，而这个"猢狲"连尾巴都没有了。

李纨说，昨天姨妈说宝琴见的世面多，宝琴应该编点儿谜语。这就引出了后文薛宝琴以她去过的十个古迹写了十首怀古诗，这十首怀古诗也是十个谜语，成为第五十一回的内容。

贾母说"不如作些灯谜，大家正月里好顽的"，尽管后来元宵节时，因为宫里一位太妃生病，贾府取消了灯谜会活动，但是这些谜语已经提前附在每个人的名下了，什么样的人写什么样的谜语，都是和他/她的个性联系在一块儿的。特别是湘云写的这个"耍的猴儿"的谜语，被贾宝玉猜中，特别有意思，也特别有寓意。

衣锦还乡的袭人与病倒的晴雯

——第五十一回　薛小妹新编怀古诗　胡庸医乱用虎狼药

"薛小妹"是宝钗的堂妹宝琴，"胡庸医"是一个不常到荣国府看病的太医。宝琴以她去过的一些地方如赤壁、交趾（今越南北部）等为吟咏对象，作了十首怀古诗谜，让大家猜。胡庸医到怡红院给晴雯看病，开了一些不该用在女孩儿身上的药性较猛的药材。

在"怀古诗"和"虎狼药"之间有个不在回目中提及的重要内容：袭人母亲病重，王熙凤为讨王夫人欢心，安排袭人"贵妇还乡"。袭人不在，怡红院出现了新鲜事，晴雯因夜晚出去吓唬麝月，被冻病了。

怀古诗成迷魂阵

薛宝琴跟着父亲走遍三山五岳，见多识广，拣了十处古迹为题材作怀古诗灯谜，大家都没猜中。曹雪芹故意不让大家猜中，这成为红学家大展才能的话题。红学家们一方面猜怀古诗都是什么谜底，另一方面猜怀古诗暗藏着哪些人物的命运。试举几例：

《赤壁怀古》："赤壁沉埋水不流，徒留名姓载空舟。喧阗一炬悲风冷，无限英魂在内游。"表面上写的是赤壁之战，赤壁的大火使无数的英魂离开人间。有红学家猜，这首诗谜的谜底是"走马灯"。也有红学家推测，这是用赤壁之战中英雄人物的死亡形容贾府的最后结局：贾府最后可能遭遇火灾，落了个"白茫茫大地真干净"。

《淮阴怀古》："壮士须防恶犬欺，三齐位定盖棺时。寄言世俗休轻鄙，一饭之恩死也知。"表面上写的是韩信，有红学家推测这首诗暗示了王熙凤的命运。"恶犬"指她的丈夫贾琏，王熙凤最后被贾琏休了；"一饭之恩"说的是刘姥姥后来报答了她的恩惠。

《梅花观怀古》："不在梅边在柳边，个中谁拾画婵娟。团圆莫忆春香到，一别西风又一年。"表面上写的是《牡丹亭》，有红学家推测这首诗暗示了黛玉的命运。杜丽娘对柳梦梅魂牵梦绕，林黛玉对贾宝玉一往情深。但他们的爱情是"画儿里的爱宠"，是镜花水月。后来贾宝玉外出逃难，林黛玉日思夜想，盼望团圆，结果贾宝玉回到大观园时，林黛玉已泪尽而逝。这样推测这首诗是有道理的，尤其是"团圆莫忆春香到"的"春香"，可能指曾经给宝玉、黛玉传递手帕的晴雯。林黛玉还在幻想跟贾宝玉团圆，当年传递情意的晴雯早已不在了。

大观园闺秀猜薛宝琴怀古诗，出现了很有意味的情节。宝钗说："前八首都是史鉴上有据的，后二首却无考，我们也不大懂得，不如另作两首为是。""无考"的是指第九首和第十首：第九首《蒲东寺怀古》，写的是《西厢记》中的红娘帮助张生和莺莺在一起的情节；第十首《梅花观怀古》，写的是《牡丹亭》杜丽娘死后埋在梅花树下，柳梦梅到梅花观拾到了她的画像。薛宝钗明明知道《西厢记》《牡丹亭》的内容，还劝过林黛玉不要读那些"移了性情"的书，说明她自己早就读过了；现在她又假模假式地表示自己没看懂，建议另作两首。她说完，林黛玉说："这宝姐姐也忒'胶柱鼓瑟'，矫揉造作了。这两首虽于史鉴上无考，咱们虽不曾看这些外传，不知底里，难道咱们连两本戏也没有见过不成？那三岁孩子也知道，何况咱们？"黛玉与宝钗成好朋友后，这是黛玉少有的一次当面反驳宝钗，善意地批评宝姐姐矫揉造作。说"咱们虽不曾看这些外传"，这也是说谎，其实她们都看过。探春、李纨都同意黛玉的意见。宝钗、黛玉成了好朋友后，宝钗虽然关心黛玉，但她无法左右黛玉的思想。黛玉的思想仍然和《西厢记》《牡丹亭》，以及崔莺莺、杜丽娘保持着密切的联系。

此前贾母叫琥珀转告薛宝钗，"别管紧了琴姑娘"，现在看来真是料事如神，宝钗确实像个教师爷一样，试图在思想意识上管制宝琴。大家猜了一回宝琴的怀古诗，都没猜对。这么多冰雪聪明的女孩儿，怎么谁也猜不着？这是曹雪芹借题展示自己的诗才，布下迷魂阵，故意叫读者猜的。脂砚斋说曹雪芹写《红楼梦》"有传诗之意"，有一定道理。其实后人不一定非要对薛宝琴的怀古诗刨根问底，不如当作曹雪芹是在卖弄才学、增加小说的可读性罢了。

凤姐安排袭人"贵妇还乡"

有人来回王夫人说，袭人的哥哥花自芳来了，说她母亲病重，求恩典，想接袭人回娘家一趟。为什么叫袭人回娘家要"求恩典"？因为袭人是被"买断"的，她的人身自由完全由荣国府掌握，得求王夫人的"恩典"才能回去。王夫人说："人家母女一场，岂有不许他去的。"曹雪芹这个安排很巧妙，既要让袭人回娘家，又要让袭人离开怡红院，再让其他丫鬟夜里淘气，导致晴雯被冻病了。一个伟大的作家，即使看似不经意地写下一些情节，也会写出深刻的人情世故，还能在设置小说布局上起到作用。

王夫人同意袭人回家，把凤姐叫来，命她"酌量去办理"。凤姐马上拿着鸡毛当令箭，小题大做，给袭人回娘家摆了一副"贵妇还乡"的谱儿。她派了八个随从送袭人回去：周瑞家的、另一个媳妇、两个丫鬟、四个有年纪跟车的。袭人、周瑞家的和另一个媳妇坐一辆大车，丫鬟们坐一辆小车。周瑞家的是王夫人陪房，在贾府的地位应该高于还没公开通房大丫头身份的袭人，怎么成了袭人的随从？王熙凤还让周瑞家的嘱咐袭人"穿几件颜色好衣服，大大的包一包袱衣裳拿着，包袱也要好好的，手炉也要拿好的"。袭人明明是回家看病重的娘，应该穿得素净一些才符合人之常情，怎么反而要穿得鲜亮又华丽？这是让袭人摆出荣国府姨娘的架子，好像不是跟母亲生离死别，倒像是回娘家摆阔去了。

袭人穿着王夫人赏的衣服，来给凤姐"鉴定"够不够格："桃红百子刻丝银鼠袄子，葱绿盘金彩绣绵裙，外面穿着青缎灰鼠褂"。从袄到裙到外套，都是高档的银鼠、灰鼠皮做的，对袭人的身份来说已经很豪华了。从颜色上看，完全不符合回家探病的要求，但王熙凤还认为褂子太素，而且不够暖和，让她穿件大毛的。于是令平儿"将昨日那件石青刻丝八团天马皮褂子拿出来"，叫袭人穿上昂贵的狐狸皮袄。凤姐又看见袭人拿着一个"弹墨花绫水红绸里的夹包袱，里面只包着两件半旧棉袄与皮褂"，觉得不行，又让平儿拿个"玉色绸里的哆罗呢的包袱"，包上一件雪褂子。凤姐又嘱咐袭人："你妈若好了就罢，若不中用了，只管住下，打发人来回我，我再另打发人给你送铺盖去。可别使人家的铺盖和梳头的家伙"。袭人是回母亲身边，回到从小生活的地方，王熙凤却嘱咐她不要用家里的铺盖和妆奁等，为什么？因为在贾府的人看来，袭人已经和花家人不一样了，已经是宝玉未来的姨太太了。周瑞家的知趣，马上表示："我们这去到那里，总叫他们的人回避。若住下，必是另要一两间内房的。"

一个卖出去的女儿回娘家，竟然要家人回避，这是什么规矩？袭人不过是宝玉的丫头，连通房大丫头的名分都没公开，凤姐为什么要给袭人这么大的面子？凤姐对已给贾政生了儿女的赵姨娘都毫不客气，为什么要这样对待袭人？为什么一向小气、凡事计较的凤姐愿意自掏腰包，把袭人武装到牙齿？她说："说不得我自己吃些亏，把众人打扮体统了，宁可我得个好名也罢了。"其实凤姐心机深重，她每一分钱用到什么地方，每件东西送给什么人，每份心思用到什么人身上，都是精打细算的。袭人已是王夫人阵营的人，凤姐要想得到王夫人永远的器重，仅靠姑侄关系远远不够，必须想王夫人所想，做王夫人想做而不敢做、不便做的事。抬举袭人就是这样的事。王夫人叫凤姐"酌量去办理"，本身就带有一些暗示。如果叫凤姐按府里的规矩办，根本不存在"酌量"不"酌量"的，特意提到"酌量"就是暗示对方可以打破常规。王夫人用一句模棱两可的话，就让聪明的娘家侄女按照自己的意愿办事了。凤姐知道，通过抬举袭人达到维护贾宝玉利益的目的，是王夫人心里的小算盘，所以她尽可能地让袭人风风光光地回娘家。

凤姐叫平儿拿一件雪褂子给袭人包上，平儿拿出了两件，袭人表示一件就够了。平儿说："你拿这猩猩毡的。把这件顺手拿将出来，叫人给邢大姑娘送去。昨儿那么大雪，人人都是有的，不是猩猩毡就是羽缎、羽纱的，十来件大红衣裳，映着大雪好不齐整。就只他穿着那件旧毡斗篷，越发显的拱肩缩背，好不可怜见的。如今把这件给他罢。"凤姐这时故作小气地埋怨了一番："我的东西，他私自就要给人。我一个还花不够，再添上你提着，更好了！"这是抱怨平儿吗？不是，这是借平儿办的事向在场的人邀功。果然在场的婆子们很懂事，马上把王熙凤好一顿歌颂："这都是奶奶素日孝敬太太，疼爱下人。若是奶奶素日是小气的，只以东西为事，不顾下人的，姑娘那里还敢这样了。"凤姐好像不情愿送的衣服，送得多漂亮，这个人真是不得了。

凤姐内心有些善良的东西。邢岫烟是邢夫人的娘家侄女，邢夫人娘家经济并不宽裕，邢岫烟住进大观园后，邢夫人不管她，让王熙凤安排。王熙凤叫她住到迎春那里，因为迎春名义上是邢夫人的女儿。其实住在迎春那里，不管出什么事，和王熙凤都没关系。但王熙凤又发现，邢岫烟和邢夫人不一样，"却是温厚可疼的人"。所以当邢岫烟在贾府住满了一个月，凤姐就照迎春的月例，也给岫烟一份零花钱。平儿送这件衣服，也是看准王熙凤同情邢岫烟才这样做的。这说明曹雪芹笔下小气、奸诈的王熙凤，心里也有个柔软的角落，也有同情心。

晴雯冻病，庸医用药

袭人回家不久，周瑞家的就回来报信说："袭人之母业已停床，不能回来。"凤姐关心宝玉，把怡红院的嬷嬷喊了两个来，吩咐："袭人只怕不来家，你们素日知道那大丫头们，那两个知好歹，派出来在宝玉屋里上夜。你们也好生照管着，别由着宝玉胡闹。"嫂子很清楚自己这个小叔子顽皮，平时有袭人管着，可能还老实点儿；袭人不在，可能又像开了锁的小猴儿，得和丫鬟们好好玩一玩。

宝玉看着晴雯和麝月给袭人收拾铺盖妆奁，送走后，晴雯和麝月负责侍候宝玉。晴雯怎么侍候？"只在熏笼上围坐"。熏笼也叫火箱，底托为铜制，罩子由竹篾条编成，竹篾条内有一层细铜网保护，可以用来取暖、烘烤等。麝月说："你今儿别装小姐了，我劝你也动一动儿。"晴雯说："等你们都去尽了我再动不迟。有你们一日，我且受用一日。"看来晴雯比较懒，能让别人干的活儿她就不干。麝月让晴雯帮她"把那穿衣镜的套子放下来，上头的划子划上"，她还要铺床去。晴雯还是不动，说："人家才坐暖和了，你就来闹。"宝玉一听，就出去把镜套放下来，划上划子，回来说："你们暖和罢，都完了。"少爷一点儿架子也没有，该丫鬟干的事，他替她们干了。

　　几人按吩睡下了。半夜里宝玉要喝茶，就叫袭人。叫了两声没人应，自己醒了，才想起袭人不在家，自己也觉得好笑。晴雯叫麝月："连我都醒了，他守在旁边还不知道，真是个挺死尸的。"麝月打个哈欠说："他叫袭人，与我什么相干！"麝月也很顽皮。麝月起来给宝玉备茶，照宝玉的嘱咐披上了他的袄儿，拿来茶给宝玉喝了。晴雯居然说："好妹子，也赏我一口儿。"麝月说："越发上脸儿了！"晴雯还是叫："好妹妹，明儿晚上你别动，我服侍你一夜，如何？"麝月只好也叫她喝了。这时，麝月忽然想到外面去走走，就说："你们两个别睡，说着话儿，我出去走走回来。"晴雯说："外头有个鬼等着你呢。"麝月出去以后，晴雯想吓唬她，也不披衣服，只穿个小袄就跑出去了。她们都是十几岁的女孩儿，调皮捣蛋，很自然。宝玉提醒她不要冻着，她也不听。晴雯出了房门，"只觉侵肌透骨，不禁毛骨森然"，心想："怪道人说热身子不可被风吹，这一冷果然利害。"宝玉怕麝月被晴雯吓着，在房间里喊了一声："晴雯出去了！"

　　这么一闹，晴雯冻着了。宝玉说，你进来，我给你焐一焐。晴雯就钻到宝玉被窝里了。但这里没有色情意味，只是宝玉关心他的小丫鬟，给她暖暖身子。麝月进屋以后，才知道晴雯为了吓唬自己，没穿大衣服就出去了。麝月说："你死不拣好日子！你出去站一站，把皮不冻破了你的。"麝月口角也很伶俐。

晴雯冻病了，打了几个喷嚏，三个人又唧唧喳喳了一会儿。外面值班的老嬷嬷故意咳嗽两声，说："姑娘们睡罢，明儿再说罢。"

第二天早晨起来，晴雯"鼻塞声重，懒怠动弹"，果然感冒了。宝玉连忙说，别声张，如果太太知道了，又得叫你回家去养病，你们家太冷，不如在这儿好，我请个大夫偷偷来给你看看。传大夫进来需要让老嬷嬷通知李纨，老嬷嬷回来转述李纨的话说："吃两剂药好了便罢，若不好时，还是出去为是。如今时气不好，恐沾带了别人事小，姑娘们的身子要紧的。"实际上李纨是担心晴雯传染给宝玉。晴雯听了很生气："我那里就害瘟病了，只怕过了人！我离了这里，看你们这一辈子都别头疼脑热的。"说着真要爬起来走，宝玉连忙按住她，让她别生气。

大夫来了，是不常到荣国府来的胡大夫，不仅不太会看病，也没怎么见过世面。他来看病，晴雯虽是丫鬟，还得躺在暖阁里，大红绣幔垂下来挡住，晴雯从绣幔里伸出手去。大夫一看，她手上有两根长指甲，"足有三寸长，尚有金凤花染的通红的痕迹"，于是赶快回过头去，表示自己守规矩。有个老嬷嬷忙拿块手帕，把晴雯的手盖起来了。爱美的女孩儿要染红指甲，但晴雯是丫鬟，手指甲有三寸长，还能干活儿吗？可见怡红院的大丫鬟，基本上是不干粗活儿的。

大夫诊了一会儿脉相，到外间对嬷嬷们说："小姐的症是外感内滞，近日时气不好，竟算是个小伤寒。"还说吃两剂药疏散疏散就好了。他说完出了园门，在守园门的小厮们的班房里坐下开了药方。

老嬷嬷说："你老且别去，我们小爷啰唆，恐怕还有话说。"大夫惊讶地说："方才不是小姐，是位爷不成？那屋子竟是绣房一样，又是放下幔子来的，如何是位爷呢？"老嬷嬷笑道："我的老爷，怪道小厮们才说今儿请了一位新大夫来了，真不知我们家的事。那屋子是我们小哥儿的，那人是他屋里的丫头，倒是个大姐，那里的小姐？若是小姐的绣房，小姐病了，你那么容易就进去了？"

药方开来，杂学旁收的宝玉审查药方说："该死，该死，他拿着女孩儿们也像我们一样的治，如何使得！凭他有什么内滞，这枳实、麻黄如何禁得。谁请了来的？快打发去罢！再请一个熟的来。"

老婆子说，他用药好不好，我们也不懂，现在再去请王太医也容易，但是这个大夫不是通过总管房请的，要给他车马费。宝玉问给他多少，婆子说："少了不好看，也得一两银子，才是我们这门户的礼。"宝玉就问："王太医来了给他多少？"婆子笑着说："王太医和张太医每常来了，也并没个给钱的，不过每年四节大遍送礼，那是一定的年例。这人新来了一次，须得给他一两银子去。"宝玉让麝月取银子来，但麝月不知道袭人把银子放在哪儿了，宝玉想起以前看见袭人在一个螺钿小柜子里面取钱，于是二人一起去找。找到了袭人常取钱的柜子，看到几串钱，又开个抽屉，有几块银子，还有一把戥子。麝月拿了块银子，提起戥子问贾宝玉："那是一两的星儿？"可笑不可笑？怡红院的丫鬟居然不会看秤。宝玉说："你问我？有趣，你倒成了才来的了。"麝月又要去问别人，宝玉说："拣那大的给他一块就是了。又不作买卖，算这些做什么！"麝月拣了一块，说："这一块只怕是一两了。宁可多些好，别少了，叫那穷小子笑话……"在外面等着拿银子的老婆子笑了，说："那是五两的锭子夹了半边，这一块至少还有二两呢！这会子又没夹剪，姑娘收了这块，

105

再拣一块小些的罢。"麝月早就把柜子关起来了，把那块至少二两的银子给了老婆子，说："谁又找去！多了些你拿了去罢。"宝玉又让她叫茗烟赶快把王大夫请来。婆子接了银子去料理了。

看到少爷和丫鬟对待银子的态度，再联想到将来贾府败落后，宝玉"寒冬噎酸齑，雪夜围破毡"，让人很感慨。他现在随随便便撂给胡庸医的银子，到败落时可以管他几十天的饱饭。这就是人生无常。

茗烟请王大夫重新开药。宝玉看药方上没有麻黄之类的了，加了当归、陈皮、白芍等，药量也小了。宝玉高兴地说："这才是女孩儿们的药，虽然疏散，也不可太过。旧年我病了，却是伤寒内里饮食停滞，他瞧了，还说我禁不起麻黄、石膏、枳实等狼虎药。我和你们一比，我就如那野坟圈子里长的几十年的一棵老杨树，你们就如秋天芸儿进我的那才开的白海棠，连我都禁不起的药，你们如何禁得起。"贾宝玉将自己和丫鬟们打了如此美妙的比方，将自己比作老杨树，将丫鬟们比作白海棠。他的头脑里，"男尊女卑""主奴有别"的观念太淡漠了。麝月笑他："野坟里只有杨树不成？难道就没有松柏？我最嫌的是杨树……"宝玉说："松柏不敢比。连孔子都说：'岁寒，然后知松柏之后凋也。'可知这两件东西高雅，不怕羞臊的才拿他混比呢。"老婆子拿了银吊子准备煎药，晴雯说，拿到茶房煎吧，弄得这屋里都是药气。宝玉却说，"药气比一切的花香果子香都雅"，于是继续在房间里煎药了。

第五十一回结尾出现了一个似乎很不重要的小情节。凤姐和贾母、王夫人商量，天冷了，不如以后大嫂子带着姑娘们在园子里吃饭。王夫人说，这样也好，园子后面有五间大房子，挑两个厨子女人在那儿专门给她们做饭，把新鲜蔬菜、野味之类，分些给她们就行。贾母说："我也正想着呢，就怕又添一个厨房多事些。"凤姐说："并不多事。一样的分例。这里添了，那里减了。就便多费些事，小姑娘们冷风朔气的，别人还可，第一林妹妹如何禁得住？就连宝兄弟也禁不住，何况众位姑娘。"王熙凤时时处处照顾贾母的心肝宝贝"二玉"，还把林妹妹放到首位，她的这番话得到了贾母的表扬。贾母说："正是这话了。上次我要说这话，我见你们的大事多，如今又添出这些事来，你们固然不敢抱怨，未免想着我只顾疼这些小孙子、孙女儿们，就不体贴你们这当家人了。"这时薛姨妈和李婶、邢夫人、尤氏婆媳都在。贾母又对这些人说："今儿我才说这话，素日我不说，一则怕逐了凤丫头的脸；二则众人不服。今口你们都在这里，都是经过妯娌姑嫂的，还有他这样想的到的没有？"薛姨妈、李婶、尤氏等都给老太太凑趣，说："真个少有。别人不过是礼上面子情儿，实在他是真疼小叔子、小姑子。就是老太太跟前，也是真孝顺。"在场的人谁没表态？邢夫人。估计她不仅不想表态，还满心不以为然。"薛姨妈、李婶、尤氏等"，这里的"等"肯定不包括邢夫人。贾母表扬完了，又说怕她太聪明伶俐，不是好事。凤姐说："这话老祖宗说差了。世人都说太伶俐聪明，怕活不长。世人都说得，人人都信，独老祖宗不当说，不当信。老祖宗只有伶俐聪明过我十倍的，怎么如今这样福寿双全的？只怕我明儿还胜老祖宗一倍呢！我活一千岁后，等老祖宗归了西，我才死呢。"王熙凤抓紧一切时间、一切机会，讨贾母的欢心。不知聪明的王熙凤有没有想到，此时已年过七十的贾母，无论如何都会比邢夫人先走；贾母走后，她能把王夫人当靠山吗？

平儿顾怡红脸面，晴雯忘我助宝玉

——第五十二回　俏平儿情掩虾须镯　勇晴雯病补雀金裘

第五十二回，平儿再次以"俏平儿"的称呼在回目中出现。"情掩虾须镯"是说平儿一心照顾他人，把怡红院小丫鬟坠儿偷虾须镯的事掩盖起来，维护怡红院的名声，不让贾宝玉丢人。"病补雀金裘"是说晴雯在病中不顾自身安危，给贾宝玉补贾母送给他却被烧了一个洞的孔雀金线织的氅衣，以保证在第二天还能穿上。

平儿为怡红院留体面

宝玉和贾母等人吃完饭，因挂念晴雯生病、袭人不在等，提前回到了怡红院，嗅到药香满屋。晴雯躺在炕上发烧。宝玉问，怎么麝月和秋纹都不在？晴雯说："秋纹是我撵了他去吃饭的，麝月是方才平儿来找他，出去了。两人鬼鬼祟祟的，不知说什么。必是说我病了不出去。"宝玉说："平儿不是那样人。况且他并不知你病特来瞧你，想来一定是找麝月来说话，偶然见你病了，随口说特瞧你的病……"宝玉又说他可以去偷听一下她们在说什么。晴雯想不到，平儿故意背着她说话，是因为她的脾气太暴躁，怕她听见又生起气来。平儿和麝月究竟在说什么？在芦雪广烤鹿肉时，平儿的一只虾须镯丢了，现在发现偷镯子的是怡红院的小丫鬟坠儿。

之前薛宝钗在滴翠亭听到两个丫鬟说话，正是小红和坠儿，当时坠儿把贾芸"捡到"的手帕（其实是他自己的）交给小红，找小红要酬劳。从这件极小的事就可看出，坠儿是个财迷。这次她偷镯子的事被怡红院的宋妈发现了，于是宋妈拿着镯子准备去回王熙凤，当时王熙凤不在，平儿连忙接过去了。平儿对麝月说，宝玉是"偏在你们身上留心用意，争胜要强的"，那年有个丫鬟偷玉，现在还有人故意提起，揭怡红院的短；这回又有个偷金子的，偷到街坊家里了。所以平儿说她叮嘱宋妈不要告诉宝玉，只当没这回事，也怕老太太和太太听了生气，"袭人和你们也不好看"。她跟凤姐说镯子找着了，骗凤姐说是她去大奶奶那儿的路上，镯子掉到了雪地里的草根底下，雪化了以后，她又路过时就看到了。王熙凤听完居然也就信了。平儿特地来告诉麝月，就是让她们以后防着点儿坠儿这个丫鬟，"等袭人回来，你们商议着，变个法子打发出去就完了"。麝月很生气："这小娼妇也见过些东西，怎么这么眼皮子浅。"平儿说，这个金镯子其实没有多重，只是上面那颗珠子比较值钱，还嘱咐麝月："晴雯那蹄子是块爆炭，要告诉了他，他是忍不住的。一时气了，或打或骂，依旧嚷出来不好，所以单告诉你留心是了。"说完就走了。

宝玉一听，"又喜，又气，又叹"，喜的平儿能为自己考虑，气的是怡红院出了小偷，叹的是坠儿这么伶俐的孩子，居然干出这种事。宝玉把平儿的话选择性地告诉了晴雯，把"晴雯那蹄子是块爆炭"之类的话瞒过去了，另编了一套说辞："他说你是个要强的，如今病着，听了这话越发要添病，等好了再告诉你。"平儿善良地保护怡红院的人，贾宝玉保护得更细心。晴雯果然气坏了，立刻就要把坠儿叫来。宝玉说："你这一喊出来，岂不辜负了平儿待你我之心了。不如领他这个情，过后打发他就完了。"晴雯表示"这口气如何忍得"。晴雯疾恶如仇，在她看来，偷东西不是小毛病，已经违背了她做人的基本准则。

晴雯吃了药，夜里发了点儿汗。第二天，王太医又来调整了药方，但晴雯还是头疼。宝玉叫麝月拿鼻烟来给晴雯嗅一下，麝月拿来一个药盒，上面有"西洋珐琅的黄发赤身女子，两肋又有肉翅"。看这里的形容，感觉有点儿像西方的天使形象。晴雯嗅了西洋鼻烟，打了好几个喷嚏。宝玉建议干脆用西洋药彻底治一治，派麝月找王熙凤要"西洋贴头疼的膏子药，叫做'依弗那'"。麝月拿来，贴到晴雯太阳穴上。麝月说："病的蓬头鬼一样，如今贴了这个，倒俏皮了。"她又告诉宝玉，二奶奶说："明日是舅老爷生日，太太说了叫你去呢。"问他明天打算穿什么衣服，宝玉表示无所谓。他见晴雯好了点儿，于是去惜春房里看她画画了。

与黛玉有关的又一标志性花卉

刚走到院外，看到宝琴的小丫鬟小螺，宝玉问她去哪里，小螺说，我们两位姑娘都在林姑娘房间，我到那里去。于是宝玉改变了主意，不去惜春那里了，也跟着来到了潇湘馆。进门看见宝钗、宝琴、邢岫烟和黛玉坐在熏笼上聊天，紫鹃坐在暖阁做针线。宝玉感叹："好一幅'冬闺集艳图'！"

屋里比较暖和，宝玉坐在黛玉常坐的椅子上，发现潇湘馆出现一种他过去没见过的花。这是潇湘馆里的又一标志性花卉——水仙，和凤尾竹一样，与林黛玉的个性有联系。宝玉看到暖阁中有玉石条盆，里面攒三聚五栽着单瓣水仙，点着宣石，赞扬："好花！这屋子越暖，这花香的越浓，怎么昨日未见？"黛玉说，水仙是赖大家的送给宝琴的，宝琴又送给她一盆。赖大家的为什么要送花给宝琴？当然是因为宝琴受到贾母宠爱。

曹雪芹在这里又用水仙比喻林黛玉了。水仙有"凌波仙子"的美称，形态很美，花香清冽。单瓣水仙花有金黄色杯形环状冠，又叫"金盏银台"。潇湘馆的水仙开在玉石条盆上，再装点上洁白的宣石，冰清玉洁，摇曳生姿，这不是绛珠仙子的人格象征吗？

宋代黄庭坚在《刘邦直送早梅水仙花四首》中赞美道："得水能仙大与奇，寒香寂寞动冰肌。仙风道骨今谁有，淡扫蛾眉簪一枝。"据说水仙花是唐代从东罗马帝国引进的。希腊神话中，美少年纳西索斯[1]临水自照以后，爱上自己，掉入水中，变成水仙。宋代词人喜欢把水仙比作水中仙女。清代诗人朱彝尊称水仙"帝子含颦，洛灵微步"，把水仙和洛神联系起来。古代还有传说，称水仙是娥皇、女英的化身，舜帝南巡而死，他的两个妃子殉情湘江，灵魂化成了水仙。这样一来，水仙出现在潇湘馆，也就再次把林黛玉和娥皇、女英联系起来。第三十七回"秋爽斋偶结海棠社"时，探春建议林黛玉用"潇湘妃子"的称号，说当日娥皇、女英洒泪在竹上成斑，而今斑竹又名湘妃竹，如今她住的是潇湘馆，她本人又爱哭，将来她想林姐夫，那些竹子也要变成斑竹的。曹雪芹实在钟爱林黛玉，一再用最有诗意、最美丽的植物竹子、水仙，装点林黛玉的居处。林黛玉诗意栖居，她的菊花诗、《葬花吟》、《题帕诗》、《秋窗风雨夕》、《桃花行》，放到中国诗歌史上，和真实存在的才女李清照、蔡

1　纳西索斯（Narcissus）：又译为那喀索斯。——编者注

文姬等相比，也毫不逊色；当然因为这些诗是天才作家曹雪芹写的。

宝玉看到水仙，说我屋里也有两盆，但不如这个。黛玉说，我这儿总熬药，"我竟是药培着呢"，再有花香熏，身子就更弱了，而且药香也把花香搅坏了，不如你抬走吧。宝玉说，我屋里也熬药呢，你怎么知道？黛玉说，我是无心说的，哪儿知道你房里的事。宝玉又说："咱们明儿下一社又有了题目了，就咏水仙、腊梅。"黛玉笑着说："我再不敢作诗了，作一回，罚一回，没的怪羞的。"说着两只手捂起脸来。宝玉说，你奚落我干吗，我还不怕臊呢，你倒捂起脸了。

外国美人的诗

宝琴说，她八岁时，跟着父亲到西海沿子上做买卖，遇到一个十五岁的披着黄头发的真真国女孩儿。"真真国"是哪里？红学家讨论了很长时间。有人说是柬埔寨，但柬埔寨人不是黄头发。《红楼梦》真不能考证得太确切，因为是"小说家言"。薛宝琴说，这十五岁的外国女孩儿，诗写得特别好。宝玉让她拿出来看看，宝琴说，在南京收着呢。黛玉特别聪明，她对宝琴说：别哄我们，你肯定都带来了，说没带来一定是撒谎。宝琴被戳穿，红了脸，低头微笑不语。宝钗替她打圆场，说她带来的东西太多，等收拾干净了，再找出来让大家看。又对宝琴说，你若是记得，何不念给我们听听。宝琴还真记得，这就要念。宝钗突然又喜欢热闹了，说先别念，把云儿叫来，叫她也听听。于是对宝琴的丫鬟小螺说："你到我那里去，就说我们这里有一个外国美人来了，作的好诗，请你这'诗疯子'来瞧去，再把我们'诗呆子'也带来。"宝钗居然这么活泼起来，出乎读者的意料。她说的"诗疯子"自然是史湘云，"诗呆子"是香菱。

薛宝钗也是曹雪芹钟爱的形象，她是符合封建社会要求的典型淑女，也是贾宝玉厌恶的、总督促他读书上进的"国贼禄鬼"。薛宝钗"德容言功"俱全，她的个性也是在不断发展的。《红楼梦》越往后看，特别是大观园结了诗社，宝钗和黛玉关系好转以后，宝钗就和原来不太一样了。她有时仍然做封建说教，仍然八面玲珑，仍然学富五车，仍然对社会现象、家庭关系洞若观火，仍然丁是丁，卯是卯，仍然说话针针见血，但她似乎不再总非礼勿动、非礼勿言了，经常说点儿幽默风趣的话，开几句睿智的玩笑。看来大观园结社对薛宝钗的性格起了助推作用，使这个人物形象更加丰满。

林黛玉自从参加海棠诗社后，也再不使小性儿了。她过去使小性儿，是因为对自己的所爱拿不准，自从跟贾宝玉诉肺腑之后，跟贾宝玉心心相印，再加入喜爱的诗歌创作活动中，她的性格越来越活泼自如，越来越通情达理，只可惜她的身体却越来越差了。

红学界历来对薛宝钗和林黛玉有不同的看法，即"右钗左黛"或"左钗右黛"。俞平伯先生在《红楼梦研究》中说，林黛玉和薛宝钗"若两峰对峙双水分流，各尽其妙莫能相下，……若宝钗稀糟，黛玉又岂有身份之可言，与事实既不符，与文情亦不合，雪芹何所取而非如此不可呢？"这段话说得很有哲理，其实曹雪芹一直把林黛玉和薛宝钗写成既互相对比，又互相烘托，还互相补充的关系。她们都是古典小说中不朽的艺术典型。两个妙龄少女经常出现在同一场合，做人情对照，做智力角逐，春兰秋菊，各有佳妙。薛宝钗对环境的判断，对人事关系的处理，她的博学，她的口才，特别是她的心计，往往压林黛玉一头。薛宝钗不是反面人物，不是脸谱化人物，更不是"稀糟"人物，绝对不是后四十回中像木偶一样任人摆布，接受什么"调包计"的人物。这次薛宝钗风趣地送给史湘云"诗疯子"的绰号，送给香菱"诗呆子"的绰号，引起大观园姐妹们的笑声。

小螺把两人请来了，湘云人未到声先到："那一个外国美人来了？"一边说一边带着香菱进来了。宝琴他们把刚才的话又说了一遍，然后大家一起听宝琴念外国美人写的诗：

> 昨夜朱楼梦，今宵水国吟。
> 岛云蒸大海，岚气接丛林。
> 月本无今古，情缘自浅深。
> 汉南春历历，焉得不关心。

这首诗的大意是：昨天夜里还梦到钟鸣鼎食、雕梁画栋的生活，今天看到的却是四面环海的异国他乡。这个地方水汽蒸腾，树林都被海雾遮盖。海上的月亮还是像千百年之前一样照耀，望月叹息却是为了今人与古人不同的情缘。眼前的景色令人感伤，人生易老，人生如梦啊！

难得的是，外国美人居然用了个中国文人常用的典故，而且是典故之中的典故："汉南春历历"来源于南北朝庾信著名的《枯树赋》中的一句："昔年种柳，依依汉南。今看摇落，凄怆江潭。树犹如此，人何以堪！"庾信的赋中又用了《世说新语·言语》里桓温被很多人反复引用的典故：桓温看到当年种的柳树已经十围，感叹"树犹如此，人何以堪"。这句话后世文人非常喜欢引用。外国美人用了典故中的典故，很不简单。

红学家蔡义江先生对薛宝琴的怀古诗做过细致研究，他认为，薛宝琴怀古诗都是《红楼梦》人物身世命运的预示，比如《淮阴怀古》

预示王熙凤的命运，《梅花观怀古》预示林黛玉的命运；他还指出，这首外国美人的诗预示着薛宝琴的命运，她将来可能要流落海岛。

曹雪芹有没有涉外关系，也一直是红学家关心的话题。1983年南京红学会时，周汝昌先生几次登台做令人耳目一新的发言。他说，曹雪芹祖父曾经在江宁织造府接待过外国人，曹雪芹可能懂英语。周先生还说，曹雪芹的后人可能在天津。当时青年红学家都乐坏了。我跟中国社科院的胡小伟在台下嘀咕：咱们得给曹雪芹找个福尔摩斯啦。我"啃"了几十年中国古典小说，有时啃累了，就看外国侦探小说和好莱坞大片。有时我忽发奇想，如果曹雪芹也写部《曹公案》，什么《包公案》《狄公案》《皇明诸司公案》《七侠五义》，都不在话下，中国古代探案小说可能早就领先世界了。曹雪芹这个伟大作家太会"埋钉子"，也就是太会预伏线索和让读者解谜语了。

贾母给了一件外国高档皮裘

麝月来说：太太打发人来告诉二爷，明天要去给舅舅庆祝生日。宝玉答应了，让姐妹们先走，他故意落后，看来想继续跟黛玉聊天。黛玉关心宝玉，知道宝玉饮食起居离不了袭人悉心照顾，向宝玉问袭人什么时候回来？看来黛玉希望袭人早点儿回来照顾宝玉，她大概做梦也想不到袭人已在王夫人跟前给她悄悄进了谗言。宝玉对黛玉也有许多话要说，只是嘴里不知要说什么，他还是关心黛玉的琐事，问："你一夜咳嗽几遍？醒几次？"似乎都是寻常之至的话，脂砚斋却这样评："此皆好笑之极，无味扯淡之极，回思则皆沥血滴髓之至情至神也。岂别部偷寒送暖，私奔暗约、一味淫情浪态之小说可比哉？"这段评语用了"回思"这个词，极大可能是：将来宝玉因为"丑祸"外出逃难时，黛玉和宝玉身居两处、情发一心，不约而同地回想起当初互相关系的细枝末节。这对生死恋人的心心相印、相濡以沫，正是通过这些微不足道的日常细节写出来的，跟才子佳人小说的俗滥描写不同。

宝玉还想告诉黛玉他已经告诉贾母给她送燕窝的事，这时赵姨娘来了。黛玉明明知道赵姨娘是从探春那儿来，顺路人情，却忙赔笑让坐，说"难得姨娘想着，怪冷的，亲身走来"，又命丫鬟倒茶。黛玉比原来懂事了。

第二天，宝玉去给舅舅拜寿，贾母看到宝玉穿着大红猩猩毡排穗褂子，问他是不是下雪了，宝玉说还没下。贾母叫鸳鸯："把昨儿那一件乌云豹的氅衣给他罢。""乌云豹"指狐狸颔下的皮毛，非常贵重。这件氅衣以乌云豹为里，外面是孔雀金线织成的。鸳鸯拿来，宝玉一看，金翠辉煌，比薛宝琴披的那件还好。贾母说："这叫作'雀金呢'，这是俄罗斯国拿孔雀毛拈了线织的。前儿把那一件野鸭子的给了你小妹妹，这件给你罢。"

贾宝玉这件"雀金呢"，红学家也考证了很久。有红学家认为，俄罗斯那时没有孔雀，这件衣服是俄罗斯先从中国云南进口孔雀毛，织好后再出口到中国的。

宝玉穿着漂亮的氅衣，和李贵、王荣、张若锦、赵亦华、钱启、周瑞这六个人，带着茗烟、伴鹤、锄药、扫红四个小厮，背着衣包，抱着坐褥，笼着白马，拜寿去了，好一幅《贵族公子出巡图》。

晴雯眼里揉不下沙子

晴雯吃了药不好，骂大夫："只会骗人的钱，一剂好药也不给人吃。"麝月笑着劝她，你太性急，哪儿有那样的灵丹妙药，静养几天就好了。晴雯又骂小丫头："那里钻沙去了！瞅我病了，都大胆子走了。明儿我好了，一个一个的才揭我你们的皮呢！"晴雯的话很生动，海滩上的小螃蟹、蛤蜊钻进沙子里无影无踪，她用来形容小丫鬟跑得没影儿了。晴雯说完，进来个小丫头篆儿说："姑娘作什么？"晴雯说："别人都死绝了，就剩了你不成？"晴雯想教训坠儿，进来的却是篆儿；这时坠儿也"蹭了进来"。晴雯说："你瞧瞧这小蹄子，不问他还不来呢。这里又放月钱了，又散果子了，你该跑在头里了。你往前些，我不是老虎吃了你！"坠儿"只得前凑"，晴雯一把抓住她的手，从枕头旁取了一丈青——一种大概四寸长的小簪子，往坠儿手上乱戳，骂起来："要这爪子作什么？拈不得针，拿不动线，只会偷嘴吃。眼皮子又浅，爪子又轻，打嘴现世的，不如戳烂了！"坠儿疼得乱哭乱喊。麝月知道"虾须镯案"东窗事发，连忙拉开坠儿，按晴雯睡下，说："才出了汗，又作死。等你好了，要打多少打不的？这会子闹什么！"晴雯还是咽不下那口气，要处理坠儿，叫宋嬷嬷进来说："宝二爷才告诉了我，叫我告诉你们，坠儿很懒，宝二爷当面使他，他拨嘴儿不动，连袭人使他，他背后骂他。今儿务必打发他出去，明儿宝二爷亲自回太太就是了。"宋嬷嬷一听，意识到晴雯知道坠儿偷镯子的事了，就建议等袭人回来了再让坠儿走。晴雯说："宝二爷今儿千叮咛万嘱咐的，什么'花姑娘''草姑娘'，我们自然有道理。"麝月也说：算了算了，早带出去早清静。宋嬷嬷只好出去，把坠儿的母亲叫来打点东西。

晴雯大发雷霆，戳了坠儿的手，要把坠儿撵出去。有人认为晴雯对比自己地位低的小丫鬟太凶，像阶级压迫，是奴才一级压一级。这恐怕没分清是非。晴雯恨坠儿是因为坠儿品行不端。晴雯虽然身份低贱，但绝对不允许比自己身份还低贱的小丫头偷东西，因为这是做人的底线。晴雯处理坠儿还是比较善良的，她并没跟别人提到坠儿偷东西的事，因为说出去就会连累平儿，丢怡红院的脸，也让坠儿今后没法做人；她借口坠儿"懒"把她轰出去，在性质上没有"偷东西"那么严重。

坠儿她妈来整理女儿的东西，见晴雯等说："姑娘们怎么了，你侄女儿不好，你们教导他，怎么撵出去？也到底给我们留个脸儿。"看来坠儿母亲不知道女儿偷东西。她说"你侄女"，表示晴雯是长辈，坠儿有错你担待教育她，别撵她出去。晴雯说："你这话只等宝玉来，问他，与我们无干。"那媳妇一听冷笑："我有胆子问他去！他那一件事不是听姑娘们的调停？他纵依了，姑娘们不依，也未必中用。比如方才说话，虽是背地里，姑娘就直叫他的名字。在姑娘们就使得，在我们就成了野人了。"这个媳妇很会挑刺：丫鬟叫少爷的名字还得了？你说我女儿不懂事，你比她还不懂事。晴雯是爆炭，但不大会和人吵架，她气红了脸，说："我叫了他的名字了，你在老太太跟前告我去，说我撒野，也撵出我去。"

麝月比晴雯会吵架，袭人需要和人拌嘴时，总是叫麝月来替自己说。麝月跟坠儿她妈说了一番话，就像个律师一样一句一句推理、举例，证明赶走坠儿做得对，而坠儿妈完全没道理——

> 麝月忙道："嫂子，你只管带了人出去，有话再说。这个地方岂有你叫喊讲礼的？你见谁和我们讲过礼？别说嫂子你，就是赖奶奶、林大娘，也得担待我们三分。便是叫名字，从小儿直到如今，都是老太太吩咐过的，你们也知道的，恐怕难养活，巴巴的写了他的小名儿，各处贴着叫万人叫去，为的是好养活。

连挑水、挑粪、花子都叫得，何况我们！连昨儿林大娘叫了一声'爷'，老太太还说他呢，此是一件。二则，我们这些人常回老太太的话去，可不叫着名字回话，难道也称'爷'？那一日不把'宝玉'两个字念二百遍，偏嫂子又来挑这个了！过一日嫂子闲了，在老太太、太太跟前，听听我们当着面儿叫他就知道了。嫂子原也不得在老太太、太太跟前当些体统差事，成年家只在三门外头混，怪不得不知我们里头的规矩。这里不是嫂子久站的，再一会，不用我们说话，就有人来问你了。有什么分证话，且带了他去，你回了林大娘，叫他来找二爷说话。家里上千的人，你也跑来，我也跑来，我们认人问姓，还认不清呢！"

滔滔不绝，一层比一层严谨批判坠儿的妈，你根本不懂我们这儿的规矩。我们叫宝玉的名字是老太太吩咐的，你根本没有资格听到我们在老太太跟前叫他"宝玉"。说完了，叫小丫头子："拿了擦地的布来擦地！"什么意思？就是说你站在这里，把我们的地都站脏了。这个媳妇听了，无言可对，也不敢再在那里站，只好带了女儿走。更妙的是，宋嬷嬷这时又说："怪道你这嫂子不知规矩，你女儿在这屋里一场，临去时，也给姑娘们磕个头。"坠儿听了，只好进来给晴雯和麝月磕头，她们也不理她。坠儿的妈唉声叹气地走了。

晴雯痛快地把坠儿发落出去，得罪了坠儿的妈，而且可能不仅是坠儿的妈。大观园的奴仆都有网络，牵三挂四，这个和那个有亲戚关系，那个和这个有人情往来。坠儿的妈及她的亲戚会不会在将来晴雯倒霉时进谗言？总之晴雯在荣国府仆妇中，受到很多人侧目。

晴雯舍己为宝玉

晴雯生气闪了风，病加重了。晚上宝玉回来，进门就唉声叹气，说："今儿老太太喜喜欢欢的给了这个褂子，谁知不防后襟子上烧了一块，幸而天晚了，老太太、太太都不理论。"脱下来一看，雀金呢上有个指头顶大的烧眼。麝月推测是手炉上的火溅上的，打算叫人悄悄拿出去，找人尽快织补一下，天亮以前送回来，避免让太太和老太太知道。没想到婆子回来说，所有织补匠人、裁缝、绣匠、做女红的都看过了，谁都不认得这个料子，也不敢揽这个活儿。麝月说明天别穿了，宝玉说，明天是舅舅生日的正日子，老太太和太太还特意让穿这个去呢。晴雯听了半天，翻身爬起来说："拿来我瞧瞧罢。没个福气穿就罢了。这会子又着急。"宝玉递给晴雯。晴雯看了一会儿说："这是孔雀金线织的，如今咱们也拿孔雀金线就像界线似的界密了，只怕还可混得过去。"所谓界线，是缝纫工艺当中一种纵横交织补洞的手法。麝月说，孔雀金线倒有，但除了你，没人会界线。晴雯说："说不得，我挣命罢了。"晴雯是贾母派来照顾宝玉的，针线活儿做得特别好，谁也比不了。现在遇到难事，那么多能工巧匠见都没见过，晴雯却说"我挣命罢了"。宝玉说："这如何使得！才好了些，如何做得活。"晴雯说："不用你蝎蝎螫螫的，我自知道。"于是坐起来挽了挽头发，披了衣服，"只觉头重身轻，满眼金星乱迸"。要是不做，宝玉明天穿了带窟窿的氅衣，被老太太发现了怎么办？只好咬牙坚持，拿一根线比了比，说："这虽不很像，若补上，也不很显。"宝玉说："这就很好，那里又找俄罗斯国的裁缝去。"晴雯硬撑着，把里子拆开，动手去补。补上两针看看，端详端详，再补上两针，端详端详，"头晕眼黑，气喘神虚"，补不上三针五针，就得趴下歇一会儿。宝玉在旁边，一会儿让她喝点儿热水，歇一歇，一会儿给她披件衣服，一会儿又拿个靠枕来给她靠着，把晴雯急得说："小祖宗！你只管睡罢，再熬上半夜，明儿把眼睛抠搂了，怎么处！"

贾宝玉看到晴雯着急，自己躺下也睡不着，翻来覆去，听到自鸣钟敲了四下。这是什么意思？自鸣钟敲四下，是寅正初刻。曹雪芹为什么不说"寅正初刻"？有红学家指出，这是因为他的祖父叫曹寅，为了避讳才这样说，甚至有红学家拿这个地方作为维护曹雪芹"著作权"的重要依据。如果非要跟这些红学家抬杠，也可以说：曹雪芹并没有刻意避讳祖父名字，宝玉跟薛蟠喝酒时，"唐寅"的名字出现了几次，还用上谐音"糖银"，简直是大为不恭了。

晴雯补完了，用小牙刷慢慢把绒毛剔出来。麝月说："这就很好，若不留心，再看不出的。"宝玉看了看说："真真一样了。"晴雯已咳嗽了好一阵子，说："补虽补了，到底不像，我也再不能了！"然后"嗳哟"一声躺下了。

贾宝玉拜寿，贾母送他雀金呢。晴雯为救宝玉的急，把补裘难题承担下来，根本不顾自己病重。本回回目在晴雯前加了个"勇"，说明她有自我牺牲的精神，关键时刻能为宝玉献身。当然，她能够做这个活儿，也因为她的针线活儿比谁做得都好。贾母当初看重她，要留给宝玉使唤，也因为她确实聪明俊秀、心灵手巧。

堪入"非遗"的小说情节

——第五十三回　宁国府除夕祭宗祠　荣国府元宵开夜宴

　　第五十三回写的宁国府和荣国府从除夕到元宵节的礼仪活动，简直可以申请"非遗"了。《红楼梦》不仅是写爱情的小说，甚至也不仅是写家族兴亡的小说，它是中华民族风俗习惯的大画卷。这一回把百年望族如何过年、过元宵细致地写了出来。

　　第五十二回晴雯把宝玉的雀金裘补完后，精疲力竭。天亮后宝玉先把王太医请来了。王太医奇怪：昨天已好了很多，怎么今天反而"虚微浮缩"起来，是吃得太多了，还是劳了神思？外感没有了，但汗后失于调养，也非同小可。开了方回来，宝玉一看，添了茯苓、地黄等益神养血的药。他叹息："这怎么处！倘或有个好歹，都是我的罪孽。"晴雯说："你干你的去罢，那里就得痨病了。"话虽这么说，但晴雯很可能从此就埋下了病根。

　　袭人送殡回来，麝月把晴雯撵走坠儿的事告诉了她。袭人说太性急了，估计心里不以为然：怡红院我说了算，我不在，晴雯就自作主张地把坠儿给轰走了？她心里可能给晴雯记了笔账。

　　到腊月，王夫人和凤姐忙着治办年事。王子腾又升了九省都检点，贾雨村补授了大司马。这两个官名都是虚构的，"九省都检点"

是五代时的官,"大司马"是汉武帝时的官。贾雨村这个坏家伙又升了官,想必会变本加厉地徇私枉法。他还协理军机、参与朝政,成了朝中显贵。

贾珍开了宗祠,叫人打扫,请先祖牌位,供先祖遗像,宁荣两府上上下下忙忙碌碌,准备过年。过年首先要祭宗祠,还熔了一百五十多两碎金子,铸成各种样式的小锞子,准备过年时做压岁钱赏给晚辈。

皇恩和地租

贾珍和尤氏提起领朝廷恩赏的事,尤氏说已经让贾蓉去领了。贾珍说,我们虽然不等这银子使,但这是皇上天恩,咱们哪怕拿一万两银子供祖宗,也不如皇帝给的钱体面。贾蓉回来说,今年不是在礼部而是在光禄寺领。光禄寺是北齐时设置的,清代管祭祀膳食,按说不该在这儿领钱。曹雪芹故意把各朝代官场中的机构、官职都打乱了,想怎么用就怎么用。贾蓉说:光禄寺的官员问父亲好,"多日不见,都着实想念"。贾珍说:"他们那里是想我。这又到了年下了,不是想我的东西,就是想我的戏酒了。"这是官场弊端:年下吃请。黄口袋上面有礼部印记"皇恩永锡"[1],还有一行小字:"宁国公贾演荣国公贾源恩赐永远春祭赏共二分,净折银若干两,某年月日龙禁尉候补侍卫贾蓉当堂领讫,值年寺丞某人"。

贾珍叫贾蓉拿着银子跟着他去向贾母汇报,回来后把银子取出

---

1 "皇恩永锡":此处"锡"通"赐",意为赏赐。——编者注

来，再把黄口袋放进宗祠大炉里焚烧，意思是让宁国公和荣国公知道皇帝给赏赐了。然后让贾蓉问凤姐，正月请吃年酒的日子是否拟定了，如果定了，就让书房开单子来，荣国府请客的日子，宁国府就别再在这一天请了。

这时小厮拿着禀帖和账目进来，报告"黑山村的乌庄头来了"。"庄头"就是为贵族、大地主经营田庄的代理人。乌庄头从很远的黑山村来。贾珍说："这个老砍头的今儿才来。"贾珍说话总带着豪横气息，相当生动。贾蓉接过禀帖和账目，展开捧着，贾珍倒背着手，看红色的禀帖上写着："门下庄头乌进孝叩请爷、奶奶万福金安，并公子、小姐金安。新春大喜大福，荣贵平安，加官进禄，万事如意。"乡下人给京城贵族老爷贺年，说了一段吉祥话。贾珍笑了："庄家人有些意思。"贾蓉说"取个吉利罢了"，然后展开交租的单子看。

乌进孝的单子被现代研究者引用过不知多少次，其内容生动地反映了大贵族是如何剥削劳动人民的。比如我曾经估算过，乌进孝给贾珍送来的鲟鳇鱼，在清代的价格一条大概就相当于现在的十几万元。进租单子上有大鹿、獐子、狍子、暹猪、汤猪、龙猪、野猪、家腊猪、野羊、青羊、家汤羊、家风羊、鲟鳇鱼、各色杂鱼、活鸡鸭鹅、风鸡鸭鹅、野鸡、兔子、熊掌、鹿筋、海参、鹿舌、牛舌、蛏干、榛松桃杏瓤、大对虾、干虾、银霜炭、柴炭、御田胭脂米、碧糯、白糯、粉粳、杂色粱谷、下用常米、各色干菜，以及外卖粱谷、牲口折银两千五百两，此外还有一些供年轻人玩赏的活物：鹿、白兔、黑兔、锦鸡、西洋鸭。太丰富了。

贾珍看了单子却说，"今年你这老货又来打擂台来了"，意思是嫌乌进孝交租太少，存心耍花样。乌进孝说，今年有灾荒，收成不好。贾珍说，我算你今年至少也得给我们五千两银子，这点儿够干什么的？你们现在总共剩了八九个庄子，还有两个地方报告有旱涝灾，你又来糊弄我们，不想叫我们过年吗？乌进孝说，爷的这地方还算好，我兄弟管着荣国府的八处庄地，今年也只这些东西，不过多了二三千两银子，也是闹饥荒呢。宁国府、荣国府有多少个庄子？从这些田庄地租收多少银子？他们的奢侈享受就建立在这些基础上。

贾珍说，这些年添了许多花钱的事，又不添产业，我们赔了很多，不找你们要还能找谁要去？乌进孝说，你们府里添了事，万岁爷和娘娘岂能不赏？这时贾蓉说出一番经常被红学家引用的话："纵赏银子，不过一百两金子，才值了一千两银子，够一年的什么？这二年那一年不多赔出几千银子来！头一年省亲连盖花园子，你算算那一注共花了多少，就知道了。再两年再一回省亲，只怕就净穷了。"贾蓉说的这些是有历史根据的。曹雪芹祖父曹寅在曹家给康熙皇帝接驾四次，造成了巨额亏空，后来雍正皇帝抄曹家时，只抄出几两银子和大量借票。

贾蓉悄悄地和贾珍说，那府里果然穷了，前儿听凤姑娘和鸳鸯悄悄商量，要偷老太太的东西去当银子呢。通过闲谈揭露了荣国府寅吃卯粮的现实。

贾珍吩咐贾蓉，把乌进孝拿来的东西，留出供祖宗和家用的，挑些送到荣国府，剩下的分成多份，堆到宁国府月台下，叫族里没收入的子侄来分。一说领东西，宁国府旁支的人都跑来了。贾珍铺个大狼皮褥子，披着猞猁皮大皮袄，晒着太阳，看都是谁来领。贾芹来了，贾珍把他叫过来骂了一顿说，你如今在府里管事，和尚、道士的钱都从你手里过，你夜夜招聚匪类赌钱，养老婆小子，现在还敢来领东西？应该打你一顿才是。贾芹不敢回答。这不是闲笔，贾府败落很大程度上是因为自家的子弟不争气；贾珍、贾琏不干好事，使得这些旁支后代也不干好事。

宝琴替小说家叙事

腊月二十九，两府换门神、对联、挂牌，油了桃符，焕然一新。宁国府从大门、仪门、大厅、暖阁、内厅、内三门、内仪门、内寨门，直到正堂，一路正门大开，两边阶下朱红大高烛，点得像两条金龙。大家都准备好过年了。

第二天，贾府有诰命封赏的人，按品级穿朝服，坐轿进宫朝贺，参加宴会，回来到宁国府下轿，祭自家宗祠。

特别有意思的是，曹雪芹写了这么一笔，"且说宝琴是初次进，一面细细留神打量这宗祠"。这里有些奇怪，《红楼梦》里已经有金陵十二钗，贾宝玉梦游太虚幻境时看到了她们未来的命运；写到将近五十回时，又出来一个薛宝琴，比宝钗漂亮，比黛玉得贾母爱怜，年纪轻轻，去过国外，能背出外国美人的诗，知道外国的事，现在她又进了贾府宗祠。外人能进别家的宗祠吗，尤其还是女孩儿？这是不是不合情理？薛宝琴是小说人物，小说里每出来一个人物，总得有自己的感情生活，自己的人事关系，自己和别人打交道的活动，但薛宝琴都没有。她的到来似乎就是为了参加诗社，和别人讨论诗，现在又来参观贾府的宗祠。薛宝琴实际上并不算是很成功的人物形象，她是替曹雪芹叙事的，另一方面也能起到一些微妙的作用，比如当宝黛爱情已定型，黛玉、宝钗已成为好朋友，宝黛之间几乎不会再有纠纷时，她的出现几乎动摇了贾母"二玉一家"的"既定方针"，导致"紫鹃试宝玉"这个平地起风波的情节出现。这是曹雪芹笔下宝黛爱情在前八十回接近结束时的重要内容。

薛宝琴出现在《红楼梦》第四十九回到第五十三回，关于她的情节确实不少：第四十九回，薛宝琴随哥哥进京，马上得到贾母宠爱；第五十回，薛宝琴写了《咏红梅花》，折了一枝红梅站在雪地上等大家时，被众人感叹那个画面比仇十洲的《艳雪图》还好看，接着贾母向薛姨妈问她的八字；第五十一回，薛宝琴写了新编怀古诗，她编的诗谜，那么多能人居然都猜不出来；第五十二回，薛宝琴吟了真真国美人的诗；第五十三回，薛宝琴参观贾府宗祠。像《红楼梦》这样笔墨精练的伟大小说，一个没有进入金陵十二钗的人物，在五回中反复出现，占了多大篇幅？尤三姐仅仅出现了两回多，却是一个多成功的人物形象！而宝琴就有点儿欠丰满了。说薛宝琴这个人物不算成功，可能又要惹得红迷朋友不高兴了。2000年我在南京大学参加国际小说讨论会，曾和南京大学莫砺锋教授讨论过薛宝琴，说薛宝琴是小说叙事人物，可能是我的管见蠡测。不过也可能和曹雪芹五次增删有关，我的红学好友朱淡文教授，曾根据脂砚斋提供的线索提出，薛宝琴本来在金陵十二钗中，后来又被删了。

宁国府除夕祭宗祠，是让薛宝琴来代替曹雪芹进行叙事。她看到宁国府西边的另一个院子，黑油栅栏内五间大门，上悬一块匾，写着"贾氏宗祠"，旁书"衍圣公孔继宗书"。有红学家考证，历史上并没有叫孔继宗的衍圣公。还有一副对联：

肝脑涂地，兆姓赖保育之恩；
功名贯天，百代仰蒸尝之盛。

意思是贾府百代都受到皇帝恩泽，享受宁荣二公给家族开创的基业。

进入院中，两边都是苍松翠柏，月台上设着鼎彝等器，抱厦前又悬着先皇写的九龙金匾"星辉辅弼"。这是皇帝表扬朝廷重臣的话，意思是说宁荣二公像明星辉耀辅佐日月，是皇帝可以依靠的大臣。两边也有副皇帝写的对联：

> 勋业有光昭日月，
> 功名无间及儿孙。

五间正殿上悬着一个闹龙填金匾，写的是"慎终追远"。这是《论语》里的话，意思是让人谨慎保持节操，好好回想祖上功德。旁边也有副对联：

> 已后儿孙承福德，
> 至今黎庶念荣宁。

皇帝把宁荣二公的地位抬得很高，说他们的儿孙都会承荫他们的祖德，百姓至今还会怀念他们。

宗祠里面香烛辉煌，列着牌位。薛宝琴看不真切，她并非贾家的后代，又是一个女孩儿，在当时应该不能走到跟前去看，只能远看，当然看不真切。这时小说中出现了十分简要的描写："只见贾府人分昭穆排班立定"，这话可不简单。什么叫"昭穆"？这是封建宗法规定的宗庙祭祀排列的次序，始祖居中，以下是二世、四世、六世……位于始祖左方，叫"昭"；三世、五世、七世……位于始祖右方，叫"穆"。现在贾府的人在两旁面对着祖宗排队，上面正中挂着宁国公和荣国公披蟒腰玉的遗像，两边有几轴列祖的遗像。

该怎么祭祀呢？贾敬主祭。贾敬不是一直在道观修炼吗，他怎么回来了？宁府是贾家长房，这个时候他必须回来。贾敬主祭，贾赦陪祭，贾珍献爵，贾琏、贾琮献帛，宝玉捧香，贾菖、贾菱展拜毯、守焚池，青衣乐奏，三献爵，拜完了，焚帛奠酒，礼毕退出，整个过程非常隆重。祭奠上菜由辈分最低的人往里送，最后传到辈分最高的贾母手里，把菜放到桌上，把菜、酒、茶都传完后，开始排班了，文字旁贾敬为首，玉字旁贾珍为首，草字头贾蓉为首，按男东女西站好。贾母拿着香跪下，她一跪，大家也齐刷刷地跪下。五间大厅三间抱厦，阶上阶下花团锦簇，没一个空闲的地方。众人鸦雀无声，只听到金铃玉佩，铿锵叮当，那是女人的首饰摇曳撞击的声音，还有众人起身时，传出一片靴履摩擦的声音。行完礼，贾敬、贾赦等退出来，再到荣府向贾母行礼，场面壮观。

奇怪的是，当年贾元春归省时，作者曾以宝玉视角进行叙事，现在曹雪芹似乎把"石头叙事"的惯例忘了，所以才出现薛宝琴替作者叙事的情形。

贾府的排场、贾母的品位

贾敬、贾赦领子弟们进来，贾母说："一年价难为你们，不行礼罢。"一边说着，一边男的一起，女的一起，都按顺序行了礼。两府奴仆们也按级别行了礼，行礼的同时发压岁钱。第二天贾母等人又按品大妆，摆全副执事进宫朝贺，向皇帝拜年，兼祝元妃千秋。回来又在宁国府祭过列祖，再休息。这样一直忙活了七八天才完，又到元宵节了，各处张灯结彩。

正月十五的晚上，贾母在大花厅摆酒，定了小戏，挂着各色的花灯，和各位晚辈欢聚宴饮。贾敬已走，贾赦领了母亲赏赐也告辞了，快快乐乐地和小老婆吃酒去了。贾政当学差，过年不能回来。

贾母花厅上摆了十来席，每个席边设茶几，茶几上设炉瓶三事，焚着御赐的百合宫香。有八寸来长、四五寸宽、两三寸高、点着山石布着青苔的小盆景，上面都是新鲜花卉。又有小洋漆茶盘，里面放着旧窑茶杯和小茶吊，泡着上等名茶。茶几上一色紫檀透雕，嵌着大红纱透绣花卉并草字诗词的璎珞。这里所谓的璎珞就是指很多扇刺绣联结在一起的陈设品。贾母的璎珞是无价之宝，叫作"慧纹"。绣璎珞的小姐叫慧娘，出自书香门第，特别擅长书画，偶尔绣一两件，从不对外出售。她仿绣唐、宋、元、明各名家的折枝花卉，每枝花旁还用黑绒绣出古人题花的诗词，字迹勾踢、转折、轻重、连断都和草书没有区别。可惜慧娘十八岁就去世了，她绣的这些作品本来叫"慧绣"，天下虽知，得者甚少，后来一些推崇"慧绣"的文人认为"绣"字显得唐突，"不能尽其妙"，就改称为"慧纹"。贾府有三件"慧纹"，两件进贡给了皇上，剩下的这一件十六扇，贾母爱如珍宝，留在身边，高兴时拿出来摆酒赏玩。

　　描写中国古代达官贵人的富贵生活，写他们吃山珍海味、穿绫罗绸缎、乘香车宝马，固然是一种写法；写他们日常生活中的小细节、小物件，会更加优美细致。唐朝诗人白居易做过高官，因为官场斗争而心灰意冷，晚年闲居洛阳，他写的《宴散》中的两句被推崇为描写富贵生活的代表诗句："笙歌归院落，灯火下楼台。"古代评论家认为这两句没有选用金堂玉马之类的词，却成为诗歌史上描绘富贵气象的典范，它用轻淡的笔触，反映出身居高位的白居易的富贵气象。欧阳修《归田录》记载："晏元献公（殊）喜评诗，尝云：'老觉腰金重，慵便枕玉凉'未是富贵语，不如'笙歌归院落，灯火下楼台'，此善言富贵者也。"做过宰相的晏殊来评价什么样的诗句能真正写出富贵气象，他觉得并不是寇准写的"老觉腰金重，慵便枕玉凉"，意思是人老了觉得腰上的金带太重了，睡下又觉得玉枕太凉了，直接把"金""玉"搬到了诗里，而是白居易的"笙歌归院落，灯火下楼台"更为生动、低调。贾宝玉挨打后想吃的"小荷叶儿小莲蓬儿的汤"是这样的例子，"史太君两宴大观园"时出现的"茄鲞"是这样的例子，贾母的"慧纹"也是这样的例子，而且对理解贾母这个人物形象也具有重要的意义。

贾府摆宴，什么满汉全席、山珍海味都不重要。重要的是贾母摆的炉瓶、盆景、茶几，特别是"慧纹"，这是无价之宝。我为什么特别看重"慧纹"？因为它的出现，使我对贾母这个艺术形象有了新的认识。很多红学家都说贾母不识字，但贾母如果不识字的话，她怎么可能欣赏草书？我认为贾母不仅识字，还懂得绘画、书法、刺绣，品位非常高雅。因为要看"慧纹"，先得看得懂，得知道这里绣枝花，旁边有草书诗词，它们之间是什么联系，这样才能看懂"慧纹"。所以我说贾母不仅识字，而且有很高的文学修养。

曹雪芹说《红楼梦》时代无考，而这一段描写，就交代得很清楚了。璎珞上绣着唐、宋、元、明的各家诗句，慧娘当然是清代人了。而贾府的藏品世间罕有，皇宫里的收藏也由贾府进贡，这次进贡的恰好是刺绣？什么样的家庭能进贡刺绣？曹府就能向康熙皇帝进贡刺绣，因为它是织造府，这就是织造之家给小说家曹雪芹带来的恩惠。我这个分析可能有点儿啰唆，但我认为我这个发现，对理解贾府这个世代官宦之家，对理解贾母这个重要人物形象有一定的参考价值。我觉得贾母在《红楼梦》中，是可以排到前五的人物，可以排在贾宝玉、林黛玉、薛宝钗、王熙凤之后，贾元春之前，是个非常重要的人物。元春当然对贾府的盛衰有重要的作用，但贾府的日常生活，却是以贾母为中心的。

贾母欣赏着"慧纹"，看着戏，陪她看的是薛姨妈和李婶。她们的座上，有靠背，铺着皮褥子，安着引枕，榻上有小巧的描金小儿。茶几上放茶吊子、茶碗、漱盂、洋巾等，还有个眼镜匣子，看戏用的。贾母和大家说笑一会儿，拿眼镜往戏台上照一会儿，对薛姨妈和李婶说："恕我老了，骨头疼，放肆，容我歪着相陪罢。"老太太会享福，她躺在那儿，琥珀坐在榻上给她捶腿。鸳鸯哪儿去了？鸳鸯这时没出来，她和袭人一样，家中有亲人刚去世，后面要交代。

小说特别描写了一番元宵的灯。"两边大梁上，挂着一对联三聚五玻璃芙蓉彩穗灯。每一席前竖一柄漆干倒垂荷叶，叶上有烛信插着彩烛。……窗格门户一齐摘下，全挂彩穗各种宫灯。廊檐内外及两边游廊罩棚，将各色羊角、玻璃、戳纱、料丝，或绣、或画、或堆、或抠、或绢、或纸，诸灯挂满。"真是灯节气象。还要看戏，林之孝家的带了六个媳妇，抬了三张炕桌，上面搭着红毡。毡上放着新铸的铜钱，准备让贾母赏人。这里在唱《西楼·楼会》。这是清初戏剧家袁于令所作的《西楼记》，写书生于叔夜和歌女穆素徽悲欢离合的故事。戏里讲到两人西楼相会，书童文豹来传于叔夜父亲的命令，叫他出去，他只好和心爱的穆素徽告别，赌气去了。扮书童文豹的小戏子自己临场发挥了一番："你赌气去了，恰好今日正月十五，荣国府中老祖宗家宴，待我骑了这马，赶进去讨些果子吃是要紧的。"贾母笑了。薛姨妈说："好个鬼头孩子，可怜见的。"凤姐说："这孩子才九岁了。"贾母也很喜欢，说了一声"赏"，于是三个媳妇拿着簸箩，把桌子上的钱每个人撮一簸箩出来，对戏台上说："老祖宗、姨太太、亲家太太赏文豹买果子吃的！"然后"豁啷啷"一声，把铜钱撒台上。

这就是宁国府、荣国府从除夕到元宵怎样过节，怎样拜宗祠，怎样进宫行礼，怎样在荣国府大花厅上摆酒席看戏，怎样赏钱……这些描写给我们留下了大贵族家庭如何过节的珍贵资料。贾府过除夕、元宵时，何等气派、豪华，在庄严肃穆的背景下，是贾府子孙的种种不肖之事：主祭者贾敬一直待在道观幻想成仙，只在祭祖时回家，平时把宁国府撂给贾珍，令其胡作非为，荣国府继承人贾赦继儿子贾琏闹了偷情丑事后，自己又妄图霸占老母亲的侍女……国公府的礼仪不过是堂皇的"脸面"，内里已成烂桃。

欢乐祥和的背后是"散了""完了"

——第五十四回　史太君破陈腐旧套　王熙凤效戏彩斑衣

这一回的主角是贾府祖孙两代媳妇贾母、凤姐，贾母以丰富的社会经验在酒席上对将要给她讲男女爱情故事的女先儿做了一番"大批判"，实际上表达了曹雪芹对前人创作的爱情小说的观点。王熙凤想尽一切办法叫老祖宗开心，模仿《二十四孝》的老莱子"戏彩娱亲"。中国古代宣扬孝道的《二十四孝》中，有些孝行像故意哗众取宠的行为艺术，如"郭巨埋儿""老莱子娱亲"等。老莱子七十岁，他的父母九十岁，他为了逗父母开心，穿上婴儿的彩衣，躺在地上摇拨浪鼓。这种夸张到不合情理的孝道故事早就受到鲁迅先生的嘲讽，但"老莱子娱亲"还是影响了一代代人。凤姐把自己在贾母跟前的表现上纲上线地说成"斑衣戏彩"了。

大部分红学家认为五十四回是贾府由盛到衰的转折点，一个重要的标志就是王熙凤在宴席最后讲笑话时说出"散了""完了"这样的话。之后的五十五回，就是凤姐病倒、探春理家的情节，家族中的各种矛盾也就显露出来了。

贾母讲国公府规矩

这一回延续上一回，上一回小戏子在戏剧结束时向贾母讨赏，贾珍、贾琏早早准备好大簸箩的钱，一听贾母下令放赏，就命人撒钱，满台钱响，贾母大悦。这是贾府的繁华气象。

贾珍等撒完钱，和贾琏一起给长辈敬酒，贾府两个最著名的花花公子，在宴席上向长辈敬酒时非常守规矩。他们到贾母跟前屈膝跪下。贾珍捧杯，贾琏捧壶，他们一跪下，连宝玉等都跪下，这是宗法社会的规矩。

这时演《八义》中的《观灯》，这出戏是根据元杂剧《赵氏孤儿》改编的。演这个不吉利的戏文，预示着贾府未来的败落。

贾珍、贾琏斟完酒，贾母叫他们去了。贾母发现宝玉身边的丫鬟里没有袭人，于是问袭人怎么没来。王夫人汇报说，她妈前日没了，她要守孝。贾母说，跟主子不应该讲孝和不孝，我们对他们太宽松了。这是批评王夫人，她是属于我们的，老人死了也不该去守孝，应该服侍主子。王熙凤比王夫人会说话，王夫人只说袭人的娘死了，似乎是网开一面，放不该回家的奴才回家去了，王熙凤却说："今儿晚上他便没孝，那园子里也须得他看着，灯烛花炮最是耽险的。这里一唱戏，园子里的人谁不偷来瞧瞧。他还细心，各处照看照看。况且这一散后宝兄弟回去睡觉，各色都是齐全的。若他再来了，众人又不经心，散了回去，铺盖也是冷的，茶水也不齐备，各色都不便宜，所以我叫他不用来，只看屋子。散了又齐备，我们这里也不耽心，又可以全他的礼，岂不三处有益。老祖宗要叫他，我叫他来就是了。"凤姐站在爱护贾宝玉的立场上解释，最合贾母心意，贾母马上说你比我想得周到，别叫她了。贾母又感慨道：袭人服侍我一场，又服侍云儿一场，末后给了这个魔王宝玉，被他"魔"了几年，她妈死了，我想赏她几两银子，也忘了。凤姐似乎无意中汇报了一句，太太赏了四十两银子。将来这笔银子还会掀起轩然大波，成为赵姨娘闹事的因由。

宝玉想回去看看袭人。鸳鸯的娘前阵子也去世了，两人正在屋里聊天。鸳鸯抗婚后不再和宝玉打交道。宝玉听见鸳鸯在，就悄悄对麝月、秋纹等丫鬟说，我要是进去，鸳鸯又该赌气走了，咱们还是回去吧。回来路上，发生了两件和宝玉有关的小事，一件是两个婆子去给袭人和鸳鸯送吃的，一件是宝玉小解后要洗手，但小丫鬟带的沐盆里的水已经凉了。这时小丫鬟看到来了一个老婆子提着一壶热水，想让她给沐盆里倒上点儿，老婆子说："哥哥儿，这是老太太泡茶的，劝你走了罢去吧，那里就走大了脚。"秋纹说："凭你是谁的，你不给？我管把老太太茶吊子倒了洗手。"宝玉身边的丫鬟盛气凌人，居然敢让老婆子把给老太太沏茶的水倒出来给宝玉洗手。婆子一看，连忙说："我眼花了，没认出这姑娘来。"于是把给贾母沏茶的水倒在沐盆里，给宝玉洗手了。

宝玉回来，也要敬酒，从李婶、薛姨妈斟起，连王夫人、邢夫人都敬了酒。贾母说给你姐姐、妹妹们也都斟上，要让她们都干了。其他姐妹都喝了，唯独黛玉不想喝，就拿起杯子放到宝玉唇边，意思是让他替自己喝；宝玉一气饮干，黛玉说"多谢"。凤姐说："宝玉，别喝冷酒，仔细手颤，明儿写不得字，拉不得弓。"有红学家说，凤姐看出宝玉、黛玉太不避讳，当众如此亲热，所以讽刺他们。我觉得凤姐是善意提醒宝玉要注意你们在众人面前的行为。

贾母《掰谎记》并非警告"二玉"

上了元宵后，贾母说戏先停一停，唱戏的小孩儿怪可怜的，叫他们吃点儿热汤热菜，吃完再唱。有婆子带来两个女先儿（女性说书人）讲故事给贾母听。贾母问，你们又添了什么新书？看来贾母常听女先儿讲故事，想听个新的。女先儿说，现在有个故事是残唐五代的《凤求鸾》。贾母让她们先简单讲讲，若好再说。女先儿说，两朝宰辅王忠告老还乡，膝下只有一位公子，叫王熙凤。大家笑了，贾母说，重了我们凤丫头了。媳妇上去推女先儿，这是二奶奶的名字，少混说。贾母却愿意继续听，凤姐也表示不介意。女先儿又说，王熙凤上京赶考，避雨时遇到个乡绅，是王宰相世交，留王熙凤住在书房。李乡绅家只有一个千金小姐叫雏鸾，琴棋书画无所不通。刚说个开头，贾母就说：一定是王熙凤要娶雏鸾小姐为妻了。接着贾母说了一段被红学家研究无数次的话，王熙凤后来把它归结为《掰谎记》。贾母表示自己对才子佳人的戏剧不以为然，充分显示了贾母杰出的口才，以及相当不错的戏剧修养。贾母这段话，是伟大的小说家曹雪芹再次借小说人物之口，更加详尽地阐释自己的文学观点。为什么这样说？在《红楼梦》第一回中，曹雪芹已经借石头之口说了这样的话，他说现在他写的这个故事，"亦令世人换新眼目，不比那些胡牵乱扯，忽离忽遇，满纸才人淑女，子建、文君、红娘、小玉等通共熟套之旧稿"。曹雪芹不打算写类似《凤求鸾》那样的俗套爱情故事，贾母进一步阐述了这个观点——

> 贾母笑道："这些书都是一个套子，左不过是些佳人才子，最没趣儿。把人家女儿说的那样坏，还说是佳人，编的连影儿

也没有了。开口都是书香门第，父亲不是尚书就是宰相，生一个小姐必是爱如珍宝。这小姐必是通文知礼，无所不晓，竟是个绝代佳人。只一见了一个清俊的男人，不管是亲是友，便想起终身大事来，父母也忘了，书礼也忘了，鬼不成鬼，贼不成贼，那一点儿是佳人？便是满腹文章，做出这些事来，也算不得是佳人了。比如男人满腹文章去作贼，难道那王法就说他是才子，就不入贼情一案不成？可知那编书的是自己塞了自己的嘴。……"

贾母特别说到，如果一个"通文知礼"的小姐见到一个"清俊的男人"，就"想起终身大事"，父母、书礼都忘了，这是非常不成体统、不可理喻的事。有红学家认为贾母这是对贾宝玉和林黛玉两人敲山震虎，我的解读恰好相反，我认为贾母并没有对他们敲山震虎，反而是在维护他们，因为她首先提出，大家庭出身的小姐不可能身边只有一个小丫鬟，她是不可能有机会去和男人约会的。她接着还有这样的话："如今眼下真的，拿我们这中等人家说起，也没有这样的事，别说是那些大家子。"这等于是在宣布：你们甭在那里瞎琢磨，我的孙子和外孙女在我们这样的家庭，出不了这样的事！他们不拘形迹的亲热，只是因为他们是从小一起长大的兄妹。

贾母兴致勃勃地讲完，凤姐马上热情吹捧："罢，罢，酒冷了，老祖宗喝一口润润嗓子再掰谎。这一回就叫作《掰谎记》，就出在本朝、本地、本年、本月、本日、本时，老祖宗一张口难说两家话，花开两朵，各表一枝，是真是谎且不表，再整那观灯看戏的人。老祖宗且让这二位亲戚吃一杯酒看两出戏之后，再从昨朝话言掰起如何？"王熙凤是个天才评论家，她给贾母的这番谈话命名为《掰谎记》，多恰当。说书人的习惯用语"一张口难说两家话""花开两朵，各表一枝"，她都讲得非常流利，具有多么出色的表演才能，她把自己变成女先儿了。而且她讲的话，就地取材，是当家少奶奶恭维老祖宗，令人绝倒。她还没说完，大家已经笑倒。女先儿也笑个不停，说："奶奶好刚口。奶奶要一说书，真连我们吃饭的地方也没了。"这话说得恰如其分，王熙凤是即兴创作，女先儿是照本宣科，已经没有什么可比性了。

王熙凤孝经宣言

薛姨妈对凤姐说："你少兴头些，外头有人，比不得往常。"薛姨妈的话把凤姐一段最精彩的自白引了出来，成为第五十四回的回目《王熙凤效戏彩斑衣》。王熙凤说："外头的只有一位珍大爷。我们还是论哥哥、妹妹，从小儿一处淘气了这么大。这几年因做了亲，我如今立了多少规矩了。便不是从小儿的兄妹，便以伯叔论，那《二十四孝》上'斑衣戏彩'，他们不能来'戏彩'引老祖宗笑一笑，我这里好容易引的老祖宗笑了一笑，多吃了一点儿东西，大家喜欢，都该谢我才是，难道反笑话我不成？"王熙凤理直气壮地发表的"孝经宣言"，马上得到了贾母认可。贾母说："可是这两日我竟没有痛痛的笑一场，倒是亏他才一路笑的我心里痛快了些，我再吃一钟酒。"接着，贾母让宝玉"也敬你姐姐一杯"。贾母并没把一盅酒全喝光，凤姐说："不用他敬，我讨老祖宗的寿罢。"说着，把贾母的杯子拿起来，把贾母的半杯剩酒喝了，把杯子递给丫鬟，丫鬟马上把温水泡过的酒杯换了一个上来。

这时，贾母心里肯定是暖乎乎的，为什么呢？因为我这个隔了两个多世纪的读者，都为这种晚辈亲近长辈的生活细节感到温馨。谁说王熙凤办事只讲利害不动感情？凤姐待贾母，就是动了感情，又亲热又细心。她喝贾母剩下的酒，说是"讨老祖宗的寿"，而她和老人家用同一个杯子，表面上是和贾母很亲热，其实是年轻人不嫌弃老人的表现。但是凤姐已经用过的酒杯绝对就不能再给贾母用了，因为你用过的酒杯再给太婆婆用，就是不知天高地厚，不知尊卑上下，所以凤姐把自己用过的贾母的杯子交给丫鬟。这个杯子已经完成两代人共用一杯酒沟通感情的任务，再换个温水泡过的杯子给贾母用，这个杯子是温的、新的，还是干净的。凤姐对贾母照顾多么细心，多么上心。难道这样的举动也是出于利害关系吗？这更像是本能反应，日久生情，凤姐确实把贾母当成可亲、可敬、可爱的亲人对待，下意识地让贾母在任何情况下都受到精心的照顾。当然，换杯子也可能出于贵族家庭的教养。曹雪芹用微不足道的细节，活化出王熙凤这个人物的风采。在这个时候，她不是叱咤风云的管家大奶奶，是懂事、孝顺、可爱的孙媳妇。在古代小说、戏剧中，很少能再看到一个像王熙凤这样的人物，这么鲜活，这么灵动，这么生气勃勃，她能把"孝"字用得出神入化，最后还能达到利人利己的效果，这个人物太不简单了。

贾母没叫女先儿说书，到三更天，贾母说有点儿冷，丫鬟马上送了衣服来。王夫人说，老太太不如挪进暖阁里的地炕上，两位亲戚也不是外人，我们陪着就行了。王夫人也比较孝敬婆婆。贾母说，大家都挪进去不就暖和了，这些桌子并起来，大家挤在一块儿坐。薛姨妈和李婶正面坐，符合待客之道。贾母自己西向坐，叫宝琴、黛玉、湘云坐在她身边。宝琴是干孙女，黛玉是亲外孙女，湘云是娘家侄孙女，这是最受贾母喜欢的三个人。现在宝琴已占据原来宝钗的位置。贾母对宝玉说，你挨着你太太。邢夫人和王夫人中间夹着宝玉，宝钗等姐妹在西边。这里特别提了一笔，娄氏带着贾菌，尤氏、李纨夹着贾兰。为什么特别提到这两个人？将来贾府败落，做官的就是宁国府正支正孙贾菌，荣国府正支正孙贾兰。贾母把贾蓉夫妇留下，吩咐"珍哥儿带着你兄弟们去罢"。一句话说完，贾珍立刻像开了锁的猴儿，叫了贾琏，一起去"追欢买笑"了。

贾母说出曹雪芹祖父的剧作

贾母说，叫咱们的女孩儿来唱两出。梨香院教习带了文官等十二人，按照贾母平时喜欢听的戏，用包袱把戏装带来。贾母对文官说："大正月里，你师父也不放你们出来逛逛。你等唱什么？刚才八出《八义》闹得我头疼，咱们清淡些好。你瞧瞧，薛姨太太、这李亲家太太都是有戏的人家，不知听过多少好戏的。这些姑娘都比咱们家姑娘见过好戏，听过好曲子。如今这小戏子又是那有名玩戏家的班子，虽是小孩子，却比大班还强。咱们好歹别落了褒贬，少不得弄个新样儿的。叫芳官唱一出《寻梦》，只提琴至管箫合，笙笛一概不用。"老太太很懂音乐。

只用胡琴、管箫，不用笙笛，是要听唱戏者的本音，避免人声被伴奏声遮盖，听觉上显得特别清雅。文官说："这也是的，我们的戏自然不能入姨太太和亲家太太、姑娘们的眼，不过听我们一个发脱口齿，再听一个喉咙罢了。"小戏班的班长多会说话，意思是你们都见多识广，到这里就是听听我们的嗓子怎么样，发音准确不准确。薛姨妈她们都笑了："好个灵透孩子，他也跟着老太太打趣我们。"薛姨妈听后又说："实在亏他，戏也看过几百班，从没见用箫管的。"

贾母说:"也有,只是像方才《西楼·楚江情》一支,多有小生吹箫和的。这大套的实在少,这也在主人讲究不讲究罢了。这算什么出奇?"

下面一段话需要特别注意,贾母指着湘云说:"我像他这么大的时节,他爷爷有一班小戏,偏有一个弹琴的凑了来,即如《西厢记》的《听琴》,《玉簪记》的《琴挑》,《续琵琶》的《胡笳十八拍》,竟成了真的了,比这个更如何?"《续琵琶》是谁的作品?是曹雪芹祖父曹寅写的南戏,又叫《后琵琶》(因为之前已经有元末高则诚的《琵琶记》了),写蔡文姬被南匈奴掠走后,被曹操设法赎回,夫妻团圆的故事。《续琵琶》还影响到当代戏剧家郭沫若创作《文姬归汉》。这样一来,曹家的一段历史,以人物对话的形式,在《红楼梦》中出现了。曹雪芹在提到很多著名剧本的同时,也提到曹寅的《续琵琶》,这说明他对祖父的多才多艺感到自豪。曹寅和一些大戏剧家有来往,他曾把《长生殿》的作者洪昇请到江宁织造府。这些当然会对小说家曹雪芹产生影响。《红楼梦》中总出现戏曲,这些戏曲之所以和小说的情节、人物融合得天衣无缝,就是因为曹雪芹从小看的戏太多了。

"喝猴尿"和"聋子放炮仗"

贾蓉夫妇出来敬酒,四世同堂的场面令贾母喜悦。凤姐见老太太高兴,说:"趁着女先儿们在这里,不如叫他们击鼓,咱们传梅,行一个'春喜上眉梢'的令如何?"贾母说是个好令,取了枝红梅来。凤姐说,咱们谁输了,谁讲个笑话,看来她想讲笑话了。不光酒席上的人,连地下服侍的婆子丫鬟都高兴了,奔走相告地说:"快来听，二奶奶又说笑话儿了。"众人挤了一屋子，来听王熙凤的笑话。但大家都知道，必须先从老太太讲。这里有段描写，曹雪芹可能把白居易的《琵琶行》仔细推敲了一番，改进加工成女先儿怎样击鼓："那女先儿们皆是惯的，或紧或慢，或如残漏之滴，或如迸豆之疾，或如惊马之乱驰，或如疾电之光而忽暗。其鼓声慢，传梅亦慢，鼓声疾，传梅亦疾。恰恰至贾母手中，鼓声忽住。"这段描写多好，把女先儿怎样击鼓写得像我们都能听见、看见一样。大家哈哈大笑，这都是安排好的，故意到贾母这儿停下，让老太太先讲。贾蓉赶快上来斟酒，大家都说："自然老太太先喜了，我们才托赖些喜。"贾母讲的是：一家子养了十个儿子，有十个媳妇，老人唯独喜欢最小的媳妇，那九个媳妇不服气，为什么她这么得宠，就打算去阎王庙问问阎王爷，等了半天，阎王爷没来，孙猴子来了。孙猴子对九个媳妇说，为什么你们的小妯娌嘴这么巧，是因为她托生时，恰好我到阎王爷那去，撒泡尿在地上，她吃了。你们也想嘴巧，我再撒泡尿你们吃了就行了。贾母这是在取笑王熙凤。她说完，王熙凤赶快说："好的，幸而我们都笨嘴笨腮的，不然也就吃了猴儿尿了。"但别人不饶她，尤氏、娄氏对李纨说："咱们这里谁是吃过猴儿尿的，别装没事人儿。"谁也没直接说王熙凤吃了猴儿尿，如果直接说出来就不好玩了。薛姨妈说："笑话不在好歹，只要对景就发笑。"

再次击鼓传梅，传到王熙凤那儿停了。大家高兴了，让她快说个好的，别太逗得大家笑得肠子疼。但王熙凤没说她平时说的那种开口就令人发笑的笑话，而是说了个似乎不像笑话的笑话："一家子也是过正月半，合家赏灯吃酒，真真的热闹非常，祖婆婆、太婆婆、婆婆、媳妇、孙子媳妇、重孙子媳妇、亲孙子、侄孙子、重孙子、灰孙子、滴滴搭搭的孙子、孙女儿、外孙女儿、姨表孙女儿、姑表孙女儿，……嗳哟哟，真好热闹！"大家已经开始笑了，她下面怎么说呢？"底下就团团的坐了一屋子，吃了一夜酒就散了。"这叫什么笑话？王熙凤怎么能讲这样的笑话？史湘云莫名其妙地看了她半天，幸亏没把话说出来。如果史湘云直接说出来，又不好玩了。凤姐说："再说一个过正月半的。几个人抬着个房子大的炮仗往城外放去，引了上万的人跟着瞧去。有一个性急的人等不得，便偷着拿香点着了。只听'噗哧'一声，众人哄然一笑都散了。这抬炮仗的人抱怨卖炮仗的捍的不结实，没等放就散了。"湘云问："难道他本人没听见响？"凤姐说："这本人原是聋子。"大家一想，都笑了，又问王熙凤："先一个怎么样？也该说完。"王熙凤把桌子一拍，说："好罗唆，到了第二日是十六日，年也完了，节也完了，我看着人忙着收东西还闹不清，那里还知道底下的事了。"什么都"完了"，这句话好像有点儿不吉利。王熙凤又说："外头已经四更，依我说，老祖宗也乏了，咱们也该'聋子放炮仗——散了'罢。"她这句话惹得大家笑得前仰后合。贾母说："真真这凤丫头越发贫嘴了。"又吩咐："他提炮仗来，咱们也把烟火放了解解酒。"下面就详细地描写放炮仗时各人的反应，"林黛玉禀气柔弱，不禁毕驳之声，贾母便搂他在怀中"。贾母什么时候嫌弃她的外孙女了？

元宵节过去，王熙凤说的"聋子放炮仗——散了""年也完了，节也完了"，都有预言意味。轰轰烈烈的贾府从五十五回开始走下坡路，先是管家婆王熙凤病倒，然后是探春理家，母女俩像乌眼鸡一样反目成仇，贾府的各种弊病显露，各种矛盾爆发出来了。

是探春理家还是宝钗当家？

—第五十五回　辱亲女愚妾争闲气　欺幼主刁奴蓄险心

第五十五回和第五十六回，红学界普遍称为"探春理家"，而我认为，王夫人的真实意图是造成"宝钗当家"的事实，逼迫贾母接受"金玉良姻"。

"辱亲女"的"愚妾"是赵姨娘，"欺幼主"的"刁奴"是吴新登媳妇。实际上两件事发生的先后顺序是倒过来的，先是吴新登媳妇想让李纨和探春出洋相，后是赵姨娘来探春这里无理取闹。

红学界比较统一的看法是，第五十五回是小说的转折点。从第五十五回开始，贾府从钟鸣鼎食开始走向衰败覆灭；王熙凤也从风光无限逐渐走向失宠，最后被休。

探春理家实际是宝钗当家

第五十四回贾府的元宵节过得非常欢乐。元宵节过后，先是宫里一位太妃生病了，其他妃嫔取消了省亲活动，"元妃省亲"的盛况没能再次出现；同时由于宫中"宴乐俱免"，贾府的灯谜会也取消了。此时贾府中也不安宁，凤姐忙完年事就小产了，一个月不能理事，求医问药治疗了很久仍未治愈，又添了"下红之症"。"下红之症"是一种妇科病，指女性正常例假之外，仍不断出血；凤姐的病情后来似乎一直没有真正治愈，甚至还发展成了"血山崩"。王熙凤得的病其实和贾琏有关系，贾琏淫乱无度，不管王熙凤什么情况，他想怎么着就怎么着。而王熙凤得的病，也是导致她最后英年早逝的重要原因。王熙凤因妇科病"血山崩"而死，与贾府的"雪山崩"——"忽喇喇似大厦倾"同步发生。

王熙凤协理宁国府，管理荣国府，伴随贾母参加各种活动，风光无限。但她从这时开始要逐渐走向覆灭了。她走向覆灭的过程，先是一步一步被迫让出自己已经占领的阵地，比如这时探春就出来理家了。探春"才自精明志自高，生于末世运偏消"，她很有才能，可惜却生在"末世"。这"末世"有双重含义，一方面是指贾府末世，另一方面是指她的庶出身份，她的生母是姨娘。

王熙凤一病，得再找人管家，王夫人先找了李纨，但李纨性格过于温厚，"未免逞纵了下人"，王夫人还得再找人，她还能找谁呢？迎春是贾赦那边的，是"二木头"；惜春是贾珍那边的；王夫人于是找来探春协助管理家事。

王夫人重用探春其实性质很微妙，赵姨娘是王夫人的死对头，探春是赵姨娘的亲生女儿，按说王夫人不排斥探春就不错了，为什么反而重用她？这是王夫人的贵族身份决定的。按照封建礼法，王夫人是嫡妻，不管亲生、妾生的子女，都算她的孩子。探春本人也极力向王夫人靠拢。她知道自己出身不好，要取得好的地位，只能靠自己努力。她尽量疏远同父同母弟贾环，靠近同父异母兄贾宝玉，冷淡生母赵姨娘，亲近嫡母王夫人。她采用了很多办法，试图抹去庶出痕迹。这一点王夫人早就看在眼里。贾赦讨鸳鸯惹恼贾母，王夫人被骂，薛姨妈、王熙凤、贾宝玉谁也不敢说话，探春担着冒犯老祖宗的风险，挺身而出，给王夫人解围。王夫人重用探春，既说明她为人公正，不管亲生、妾生的孩子一样看待，同时她也想要起到孤立赵姨娘的作用。

王夫人更高的一招是把薛宝钗也叫了进来，这很不寻常。薛宝钗是没出门的亲戚家千金小姐，怎么可以到姨妈家管事？但王夫人请薛宝钗帮自己照看几天，薛宝钗居然二话不说就同意了。王夫人明明知道薛姨妈长期散布"金玉姻缘"的信息，自己又故意把薛宝钗请来管家，等于提前认可了这个儿媳妇，也是向贾母暗示：凤姐病倒，我玩不转了，你赶快同意"金玉姻缘"吧。王夫人看似遵守礼法，但她未请示贾母就自作主张，叫娘家外甥女管理家事，这在封建家庭属于违规越礼的行为；但她有贵妃女儿做后台，似乎就有恃无恐了。

贾母曾说王夫人"本来老实""极孝顺我"，其实，王夫人的"老实"是表面文章。贾母在气急的情况下，说王夫人"原来都是哄我的"，这才是王夫人在贾母内心留下的真实印象。她不经请示贾母就派薛宝钗管家，正是贾母说的，你们"外头孝敬，暗地里盘算我"。

王夫人把宝钗叫来，跟她说，我现在没有别人可用了，你帮我照看一下，凡有想不到的事，你来告诉我。但实际上，薛宝钗比李纨和探春还尽心尽力。探春和李纨每天上午在大观园门口南边的三间小花厅（俗称"议事厅"）处理家务，王夫人管着外面贺喜吊唁等事。薛宝钗每天在王夫人上房监察，王夫人回来她才回大观园。而且每晚睡觉前，薛宝钗亲自坐轿子带领大观园上夜的人各处巡查。王夫人并没要求她查夜，何况未出阁的千金小姐到亲戚家巡夜，也有些过分了。这就形成了这样的局面：李纨和探春处理具体事务，和管家娘子打交道，薛宝钗统管全局，直接和王夫人联系。薛宝钗简直成了荣国府的实际大当家，提前将王熙凤取而代之了。所以，探春理家其实是宝钗当家，是"准宝二奶奶"取代琏二奶奶，"金玉姻缘"要剿灭"木石姻缘"。

薛宝钗不是"不干己事不张口，一问摇头三不知"吗？为什么对给荣国府管家这么热心？为什么一个大姑娘家，不仅到亲戚家管理家事，还亲自巡夜？是不是表现过头了？前辈红学家洪秋蕃认为，按照常理，王夫人向薛宝钗提出参与管家的要求时，薛宝钗只要稍加推却，王夫人就不会再坚持。但薛宝钗接受了，她这样做有四个目的：一是要取悦王夫人，二是要显示自己的才能，三是要反衬林黛玉无能，四是要取得将来当家的地位。洪秋蕃还认为，宝钗晚上坐着轿子在贾府查夜，是很失身份的行为，"便如查街委员不怕麻烦，闺阁千金扫地尽矣"。这些言语未免刻薄，但宝钗介入理家一事，多少还是会导致李纨被边缘化。按说王熙凤病了，李纨管家是最妥当的，因为她是长嫂，也有这个能力。但是如果李纨全面接手此事，王夫人就不能叫宝钗来当家了。王夫人把大儿媳妇边缘化其实也很好办。李纨是寡妇，还有个儿子，她的主要任务是教育儿子。何况对李纨来说，多一事不如少一事，她拉不下脸面来管，也决定不了大局。这样一来，李纨虽然也参与理家，但她的话语权并不大。李纨其实很清楚自己婆婆心里打的什么小算盘。

探春理家面临各种难题，首先是要考虑怎样对付管家娘子们。王熙凤早就说过，贾府的管家娘子们好生了得，"'坐山观虎斗''借剑杀人''引风吹火''站干岸儿''推倒油瓶不扶'，都是全挂子的武艺"，连王熙凤都可能被她们暗地算计。探春一个没出门的大姑娘，且是庶出，能对管家娘子们作威作福吗？管家娘子们正在观望，就等着看探春办事如何，如果办事妥当，她们之后也就敬畏些，如果出了差错，就会背地里取笑她。

探春刚上任，就用自己的聪明才智压住阵脚，打出了"玫瑰花"的威风。上任当天，她就拿亲生母亲作法，严守祖制，不徇私情。

"无星戥"给探春出难题

探春刚接手管家，管家娘子吴新登媳妇来请示，赵姨娘的兄弟赵国基死了，已经回过太太了；请示完了，一声不吭，垂手侍立。这是干吗？表面上是完全听从探春、李纨的指示，两人怎么说她就怎么办；实际上是试探一下两人有什么反应。《红楼梦》每出来个人物，名字都不是随意取的。"吴新登"谐音"无星戥"，就是没有准星的秤。吴新登媳妇"没准星"是故意的，她明知贾府有明确规定，什么人死了该赏多少银子。如果在凤姐跟前，她早就查旧例、出主意、献殷勤；现在李纨、探春管家，她就想看看两人办事严谨不严谨，如果两人不守旧例，那管家娘子们以后也不按规矩办事，乱中取利。

贾府对奴才家人死了给多少丧葬费，在旧例中有严格规定，"家生子"奴才的家人死了，和"外头的"奴才的家人死了，待遇是不一样的。"家生子"奴才家里死了人，贾府给的丧葬费低；"外头的"奴才是只有自己被卖到贾府的，父母死了，贾府给的丧葬费高。在这之前，袭人母亲死了，王夫人赏了四十两银子。因为袭人是"外头的"奴才，所以按照"外头的"奴才家人死亡给的丧葬费。看来赵姨娘是贾府"家生子"，现在她的兄弟死了，待遇当然不能和袭人的情况一样，得按照贾府旧例执行。

探春一开始没想到这些规矩，请教李纨怎么办，李纨好像也不太懂，她想到袭人母亲死时，被赏了四十两，赵姨娘似乎可以照搬，就告诉吴新登媳妇，也赏四十两银子。吴新登媳妇一听，觉得两人好说话，自己以后也可以乱来，立刻答应，接了对牌就走，但探春把她叫住了。

曹雪芹写探春把吴新登媳妇叫住的语言，太妙了。探春连着四个"且"："你且回来""你且别支银子""我且问你""你且说两个我们听听"。探春说那几年老太太屋里几个老姨奶奶，也有家里的，也有外头的，让吴新登媳妇说说家里的死了人赏多少，外头的死了人赏多少。这就问到根儿上了。吴新登家的故意让探春和李纨出洋相，探春一问，她说忘了，还故意轻描淡写地说，"也不是什么大事，赏多少，谁还敢争不成"，看来她想瞒天过海。探春马上戳穿她，把她教训了一顿："你办事办老了的，还记不得，倒来难我们。你素日回你二奶奶也现查去？若有这道理，凤姐姐还不算利害，也就是算宽厚了！还不快找了来我瞧。"其实吴新登媳妇不查旧账也知道应该赏多少，但她已经说要去查了，就只好把旧账本拿来给探春看。探春一看，果然"家生子"和"外头的"不一样，于是按照贾府规定，赏给赵国基二十两丧葬费。

探春和赵姨娘撇清关系

吴新登家的刚走，赵姨娘马上就来了。赵姨娘怎么会来？估计是吴新登媳妇唯恐天下不乱，跑去挑唆她来的。赵姨娘一来，李纨和探春先让座。赵姨娘开口就说："这屋里的人都踩下我的头去还罢了。姑娘你也想一想，该替我出气才是。"一边说，一边流着眼泪鼻涕地哭了。探春说："姨娘这话说谁，我竟不解。谁踩姨娘的头？说出来我替姨娘出气。"这几句话里有三个"姨娘"。赵姨娘说："姑娘现踩我，我告诉谁！"探春一听说，赶快站起来说："我并不敢。"李纨也站起来劝。赵姨娘发牢骚："我这屋里熬油似的熬了这么大年纪，又有你和你兄弟，这会子连袭人都不如了，我还有什么脸？连你也没脸面，别说我了！"她和袭人攀比起来了。探春回答得很干脆，"我并不敢犯法违理"，然后拿账本念给赵姨娘听，表示太太赏给袭人多少钱，是太太的事，我没有太太的权力，只能按照贾府赏赐奴才的有关规定办。赵姨娘和袭人攀比是没有道理的，但她不明事理，估计吴新登媳妇就是用"难道姨奶奶你还不如袭人"这种话，把她挑唆来的。赵姨娘有两个误判：一个是认为自己不是奴才；一个是认为只要家人手里有权，自己就能胡作非为。所以她以探春生母的身份来找临时掌权的探春提无理要求。赵姨娘认为，自己在这里熬了这么多年，还生了一儿一女，难道还不如那个没名分的袭人吗？但根据贾府规定，她确实不能和袭人比。探春给她解释了一番，又拿旧例给她看。她指责赵姨娘总是让自己丢脸，"依我说，太太不在家，姨娘安静些养神罢了，何苦只要操心。太太满心疼我，因姨娘每每生事，几次寒心。我但凡是个男人，可以出得去，我必早走了，立一番事业，那时自有我一番道理。……太太满心里都知道。如今因看重我，才叫我照管家务，还没有做一件好事，姨娘倒先来作践我。倘或太太知道了，怕我为难不叫我管，那才正经没脸，连姨娘也真没脸！"探春说这番话时，一口一个"姨娘"，把她和赵姨娘、赵国基之间的界限划得非常清楚：你们是奴才，我是小姐。

当李纨稀里糊涂地打圆场说"他满心里要拉扯，口里怎么说的出来"时，探春马上连她一起批，说："这大嫂子也糊涂了。我拉扯谁？谁家姑娘们拉扯奴才了？他们的好歹，你们该知道，与我什么相干。"赵姨娘继续和她纠缠："谁叫你拉扯别人去了？……如今你舅舅死了，你多给了二三十两银子，难道太太就不依你？"贾探春针锋相对，赵国基不是我舅舅，他是奴才；我舅舅是刚升了九省检点的王子腾。

探春拿赵姨娘作法，就是向世人宣布：我是尊重祖宗章法的，不讲私情，谁也不要想来惹我这千金小姐。

我上大学时，看到探春和生母赵姨娘这段对话，觉得像天外奇谈。随着年事渐长，对《红楼梦》不断阅读研究，我认识到曹雪芹写这段母女之间的对话，其实反映了当时社会中非常真实的情况。这一回叫《辱亲女愚妾争闲气》，探春是赵姨娘的亲生女儿，但如果赵姨娘公开宣称探春是她的亲生女儿，就是侮辱探春，就是不明事理的"愚妾"，因为这是封建宗法制度、封建等级制度决定的，这是当时社会的人之常情。探春确实是赵姨娘的亲生女儿，但是探春特别忌讳这一点。中国古代有句恶毒的骂人话就是"你是小老婆养的"。这样一来，就形成了赵姨娘和探春之间的两难境地：赵姨娘只要宣传自己生了儿子、女儿，就有脸；探春只要被人提醒是姨娘生的，就没脸。结果是探春质问赵姨娘：赵国基哪里是我的舅舅，他若是舅舅，为什么他见了贾环得站起来，还得跟着贾环上学去？

《红楼梦》把小说传统的写法都打破了，不见得好人就是高大全，坏人就是头顶长疮、脚底流脓。究竟是什么缘故，让曹雪芹对赵姨娘采取《红楼梦》中非常少见的脸谱化描写？赵姨娘永远是阴险、猥琐、见利忘义、倒三不着两的。再往后到"蔷薇硝"一案时，还会上演一幕"赵姨娘大战小戏子"，更把探春气得无可奈何。因为赵姨娘为人实在不堪，探春做的似乎不合人情的事，也能引起人们同情。

探春拿平儿说事

这时平儿来捎王熙凤的话，提醒探春和李纨，赵姨娘兄弟死了，按规定只能给二十两银子。但王熙凤让平儿告诉探春，"请姑娘裁夺着，再添些也使得"。探春马上连王熙凤的面子都驳了，义正词严地说："又好好的添什么，谁又是二十四个月养下来的？不然也是那出兵放马背着主子逃出命来过的人不成？你主子真个倒巧，叫我开了例，他做好人。拿着太太不心疼的钱，乐的做人情。你告诉他，我不敢添减，混出主意。他添他施恩，等他好了出来，爱怎么添了去。"回答得毫不客气。王熙凤想把做不做人情、破不破旧例这个球踢给探春，探春一脚给踢了回来：你要违反贾府旧例做好人，你做，我不干。王熙凤其实是出于好意，怕探春有心照顾自己的舅舅却不好自作主张，所以叫平儿来捎口信帮探春下台。但探春还是稳稳地站在主子立场上，对奴才绝对不讲情面。

探春由于刚被赵姨娘气哭了，需要洗脸。她是这样洗的：捧盆的丫鬟双膝跪下，两个小丫鬟屈膝在旁捧着毛巾之类。平儿见待书[1]不在，赶快上来担任大丫鬟的职责，替探春挽袖子、卸镯子，接过大毛巾，把探春脸前衣襟遮起来，这时千金小姐才伸手洗脸。

这时有媳妇来回事。探春在洗脸，这个媳妇说："回奶奶、姑娘，家学里支环爷和兰哥儿的一年公费。"平儿也是个好演员，她一看探春这么厉害，决定继续帮她树立威信，于是训斥这个媳妇："你忙什么！你睁着眼看见姑娘洗脸，你不出去伺候着，先说话来。二奶奶跟前你也这么没眼色来着？姑娘虽然恩宽，我去回了二奶奶，只说

1　待书：探春的贴身丫鬟，也有版本作"侍书"。——编者注

你们眼里都没姑娘，你们都吃了亏，可别怨我。"平儿把"夜叉奶奶"搬出来吓唬管家奶奶，给探春撑腰。探春不见得对这份人情买账，后来她还要拿王熙凤的事作法。

探春洗完脸搽上粉，问来支银子的媳妇：贾环和贾兰不是有份例吗，怎么上学又多出八两？原来上学是为这八两银子！从今儿起，把这一项蠲了。说完还让平儿转告凤姐。平儿马上说："早就该免。旧年奶奶原说要免的，因年下忙，就忘了。"平儿特别会办事，看到小姐生气了，就怎么好听怎么说，怎么能给小姐灭火怎么办。探春领不领她的情？似乎也不领，还要拿她作法。宝钗在探春洗脸的时候就进来了，这时园中的媳妇把探春、李纨的饭拿来了，探春问：宝姑娘的饭怎么还不端了来一块儿吃？丫鬟出去对管家媳妇说：宝姑娘也在这里吃饭，把她的饭端过来。探春一听，这又不合规矩了，你一个一般丫鬟，怎么可以指使管家娘子？她立即高声说："你别混支使人！那都是办大事的管家娘子们，你们支使他要饭要茶的，连个高低都不知道！平儿这里站着，你叫叫去。"这是什么意思？她要安抚管家娘子，"镇压"平儿。

太不可思议了，平儿虽是贾琏的通房大丫头，但代表王熙凤管理管家娘子，管家娘子都尊重她。探春偏要点明，平儿你的身份并不是王熙凤身边的副总管，仍然是丫鬟，所以你应该去叫人送饭来。平儿赶快答应了出来。媳妇们说，我们已经有人去叫了。平儿把这帮管家娘子教育了一顿，说："他是个姑娘家，不肯发威动怒，这是他尊重，你们就藐视欺负他。果然招他动了大气，不过说他个粗糙就完了，你们就现吃不了的亏。他撒个娇儿，太太也得让他一二分，二奶奶也不敢怎样。"而且她告诉这些管家，"二奶奶这些大姑子、小姑子里头，也就只单畏他五分。你们这会子倒不把他放在眼里了"。

探春这是多大的气派，平儿是王熙凤的总钥匙，荣国府管家娘子怕平儿像怕王熙凤，敬平儿像敬王熙凤；探春却要让大家知道，我的生母赵姨娘是奴才，平儿也是奴才，再有脸的奴才也得干奴才的活儿。探春这样做的目的就是告诉那些想让她出洋相的管家娘子：你们遵守规矩，我也遵守规矩，尊重你们是管家娘子，不会派你们去做那些本应让丫鬟做的事。

平儿回去向凤姐汇报贾探春的所作所为，凤姐说："好，好，好，好个三姑娘。我说他不错，只可惜他命薄，没托生在太太肚里。"然后还跟平儿说起嫡出和庶出对女孩儿的重要性：在攀亲时，经常有男方因为女方是庶出而嫌弃她。又说，我们现在"家里出去的多，进来的少"，很多事还按原来的规矩办，是一年不如一年，要省俭了会被外人笑话，老太太、太太也受委屈，"若不趁早儿料理省俭之计，再几年就都赔尽了"。

王熙凤这段话透露出贾府正在走下坡路的现实。然后王熙凤就和平儿算起账来。因为平儿说，将来还有三四个姑娘出嫁，两三个小爷娶亲，还有老太太的事，都要花很多钱。凤姐说，我也考虑了，"宝玉和林妹妹，他两个一娶一嫁，可以使不着官中的钱，老太太自有体己拿出来。二姑娘是大老爷那边的，也不算。剩了三四个，满破着每人花上一万银子，环哥娶亲有限，花上三千两银子……老太太的事出来，一应都是全了的……只怕如今平空再生出一两件事来，可就了不得了"。从这句话看，王熙凤基本认定贾母会让宝玉和黛玉成婚的。

王熙凤是不是有先见之明？她似乎预料到了将来被抄家的事。她下面说的一段话应特别注意："你且吃了饭，快听他商议什么，这正碰了我的机会，我正愁没个膀臂。虽有个宝玉，他又不是这里头的货，纵收伏了他，也不中用。大奶奶是个佛爷，也不中用。二姑娘更不中用，亦且不是这屋里的人。四姑娘小呢，兰小子更小。环儿更是个燎毛的小冻猫子，只等有热灶火炕让他钻去罢。真真一个娘肚子里跑出这样天悬地隔的两个人来，我想到这里就不服。再者林丫头和宝姑娘他两个倒好，偏又都是亲戚，又不好管咱家务事，况且一个是美人灯儿，风吹吹就坏了，一个是拿定了主意，'不干己事不张口，一问摇头三不知'，也难十分去问他。倒只剩了三姑娘一个，心里嘴里都也来得，又是咱家的正人，太太又疼他。虽然面上淡淡的，皆因赵姨娘那老东西闹的……如今他既有这主意，正该和他协同，大家做个膀臂，我也不孤不独了。"从这段话里可以看出几个问题：王熙凤对贾芸、贾蓉、贾蔷等，都是收伏了来使用，而贾宝玉她收伏不了，他不会给她用；贾环既不中用也不受欢迎，可能身体还不好；关于黛、钗二人，她似乎跟黛玉比较亲近，亲热地称"林丫头"，跟嫡亲表妹宝钗较疏远，客气地称"宝姑娘"；她对宝钗理家其实有些不以为然，只对探春很认同，觉得应该和她结盟。王熙凤觉得自己这些年管家管得太毒，得罪了不少人，有这么个机会借坡下驴，让三姑娘当自己的膀臂也不错。当然她还没考虑到，探春理家、宝钗当家的实际结果，可能是逐渐把她赶出荣国府的权力舞台。

王熙凤还嘱咐平儿：三姑娘事事明白，又有文化，比我厉害，她现在理家作法，一定会从我开始，"倘若他要驳我的事，你可别分辩，你只越恭敬，越说驳的是才好，千万别想着怕我没脸，和他一犟，就不好了"。平儿早就做到了，所以她说："你太把人看糊涂了。我才已经行在先，这会子又反嘱咐我。"平儿急于回答王熙凤的话，忽视了礼节，没说"奶奶"，而是直接说"你"了。凤姐笑了："你又急了，满口里'你''我'起来。"平儿毫不退让，反而说："偏说'你'，你不依，这不是嘴巴子，再打一顿，难道这脸上还没尝过的不成？"平儿挨打那口恶气，终于借着聊天吐出来，王熙凤听完也笑了。

描写贾府的日常生活，每个人什么身份，每个人琢磨什么事，曹雪芹真是面面俱到，写得合情合理。

探春、宝钗的理家才能

——第五十六回 敏探春兴利除宿弊 时宝钗小惠全大体

这一回延续上一回的情节，仍写探春理家，最主要是写探春和宝钗的改革。在本回回目中，探春的前面加了个"敏"字，宝钗的前面加了个"时"字。"敏"是指思维敏捷、眼明手快，迅速地拿出应对办法；"时"是指识时务、善于审时度势，适当地拿出相应措施。如果说探春理家理出了才智威风，宝钗管家就管出了精明宽仁。

荣府的花销主要在贾母、贾赦、贾政、贾琏那儿，宁府在贾珍那儿。这一回的具体事件是探春和宝钗对大观园进行管理，进行小范围的改革。探春和宝钗通过管理大观园显示出了理家才能。

探春搞大观园"承包制"

平儿向凤姐汇报了探春的所作所为，领了凤姐的指示再回来，三位管家的正在讨论家务。探春见平儿来了，让她在脚踏上坐了，这是给她面子，意思是你可以坐下，但不可以和我们一样坐椅子，得坐脚踏。探春对平儿说，我们一个月有二两月银，丫头有月钱，前儿又有人回，要我们一个月用的头油脂粉钱，每个人又是二两，这和上学再拿八两银子一样，重重叠叠，还问平儿为什么凤姐没考虑过这件事。平儿解释说，出现重叠现象的原因是，本来每人二两的脂粉钱是外面买办领了统一采买的，但买回来的不合小姐们的心意，她们就又拿各人的月钱买了一回。探春觉得很浪费，于是建议把每月给买办的钱蠲了。

探春又说：我那天去赖大家，跟他们的姑娘聊起来，"谁知那么个园子，除他们戴的花，吃的笋菜鱼虾之外，一年还有人包了去，年终足有二百两银子剩。从那日我才知道，一个破荷叶，一根枯草根子，都是值钱的"。探春这么一说，出身皇商的宝钗就引经据典地来了一番议论，说探春这番话纯属"膏粱纨绔之谈"，还说探春是千金小姐不知世事等。两人讨论完后，探春说，咱们这园子比他们的起码大一半，一年也该有四百两银子出来。我们不如在园子里的老妈妈中，拣出几个本分老成、懂得种花种地的，派她们收拾料理，这样花木有专人料理，会一年比一年好，老妈妈们可以有点儿收入，还省了现在这些匠人的工费。宝钗一听，就说："善哉，三年之内无饥馑矣！"这是套用《孟子》里的话。李纨也表示赞成。三人把园子里所有老婆子的名单要来，大家经过讨论定了几个，把她们传来，告诉她们怎么回事，她们听了都同意。然后三人分配老祝妈负责潇湘馆等的所有竹子，老田妈负责在稻香村种菜种粮。探春说可惜蘅芜苑和怡红院两个大地方出不了什么作物，李纨说，蘅芜苑可以出香料，怡红院的各种花儿可以卖给茶叶铺、药铺，都是值钱的。平儿建议让宝钗的丫鬟莺儿的妈承包怡红院，宝钗说平儿这是在捉弄她，大家不解，宝钗又说："断断使不得！你们这里多少得用的人，一个一个闲着没事办，这会子我又弄个人来，叫那起人连我也看小了。我倒替你们想出一个人来：怡红院有个老叶妈，他就是茗烟的娘。……他又和我们莺儿的娘极好，不如把这事交与叶妈。"李纨、平儿都说好，平儿还特别提到，莺儿认了叶妈做干娘。莺儿妈会弄花草，如果叶妈不会弄，莺儿妈可以帮着叶妈，因为孩子都认干娘了。

宝钗亲近袭人，巴结王夫人，现在宝玉最得力的小厮茗烟的妈，又成了莺儿的干娘，听上去多有意思，这算不算对贾宝玉形成包围圈？探春又说，她们卖了粮食、竹子后，挣的钱不要交到账房了，现在管什么的主子有全份，他们就有半份，干脆归到大观园来。宝钗比探春更精明，她说，依我说，里头也不用归账，分工管一件事的，再揽件大观园的事负责，比如管竹子、管粮食的，再揽个姑娘们的脂粉头油，或是园中禽鸟畜类的粮食等，承包下去，你算算能省下多少钱来？平儿算过之后说，一年能省四百两银子。宝钗说：一年四百，两年八百，收租的房子能置几间，薄地也可以添几亩了。可见宝钗会当家。

大观园搞"承包制"，承包园中作物的妈妈们，恰好跟她们所承包的作物名称有某种关系：比如老祝妈管竹子，"祝""竹"谐音，岂能不悉心照料；老田妈管庄稼，姓田的种田，得其所哉；老叶妈管花草，花花草草不都有叶子吗？这些作物由它们的"妈妈"照看，还能有错？《红楼梦》之所以有趣，就在于这些无处不在的幽默和机智，看到这些地方真叫人忍俊不禁。

宝钗宽仁的管家理念

宝钗又想起一件事，一些老妈妈被分配去承包一些事务，可以获得收入，那些没有承包的妈妈怎么办？她计划让管事的妈妈每年不管有余无余，都拿出若干贯钱分给园子里没管事的妈妈。这些没有承包的妈妈平常也得干很多粗活儿，一年到头也很辛苦，既然园子里有收入，她们也该分点儿。宝钗说："还有一句至小的话，索性说破了：你们只管了自己宽裕，不分与他们些，他们虽不敢明怨，心里却都不服，只用假公济私的多摘你们几个果子，多掐几枝花儿，你们有冤还没处诉。"薛宝钗想得周到，老婆子们听了，又不受账房辖制，又不和凤姐算账，一年不过拿出几贯钱来，大家就很高兴，都表示很愿意。那些没承包的，一听还能无故分钱，也很高兴，口不应心地说：她们辛苦收拾，还分钱给我们，我们怎么好意思坐享其成呢？这时，薛宝钗来了一大段演讲，这正是我说"探春理家"实际是"宝钗管家"的原因。宝钗是这样说的：

　　妈妈们也别推辞了，这原是分内应当的。你们只要日夜辛苦些，别躲懒纵放人吃酒赌钱就是了。不然，我也不该管这事。你们一般听见，姨娘亲口嘱托我三五回，说大奶奶如今又不得闲儿，别的姑娘又小，托我照看照看。我若不依，分明是叫姨娘操心。你们奶奶又多病多痛，家务也忙。我原是个闲人，便是个街坊邻居，也要帮着些，何况是亲姨娘托我。我免不得去小就大，讲不起众人嫌我。倘或我只顾了小分，沽名钓誉，那时酒醉赌博生出事来，我怎么见姨娘？你们那时后悔也迟了，就连你们素日的老脸也都丢了。这些姑娘小姐们，这么一所大花园，都是你们照看，皆因看得你们是三四代的老妈妈，最是循规遵矩的，原该大家齐心，顾些体统。你们反纵放别人任意吃酒赌博，姨娘听见了，教训一场犹可，倘若被那几个管家娘子听见了，他们也不用回姨娘，竟教导你们一番。你们这年老的反受了年小的教训，虽是他们是管家。管的着你们，何如自己存些体统，他们如何得来作践。所以我如今替你们想出这个额外的进益来，也为大家齐心把这园里周全的谨谨慎慎，使那些有权执事的看见这般严肃谨慎，且不用他们操心，他们心里岂不敬服。也不枉替你们筹画进益，既能夺他们之权，生你们之利，岂不能行无为之治，分他们之忧。你们去细想想这话。

说得多么动听，宽仁厚道，为大家考虑，把利害关系跟大观园妈妈们讲得头头是道。如果薛宝钗真的在贾府当家，恐怕真要超过王熙凤了。这是薛宝钗"小惠全大体"的具体表现。你们虽然没有干那些承包的活儿，但那些干活儿的人拿出几串钱分给你们了，你们就要谨慎一些，不要"躲懒纵放人吃酒赌钱"了。薛宝钗开导她们，要她们好好管事，不要让管家娘子来教训。说得苦口婆心，合情合理。不过这里边有一点不太准确，宝钗说王夫人嘱托她三五回，其实并没有。王夫人只说过一次，请她帮忙照看照看而已。宝钗把自己的才能在"照看"的过程中充分发挥出来。探春理家成了"准宝二奶奶"的"实习期"，好玩不好玩？

平儿以柔克刚

这一回，除了写探春和宝钗的能干，对平儿的描写也特别好。平儿已成为探春和凤姐之间的联络员，这是很不好做的角色，做不好，就成了"猪八戒照镜子——里外不是人"。但平儿就能做到让凤姐、探春都满意。探春想拿凤姐作法，树立自己的威信。如果平儿完全承认探春做得对，等于承认凤姐错了，这样她就在众人眼中成了凤姐身边的内奸；如果平儿一味维护凤姐，她又得罪了探春，成了探春理家的绊脚石。怎么办？平儿聪明极了，像个杰出的外交官，周旋在凤姐和探春之间，有利于团结的话好好讲，不利于团结的话一句也不说。她没有丝毫的奴颜媚骨，又维护凤姐的威信，绝对不说探春一个"不"字，也绝对不说凤姐一个"不"字。但是探春的改革是对着凤姐来的，要如何协调两人关系的平衡？平儿就能做到。

探春要拿凤姐过去的事改革，比如前边说的买头油脂粉的事，她说姑娘们已经有二两银子可以买脂粉了，怎么账房还来领每个姑娘二两银子？平儿说，三姑娘说得对，奶奶也没做错；姑娘们二两银子的月钱原不是买脂粉的，是给姑娘们临时缺钱用的，因为外面买办买的脂粉不合适，姑娘们才把月钱当成脂粉钱。这样一来，责任就不在凤姐，而在外面买办没把脂粉买好了。

探春说大观园这么大的一个园子，为什么不学赖大家的办法，把它承包给婆子？平儿就说：这话必须由姑娘说出来，我们奶奶虽有此心，未必好说出口；姑娘们在这儿住着，奶奶叫人来监管修理，图省钱，显得不合适。

探春不管提出什么问题，都难不倒平儿。这时宝钗摸着平儿的脸说："你张开嘴，我瞧瞧你的牙齿、舌头是什么做的。从早起来到这会子，你说了这些话，一套一个样子，也不奉承三姑娘，也没见你说奶奶才短想不到，也并没有三姑娘说一句，你就说一句是，横竖三姑娘一套话出来，你就有一套话进去，总是三姑娘想的到的，你奶奶也想到了，只是必有个不可办的原故。"薛宝钗这番话，把平儿总结得太到位了。说明平儿既聪明机智，又不卑不亢，不但会说话，而且说的话既维护凤姐威信，又和探春相通。探春也承认，她本来一肚子气，看到平儿来了以后，态度像避猫鼠儿一样怪可怜的；

她不说她主子待我好，倒说"不枉姑娘待我们奶奶素日的情意了"。好像探春现在做的所有改革，都是她对凤姐的关心和帮助。探春说："这一句，不但没了气，我倒愧了，又伤起心来。我细想，我一个女孩儿家，自己还闹得没人疼没人顾的，我那里还有好处去待人。"探春这么精明强干的人，平儿三言两语，她就"缴械投降"了。探春原认为，凤姐当家时必定要用厉害的人协助她，没想到平儿这么谦恭、柔和、以柔克刚。平儿用"柔道"功夫把探春这个没有社会经验的深闺小姐征服了。

探春的心志，宝钗的精明

曹雪芹在前五十四回借助诗情画意的笔墨，创造了贾宝玉、林黛玉、薛宝钗、王熙凤、贾元春等人物富有哲理意味的生活场景；创造了大观园令人过目不忘的作诗场景；创造了刘姥姥两进荣国府，贾母两宴大观园的场景；创造了下雪的日子，雪地上一片欢声笑语的场景。第五十四回写贾府开始走向败落以后，曹雪芹又借助管理家务的场景，同时描写两个女性人物——探春和宝钗此前没有展现过的重要性格侧面：探春的心志高远和宝钗的精明练达。

先看探春：黛玉进府时看到的贾府三姐妹，最有风采的是探春，"俊眼修眉，顾盼神飞"；元春归省后，嘱咐探春把当时的诗歌抄录下来，大姐姐充分了解三妹妹是个小书法家；黛玉葬花前探春和宝玉的絮絮交谈，表露出庶出三小姐的苦闷和抗争；贾母带刘姥姥进入探春卧室，看到的是没有隔断的阔朗闺阁兼书香、墨香四溢的高士书房，看到古代顶尖书法家颜真卿的对联、顶尖画家米襄阳的《烟雨图》，阔大的案子上插笔如林的笔筒和名人法帖，都说明住在这里的是位志向高远的巾帼英才。大观园诗人中，论写诗水平，探春当然名列黛玉、宝钗、湘云之后，但正是因为探春给宝玉写了那封"孰谓莲社之雄才，独许须眉"的信，大观园群钗才有了发挥才能的阵地，以及展现人生理想的精神家园。贾赦讨鸳鸯惹恼贾母，没有过错的王夫人被当众训话，王夫人、薛姨妈、王熙凤、贾宝玉，没人敢吭一声，探春却为王夫人仗义执言，马上被贾母接受……探春理家之前的零零星星的描写，已经对这个"才自精明志自高"的少女的许多面做了刻画，"探春理家"一事又把她作为闺阁理家能人的特点描写出来。

秦可卿当年向王熙凤托梦时，说王熙凤是"脂粉队里的英雄"。协理宁国府是王熙凤的重头戏，那是因为本应理家的尤氏当时生病了。探春理家则是因为一直管理荣国府的王熙凤病倒，一个深闺少女有了机会在管理家务中横空出世。第五十五、五十六回通过讲述探春和亲生母亲赵姨娘的矛盾冲突，探春如何对王熙凤管理中出现的漏洞纠错，以及探春如何从赖大家的花园想到管理大观园，生动细致地写出探春过人的才智和冷静的性格。

探春理家遇到的头一件事就是她的舅舅赵国基死了如何放赏，吴新登媳妇故意想让探春出洋相，而且很可能是在她的挑唆下，探春的生母赵姨娘前来闹事，探春处理得如履平地，既坚持了国公府规矩，又维护了三小姐的尊严。接着探春开始"兴利除宿弊"，也都和她的切身利益有关：她停了学堂每年给少爷们八两银子的补助，牵涉到她同父同母的弟弟贾环、爱财的生母赵姨娘、她亲爱的哥哥贾宝玉，还有和她坐在一起理家的李纨。探春不顾及这些人情，她说停就停，因为前边有赵国基赏钱的处理一事，到了这件事，赵姨娘竟然不敢吭声了，比较在乎金钱的李纨也没有发表不同意见。探春又免除了账房给姑娘们买脂粉的钱，这就落实到她自己头上。探春从生母、亲兄弟、亲侄子、最有头脸的宝玉和凤姐以及自己下手，拿头面人物作法，几件事处理下来，本来想挑战她、看她洋相的管家娘子们发现，探春"精明不让凤姐"，这说明温文尔雅的三姑娘跟张牙舞爪的王熙凤一样杀伐决断、敢说敢做敢当家。探春还有个突出表现是清廉清明，绝不以权谋私，后来在"司棋大闹小厨房"事件中，柳家的还说到，三姑娘要吃个素菜，先送来了五百钱。探春要给平儿过生日，明确地对柳嫂子说明"你只管拣新巧的菜蔬预备了来，开了帐和我那里领钱"，严格自律。

探春的改革对贾府而言其实只能算是小打小闹，但曹雪芹热情地讴歌了一番，因为他就是要为闺阁立传。

再看宝钗，王熙凤对宝钗的评价是"不干己事不张口，一问摇头三不知"，为什么宝钗对管理荣国府这件完全跟自己不相干的事如此热心、尽责？这说明宝钗不是酸腐的儒家人物，她简直像水浒好汉一样，该出手时就出手。一方面，为什么薛家明明自己在京城有好几处房子，却一直赖在贾府不走？因为薛姨妈认识到自己是个寡妇，儿子只会作孽，她必须有个靠山，主持荣国府的姐姐王夫人就成了薛姨妈的最佳选择。薛宝钗选秀失败，能够嫁进荣国府是最理想的出路。薛宝钗长期住在贾府，而元春又点名提到"命宝钗等只管在园中居住"，而不是"命迎春等只管在园中居住"，可见很抬举宝钗。当王夫人提出希望宝钗帮她照看几天时，宝钗还能拒绝吗？她当然不忍拒绝。另一方面，一直和母亲追求"金玉姻缘"的宝钗聪明地意识到参与贾府管理，正是一次"好风凭借力，送我上青云"的好机会，是展示自己理家才能的好机会，所以她格外卖力，格外上心，甚至亲自查夜，她的表现也曾受到清代一些点评家的嘲笑。

第五十六回回目《时宝钗小惠全大体》，给宝钗加了个"时"字，小说开头就说她"随分从时"，她就是能看清形势，做出对自己前途有利的表演。当王熙凤病重，王夫人必须选择能够成为自己左膀右臂的"准宝二奶奶"时，有管理智慧的宝钗就闪亮登场了。宝钗是以客卿身份协助管家的，有身份的限制，所以宝钗绝不会像探春那样把某项费用说停了就停了，她施小恩小惠却能够"全大体"。结果她的这套做法，大观园众婆子马上"欢喜异常"，说明她很得人心。

在探春理家的描写中，还写到两种思想的交锋，那就是探春信奉的功利主义和宝钗信奉的程朱理学的交锋——

> 探春道："我因和他家女儿说闲话儿，谁知那么个园子，除他们戴的花，吃的笋菜鱼虾之外，一年还有人包了去，年终足有二百两银子剩。从那日我才知道，一个破荷叶，一根枯草根子，都是值钱的。"
>
> 宝钗笑道："真真膏粱纨绔之谈。虽是千金小姐，原不知这事，但你们都念过书识字的，竟没看见朱夫子有一篇《不自弃》文不成？"探春笑道："虽也看过，不过是勉人自励，虚比浮词，那里都真有的？"宝钗道："朱子都有虚比浮词？那句句都是有的。你才办了两天时事，就利欲熏心，把朱子都看虚浮了。你再出去见了那些利弊大事，越发把孔子也看虚了！"探春笑道："你这样一个通人，竟没看见《姬子》书？当日姬子有云：'登利禄之场，处运筹之界者，窃尧舜之词，背孔孟之道。'"宝钗笑道："底下一句呢？"探春笑道："如今只断章取意，念出底下一句，我自己骂我自己不成？"宝钗道："天下没有不可用的东西，既可用，便值钱。难为你是个聪敏人，这些正事大节目事

竟没经历，也可惜迟了。"

朱子即朱熹，南宋大理学家，他的理论被后世封建统治者奉为教条。《不自弃》传说是他所作，文章大意是：世间万物都有用，人更不应自暴自弃、怨天尤人，而应思祖德、念父功，做成自身事业。其实《不自弃》并非朱熹本人所写，是托名之作。探春说薛宝钗是"通人"，即博古通今的人，提出《姬子》里的话来反驳她，意思是：现在世上很多人满嘴说的是尧舜之词和孔孟之道，实际上却按照利禄之场的需要运筹帷幄，背离了孔孟之道和程朱理学。探春把朱熹的话理解为"虚比浮词"，宝钗说探春才办了几天事，就利欲熏心，以后会连孔子也看轻。探春说的《姬子》这本书现今无考，大多数红学家认为是曹雪芹虚构出来的一本书，但是小说里写到，探春说完这段话后，宝钗问探春"底下一句呢"，探春回答"念出底下一句，我自己骂我自己不成"，从这个行文看，我推测当时应该是有这本书的，只是现在失传了。这段闺阁里的闲谈，被很多红学家认为是曹雪芹讽刺时世的重要文字。

其实探春、宝钗和凤姐相比，不仅能力和水平都不差，她们还都知书达礼，而且她们都不像凤姐那样无孔不入地敛钱，绝不会营私舞弊。但是即便有探春理家，即便将来薛宝钗做了宝二奶奶，她们仍然挽救不了贾府走向衰落的命运。大厦之将倾，岂一木之可支。不管多有能力的人，不管用什么办法，都没法挽救这个钟鸣鼎食的贾府日暮途穷。

按照王夫人的一厢情愿，"探春理家"促成"宝钗当家"，"凤姐理家"和"木石前盟"会不会就此被葬送？《红楼梦》的奥妙就在于，任何事情都不像小说里的某个人物想的那么简单，也不像读者看到的那么明朗。王夫人的如意算盘能不能实现，得看贾母怎么表态；即使贾母不再坚持"不是冤家不聚头"，王夫人能不能如愿，也还得看贾府是不是继续钟鸣鼎食。这样一来，贾府最有权势的三代女人——贾母、王夫人、贾元春，就好像蒙起眼睛演《三岔口》了。贾母一个主意，王夫人一个主意，贾元春和王夫人立场一致，就在她们僵住的时候，贾府剧变来了，"忽喇喇似大厦倾"。在这种情况下，凤姐还能理家吗？探春还有用武之地吗？贾母如果还想成全"二玉一家"，"木石姻缘"能实现吗？遗憾的是，曹雪芹如何设置贾府的最终结局，我们已经看不到了。

这一回后面很大的一段，是写贾宝玉和他的"影子"甄宝玉。江南甄府的人来了，对贾母说，他们家有个叫宝玉的，喜欢和女儿打交道，只叫女儿侍候，不愿意和老婆子打交道。又请出贾宝玉来看，说模样都相似。江南甄府的人是来进贡朝贺的，他们和皇帝有什么关系，《红楼梦》一直没写。但五十六回后半截用很长的一段写贾宝玉和甄宝玉。似乎甄宝玉就是贾宝玉的影子，贾宝玉做梦看到了甄宝玉，甄宝玉做了个梦中之梦，梦见贾宝玉。曹雪芹到底想把这两个宝玉怎么处理，红学家研究了很久，谁都琢磨不透。有的说，甄宝玉出现，说明"真事欲显，假事将尽"。有的说，原本后三十回写的甄宝玉和贾宝玉不一样，甄宝玉考中了功名，这有可能是曹雪芹最初的构思。但我们现在找不到能证实这些说法的依据，这也就成了《红楼梦》中永远的谜。

紫鹃试醒了谁？

——第五十七回　慧紫鹃情辞试忙玉　慈姨妈爱语慰痴颦

紫鹃谎称黛玉要离开贾府，以此试探宝玉。既试了宝玉，也试了黛玉，还试了贾母、薛姨妈。"试宝玉"为什么变成"试忙玉"？因为宝玉的反应太激烈了，所以说他太"忙"了。"薛姨妈爱语慰痴颦"，是薛姨妈到潇湘馆看黛玉，跟她聊婚姻的话题，甚至聊到应该把她许给宝玉。薛姨妈说的是真话还是假话？薛姨妈是个慈爱的老妈妈还是个奸诈的老太太？这是红学家多年争论不休的话题。

紫鹃为黛玉的命运忧虑

紫鹃为什么要试探宝玉？因为黛玉和宝玉的感情紫鹃最清楚，他们不能分离，又不肯越雷池一步，实际是在搞精神恋爱。黛玉身体越来越差，主要原因就是她一心一意爱着宝玉，又感觉希望渺茫。因为宝玉、黛玉都是受封建家庭贵族教育长大的，都不可能也不敢直接向家长请求恩准他们自主选择。这是当时的社会风气决定的，也是贵族的家规决定的。宝玉、黛玉虽然深深相爱，但是他们都认为，婚姻必须有父母之命、媒妁之言。这两个人就是想破脑袋，也不敢在家长跟前提一句自主婚姻。这就是《红楼梦》所写的爱情比以往的小说内涵更为深刻的原因之一。

在紫鹃看来，黛玉父母双亡，寄人篱下，唯一的依靠是外祖母；贾母在一天，黛玉就有保护，贾母一旦不在了，舅舅、舅妈完全靠不住，她这样的孤女，只能任人欺负。紫鹃认为，黛玉只有在老太太硬朗时定下大事，和她深爱的宝玉定亲，未来才有保障。但这件事能不能叫老太太开口，紫鹃一厢情愿地认为取决于宝玉对黛玉爱的深度。所以她想试探一下，假如黛玉要离开贾府，宝玉会有什么表现？估计紫鹃一直在琢磨这件事，但迫使她付诸行动的一个诱因，就是贾母向薛姨妈打听宝琴的生辰八字。这件事肯定在贾府中议论纷纷，令紫鹃产生了危机感。另外，薛姨妈一直制造"金玉姻缘"的舆论，再加上这段时间王熙凤病倒了，王夫人让宝钗跟探春管家事，有点儿像让未来的宝二奶奶提前"实习"的意思，这一点可能也会让紫鹃感到焦虑。

宝玉去看黛玉，黛玉正在睡午觉，宝玉不敢惊动，看到紫鹃在回廊上，就问："昨日夜里咳嗽可好了？"紫鹃说："好些了。"宝玉说："阿弥陀佛！宁可好了罢。"他看到紫鹃穿的衣服比较单薄，就往她身上摸了一摸："穿这样单薄，还在风口里坐着，春天风馋，时气又不好，你再病了，越发难了。"紫鹃便说："从此咱们只可说话，别动手动脚的。一年大二年小的，叫人看着不尊重。"她不仅警告宝玉以后不要对女孩儿们动手动脚的，还提到"姑娘常常吩咐我们，不叫和你说笑。你近来瞧他远着你还恐远不及呢"，说完就进屋去了。宝玉朝紫鹃身上摸了一摸，是轻率的行为，也是宝玉关心紫鹃的身不由己的行为；紫鹃的话说明，大观园的人正在一天一天长大，紫鹃都知道男女交往要注意分寸了，宝玉和黛玉却仍然处于两小无猜、人前不顾忌的状态。

宝玉像被浇了盆冷水，瞅着竹子发呆，后来又失魂落魄地走出去，坐在山石上流眼泪。恰好雪雁从王夫人那儿取药回来，看到宝玉这样很奇怪，上前问他怎么了，他却噎了雪雁几句。雪雁越发不解，回去问紫鹃："姑娘还没醒呢，是谁给了宝玉气受，坐在那里哭呢。"紫鹃出去，对宝玉说："我不过说了那两句话，为的是大家好，你就赌气跑了这风地里来哭，作出病来唬我。"紫鹃说这番话时已经故意坐到宝玉身边，表示谅解宝玉刚才的行为。宝玉解释了一番，说是怕姐妹们"将来渐渐的都不理我了"。紫鹃又说：几天前，你们两个正说话，赵姨娘走来，你说了句燕窝就停住了，我正想问你怎么回事。宝玉说：也没有别的事，就是我想到宝姐姐也是客人，林妹妹吃燕窝又不能间断，总找她要也不合适。我在老太太跟前露了个风声，老太太大概和凤姐姐说了，现在听说一天给你们送一两燕窝，我也就放心了。紫鹃一听，找到试探宝玉的机会了。她先说"多谢你费心"，又说："在这里吃惯了，明年家去，那里有这闲钱吃这个。"宝玉一听："谁？往那个家去？"紫鹃煞有介事地说："你妹妹回苏州家去。"宝玉先是反驳：不可能，姑母和姑父都没了，没人照管，林妹妹才住到我们这儿来的，她怎么可能回去？紫鹃编出一套话：姑娘长大了，将来要出阁，肯定要回林家的，"早则明年春天，迟则秋天"。还说，姑娘已经在做离开荣国府的准备了，让我告诉你，"将从前小时玩的东西，有他送你的，叫你都打点出来还他。他也将你送他的打叠了在那里呢"。紫鹃编的这一套谎话，给宝玉造成了一种黛玉说走就走的印象，没想到惹了大麻烦。

宝玉为黛玉魂魄尽失

紫鹃的话，使宝玉"如头顶上响了一个焦雷一般"。紫鹃本要看看她说姑娘要走，宝玉会怎么回答，是坚决不让林妹妹走，还是无所谓。但宝玉不吱声，他一听说黛玉要离开，就魂飞天外了。宝玉被晴雯拉回怡红院，"一头热汗，满脸紫胀"，然后"两个眼珠儿直直的起来，口角边津液流出，皆不知觉"，而且"给他个枕头，他便睡下，扶他起来，他便坐着，倒了茶来，他便吃茶"，像丢了魂儿一样。袭人她们不敢立刻回贾母，先去请来了李嬷嬷。李嬷嬷来了，也看不出宝玉到底怎么了，她去掐宝玉的人中，宝玉毫无反应，似乎一点儿也不觉得疼。李嬷嬷大哭起来，说不中用了。袭人等都哭起来了。袭人知道了宝玉是跟紫鹃说了话以后成了这个样的，就匆匆跑到潇湘馆。紫鹃正在服侍黛玉吃药，袭人什么也顾不上了，上来就问紫鹃："你才和我们宝玉说了些什么？你瞧他去，你回老太太去，我也不管了！"说着就坐在椅子上。袭人举止大变，见了林姑娘，既不问好，也不请安，径直坐在人家椅子上。这对非常讲究礼数的袭人来说太不寻常了。黛玉见袭人满脸急怒，满脸泪痕，与过去完全不一样，也慌了，忙问怎么了。袭人定了一会儿神，一边哭，一边说："不知道紫鹃姑奶奶说了些什么话，那个呆子眼也直了，手脚也冷了，话也不说了，李妈妈掐着也不疼了，已死了大半个了！连李妈妈都说不中用了，那里放声大哭。只怕这会子都死了！"在"已死了大半个了"旁边有脂砚斋的评点："奇极之语。从急怒娇憨口中描出不成话之话来，方是千古奇文。"袭人实在着急，连宝玉可能已死的话都说了出来。黛玉一听，那还了得，李嬷嬷是有经验的老太太，她说宝玉不中用了，想必是活不成了；于是"哇"的一声，把刚刚吃的药全呛了出来，"抖肠搜肺、炽胃扇肝的痛声大嗽了几阵，一时面红发乱，目肿筋浮，喘的抬不起头来"。紫鹃忙上来捶背，黛玉推着紫鹃说："你不用捶，你竟拿绳子来勒死我是正经！"宝玉如果有了生命危险，第一个跟他走的就会是黛玉。黛玉是宝玉的命，宝玉也是黛玉的命，宝黛心心相连，命命相通。

紫鹃告诉黛玉，我不过开了个玩笑，袭人说："你还不知道他那傻子，每每顽话认了真。"黛玉对紫鹃说："你说了什么话，趁早儿去解说，只怕就醒过来了。"

这时贾母、王夫人已赶到怡红院。贾母一见紫鹃，眼内出火，骂："你这小蹄子，和他说了什么？"紫鹃说："并没敢说什么，不过说几句顽话。"宝玉神志不清，看到紫鹃，突然"嗳呀"叫了一声，就哭了。宝玉掉了魂儿，见了紫鹃就捡回魂儿，因为紫鹃是黛玉的贴身侍女，是黛玉的代表。贾母以为是紫鹃得罪了她的宝贝孙子，亲自拉着紫鹃，叫宝玉打她。一个做奶奶的，拉着个小姑娘，叫自己的孙子打，这个奶奶真是一点儿也不讲理。但对贾母来说，爱孙子就是最大的理，牵扯到宝贝孙子，连亲生儿子贾政都可以恶狠狠地教训，叫他跪在那里磕头，何况一个丫鬟。荣国府至高无上的"皇太后"亲自动手拉着丫鬟叫孙子打，这场面太精彩了。没想到宝玉不打，死死拉住紫鹃不放手，说："要去连我也带了去。"大家问起来，才知道是紫鹃说要回苏州引出来的。贾母这才知道宝玉突然又疯又傻，是为了林妹妹。宝玉离了黛玉不能活，黛玉走到哪儿他跟到哪儿，林妹妹走他就跟着走。这就是宝玉神志不清时表达出的清醒意志。

"林"字还成了宝玉的"兴奋点"。有人来报告贾母，林之孝家的来看宝玉，贾母刚叫她进来，宝玉一听就满床大闹："了不得了！

林家的人接他们来了，快打出去罢！"曹雪芹信笔点染，都是妙语。荣国府大管家，有赖大，有林之孝，为什么偏偏这时林之孝家的跑了来呢？因为曹雪芹需要用一个姓林的来做段妙文章。

贾母赶快安慰她的宝贝孙子，说："打出去罢。"又说："那不是林家的人。林家的人都死绝了，没人来接他的，你只放心罢。"宝玉哭着说："除了林妹妹，都不许姓林的！"贾母赶快说："凡姓林的我都打走了。"还告诉众人："以后别叫林之孝家的进园来，你们也别说'林'字。好孩子们，你们听我这句话罢！"这个老祖母，为了她的宝贝孙子，连别人姓林都不准了。大家赶快答应，又不敢笑，但是这事可笑不可笑？

宝玉看到墙上摆着一个西洋自行船，就指着船叫："那不是接他们来的船了，湾在那里呢。"贾母忙命拿下来。袭人拿下来，宝玉接过船就塞到被窝里，说："这可去不成了！"宝玉不让别人姓林，把墙上的船塞到被窝里，还死拉着紫鹃不放。曹雪芹信笔点染，无处不趣。

太医看病趣闻

这段剧情已经很精彩，作者却嫌不够，还要放大招，插了段医生看病的情节。王太医来看病，贾母坐在宝玉身边。王太医先请贾母的安，诊了宝玉的手。宝玉一只手还拉着紫鹃。紫鹃低了头，王大夫也不明白少爷为什么要一直拉着个姑娘。他诊完脉说："世兄这症乃是急痛迷心。古人曾云：'痰迷有别。有气血亏柔，饮食不能熔化痰迷者，有怒恼中痰裹而迷者，有急痛壅塞者。'此亦痰迷之症，系急痛所致，不过一时壅闭，较诸痰迷似轻。"急惊风遇到慢郎中，贾母急于知道孙子的病要不要紧，他倒背起医书了。贾母说，"你只说怕不怕？谁同你背药书呢。"王太医赶快躬身回答："不妨，不妨。"贾母问："果真不妨？"王太医说："实在不妨，都在晚生身上。"这时贾母又施开威风："既如此，请到外面坐，开药方。若吃好了，我另外预备好谢礼，叫他亲自捧了，送去磕头，若耽误了，我打发人去拆了太医院的大堂。"治不好她的孙子，她就把太医院的大堂拆了。王太医开始只听到贾母说宝玉好了叫他捧着谢礼亲自去磕头，连忙说"不敢，不敢"，但他说"不敢"时，贾母已说拆他们的大堂，意思就成了"你可不敢拆我们的大堂"了。大家都笑了。插上这一段，就和刚才宝玉急怒攻心的紧张感有所协调。小说家创造松紧交替的场面，曹雪芹是一绝。

宝玉不放紫鹃回去，贾母只好把琥珀派去服侍黛玉。黛玉不时叫雪雁来听消息。宝玉稍微好了点儿，但梦里惊醒就哭，说林妹妹走了，有人来接她了。只要他醒，就得紫鹃上来安慰一番。第二天，他吃了王太医的药，渐渐好了。宝玉知道自己好了，又怕紫鹃回去，有时就假装疯疯傻傻。紫鹃心里很后悔，此时也任劳任怨。袭人对紫鹃说："都是你闹的，还得你来治。也没见我们这呆子听了风就是雨，往后怎么好。"袭人很清楚宝玉离不开黛玉；但是让袭人接受黛玉，恐怕也并非易事。

宝玉向紫鹃诉肺腑

湘云来看宝玉，把宝玉病中干了些什么事说给他听，宝玉这才知道自己病中的表现。等到没人时，宝玉问紫鹃："你为什么唬我？"紫鹃告诉他，贾母看上了宝琴，要给你们定亲。宝玉解释说，宝琴那事不过是句玩话，如果真和她定了亲，我还能像现在这样吗？宝玉的意思很明确，他没和宝琴定亲，他这次大闹，就是闹着要和林妹妹定亲。宝玉和紫鹃说："活着，咱们一处活着，不活着，咱们一处化灰化烟，如何？"紫鹃现在是黛玉的代表，宝玉说"咱们"，当然是指他和黛玉。这是宝黛爱情最高层次的盟誓，宝玉决心和黛玉共生共死。这样一来，又出现一次宝玉向丫鬟诉肺腑。他上一次向黛玉诉肺腑，诉到了袭人的耳朵里；这一次诉肺腑，诉到了紫鹃的耳朵里。宝玉可能只有通过紫鹃向黛玉诉肺腑才能成功，他如果直接对黛玉说这些话，黛玉可能又会恼了；但他跟紫鹃说，紫鹃会把他的心思转达给黛玉。

紫鹃试宝玉，证明宝玉离了黛玉不能活；也证明只要宝玉出了问题，第一个为他死的就是黛玉。

贾母知道宝玉离了黛玉不能活

紫鹃试宝玉还试醒了贾母。贾母似乎看中了薛宝琴，说雪中的宝琴比画儿都好看，还问薛姨妈宝琴的生辰八字。贾母考虑宝玉的配偶时，第一人选似乎不再是黛玉，而变成了宝琴。可能因为宝琴确实比黛玉更美丽，更懂事，特别是更健康。黛玉常年生病，当宝贝孙子的婚事要提上议事日程时，贾母即使再偏爱外孙女，也不能不从健康方面考虑。这个有经验的老太太，有可能预感到宝贝外孙女活不长了。

紫鹃试宝玉这件事，使贾母知道，宝玉如果离开黛玉，可能连生命都保不住。贾母听说宝玉差点儿死掉只是因为一句玩笑话，就哭着感叹道："我当有什么要紧大事，原来是这句顽话。"贾母难道看不出孙子和外孙女的感情吗？老太太早就看出来了，但她不能让别人知道她看出来了，也不能让别人认为他们两个真有什么儿女私情，所以她说不是什么要紧大事，是句玩话。她嘱咐紫鹃，宝玉是有"呆根子"的，你不可以和他这么开玩笑。后来宝玉听到姓林的来了就大闹，连玩具船都藏到被窝里，贾母都亲眼看到了。贾母的处理方式就是：我的宝贝孙子说怎么样就怎么样，不让姓林的来，说"凡姓林的我都打走了"，甚至说"林家的人都死绝了"。这等于向宝玉承诺，我会把你的林妹妹永远留在你身边。贾母已经认识到黛玉的去留关乎宝玉的性命，她还能拿宝贝孙子的生死开玩笑吗？绝对不能。紫鹃仅仅是虚构了黛玉要离开，宝玉就"死了大半个"；假如真叫宝玉和黛玉分离，宝玉可能就彻底没命了。贾母就算不为黛玉考虑，仅仅为宝玉考虑，也得成全"二玉"。至于黛玉身体不好，也可以再配侍妾。但只要黛玉在，贾母就不能给宝玉安排其他嫡妻，因为那样做首先会要了宝玉的命。而且自黛玉进府，贾母一直把黛玉放在三个孙女之上。元宵节放炮仗时，贾母还把黛玉搂在怀里，所以贾母绝对不会像流行本的后四十回里那样，居然参加调包计，说外孙女的闲话，这都不是曹雪芹的本意。

黛玉觅知音，宝钗明事理

宝玉好了后，紫鹃回去跟黛玉说："宝玉的心倒实，听见咱们去就那样起来。"黛玉不理她。紫鹃对小姐讲知心话："一动不如一静。我们这里就算好人家，别的都容易，最难得的是从小儿一处长大，脾气情性都彼此知道的了。"什么意思？就是暗示黛玉，你和宝二爷最合适。黛玉当然不能允许丫鬟当面议论自己的婚事，啐她说："你这几天还不乏，趁这会子不歇一歇，还嚼什么蛆。"紫鹃进一步推心置腹："倒不是白嚼蛆，我倒是一片真心为姑娘。替你愁了这几年了，无父母无兄弟，谁是知疼着热的人？趁早儿老太太还明白硬朗的时节，作定了大事要紧。俗语说，'老健春寒秋后热'，倘或老太太一时有个好歹，那时虽也完事，只怕耽误了时光，还不得趁心如意呢。公子王孙虽多，那一个不是三房五妾，今儿朝东，明儿朝西？娶一个天仙来，也不过三夜五夕，也丢在脖子后头了……若是姑娘这样的人，有老太太一日还好一日，若没了老太太，也只是凭人去欺负了。所以说，拿主意要紧。姑娘是个明白人，岂不闻俗语说：'万两黄金容易得，知心一个也难求。'"紫鹃人聪明了，把宝玉和黛玉的感情基础都说出来了——他们两人是知音，"万两黄金容易得，知心一个也难求"。但黛玉还是不能接茬儿，就说："这丫头今儿不疯了？怎么去了几日，忽然变了一个人。我明儿必回老太太退回去，我不敢要你了。"黛玉这是口不应心，实际上紫鹃说的话，她听了非常伤感。紫鹃睡了，她又哭了一夜。绛珠仙子又向神瑛侍者回报甘露之恩了。

这时插了段故事，薛姨妈觉得邢岫烟"端雅稳重"，一度想让她做儿媳妇，但想到薛蟠"素习行止浮奢"，怕糟蹋了人家女儿。又想起薛蝌也没娶妻，他们两个人倒合适。她跟凤姐商量，凤姐又告诉了老太太。贾母愿意做这个媒，自作主张，把邢夫人叫来，迅速促成了此事，还叫尤氏婆媳做名义上的媒人。邢岫烟和薛蝌途中有一面相遇，大概两人也都满意。这两人是《红楼梦》中罕见的终成善果的一对儿。这两人的婚姻如此顺利地促成，说明什么问题？说明父母之命、媒妁之言非常重要。而宝玉和黛玉始终得不到父母之命、媒妁之言。

邢岫烟和薛蝌订婚后，邢夫人本想把邢岫烟送出贾府，倒是贾母比较开通，说反正两个孩子也见不了面，这里只有姨太太和大姑子、小姑子，正好可以亲近一下。

小说写了一段薛宝钗如何和邢岫烟亲近的细节。曹雪芹从薛宝钗的视角对几个人做了一番观察和判断：邢岫烟父母是"酒糟透之人"，邢夫人对岫烟不是真心疼爱，迎春是个"有气的死人"。这些话太精彩了，尤其说迎春是"有气的死人"这一句，无比形象，一针见血。但是这样的话，宝钗永远也不会直接讲出来，这都是她的心理活动，说明她何等老辣。

金陵十二钗中，宝钗真可谓是"世事洞明皆学问，人情练达即文章"。宝钗在邢岫烟和自己的堂弟订婚前，就暗暗体贴、接济她一些闺阁中的家常物品，难得皇商小姐对贫寒之家的女孩儿如此体贴照顾。现在马上就要成为一家人了，宝钗对邢岫烟的照顾就更加细致周到。宝钗发现天还很冷，邢岫烟却换成了夹衣，关心地问她为什么。邢岫烟说，棉衣送去典当了，因为她需要钱用。她的姑妈，也就是邢夫人，叫她把王熙凤给的每月二两银子的月钱，送一两给爹妈用，需要用什么东西，用迎春的就成。而迎春的丫鬟、婆子都不是省油的灯，喜欢搬弄是非，邢岫烟不仅不好意思用迎春的东西，还得时常拿钱打点下人们。她因生活拮据，只好早早把棉衣当了，恰好当到了薛家的当铺。非常小的细节，刻画出邢夫人的小气，她那么有钱，却不自己出钱给兄弟，居然让侄女把月钱分一半给他们。一两银子，怡红院的丫鬟都能顺手给人，邢岫烟当掉棉衣居然是为了打点迎春的下人，大观园的人情淡漠简直到了极点。宝钗告诉邢岫烟，干脆把二两银子都给你父母，缺什么找我要就成。宝钗对邢岫烟体贴周到，是真诚、善良的，完全不像对待贾母、王夫人那样，似乎有点儿趋炎附势、沽名钓誉的性质。宝钗知道邢岫烟戴的玉佩是探春给的，于是嘱咐了邢岫烟一番话，虽然是闲话，但对于理解四大家族的兴衰很有帮助。宝钗是这样说的："但还有一句话你也要知道，这些妆饰原出于大官富贵之家的小姐，你看我从头至脚可有这些富丽闲妆？然七八年之先，我也是这样来的，如今一时比不得一时了，所以我都自己该省的就省了。将来你这一到了我们家，这些没有用的东西，只怕还有一箱子。咱们如今比不得他们了，总要一色从实守分为主，不比他们才是。"这段话说明，薛家和贾家由盛而衰的趋势是一样的，而且薛家已经先于贾家败落。薛宝钗不被贾母欣赏的素净，原来是她对未来艰难生活的准备。有点儿讽刺意味的是，宝钗身上最富丽的"闲妆"——亮闪闪的金锁却始终没摘下来。薛宝钗的明理懂事、与人为善，通过这些日常小事写得很生动，可惜的是，薛宝钗比王熙凤还要心内有机关，比探春还要"才自精明志自高"，但她偏偏生于末世，改变不了家族的命运，也改变不了自己的悲剧命运。《红楼梦》写的是"千红一窟（哭）""万艳同杯（悲）"，不管多么有才能、有见识、严格自律的女性，都不能获得人生幸福，实在太悲哀了。

薛姨妈要成全"木石姻缘"？

薛宝钗及其母亲一直关心"金玉姻缘"，这算是有父母之命了，但在前八十回，始终没有出现"金玉姻缘"的媒妁之言，特别是元妃的指婚之言。林黛玉和贾宝玉心心相印，又一直盼望着有父母之命、媒妁之言。有趣的是，薛姨妈这一次似乎要来当"木石姻缘"的媒妁之言了。

薛姨妈看望黛玉，说了很多"爱语"，她的"爱语"是真的，还是虚情假意？红学家们争论不休，我们先看看薛姨妈有哪些"爱语"。

大家聊到邢岫烟的婚事时，薛姨妈对黛玉说：千里姻缘一线牵，管姻缘的有一位月下老人管着系红绳，暗地里把一男一女的脚用红绳绊住，不管天南海北还是有世仇，将来都会做夫妻；如果月下老人不拴，就算父母、本人都愿意了，或者是年年在一块儿，以为定了的，也不能到一处。薛姨妈这段话等于告诉黛玉，你别以为你和宝玉天天在一块儿，好像老太太也要定下这事了，但月下老人不给你系红绳，你们也成不了。薛姨妈还直接说，"比如你姐妹两个的婚姻，此刻也不知在眼前，也不知在山南海北呢"。这是劝导黛玉，不要太痴情。

薛姨妈又对宝钗说："前儿老太太因要把你妹妹说给宝玉，偏生又有了人家，不然倒是一门好亲。"这话有点儿夸张，贾母其实并没有明确说要把宝琴说给宝玉，薛姨妈却添油加醋了一番，这不是刺激黛玉吗？薛姨妈继续说："前儿我说定了邢女儿，老太太还取笑说：'我原要说他的人，谁知他的人没到手，倒被他说了我们的一个去了。'虽是顽话，细想来倒也有些意思。我想宝琴虽有了人家，我虽没人可给，难道一句话也不说？我想着，你宝兄弟老太太那样疼他，他又生的那样，若要外头说去，断不中意。不如竟把你林妹妹定与他，岂不四角俱全？"

这是红学家们争论已久的、非常费解的一段话。薛姨妈说老太太要把宝琴定给宝玉，当然是对黛玉的直接刺激。但薛姨妈不是一直宣扬"金玉姻缘"吗，她怎么说"我虽没人可给"呢？这是不是言不由衷？既然这句话言不由衷，薛姨妈其他的话又是不是真的呢？比如说让黛玉和宝玉定亲。

我觉得这番话体现了薛姨妈无可奈何的心理。宝玉发疯发傻，闹得死去活来时，薛姨妈就对贾母说了一番话，说宝玉和黛玉从小一块儿长大，对黛玉比对别的姐妹感情更深，宝玉又是实心孩子，猛听着黛玉要走，难免舍不得。这番话对贾母而言是及时雨，贾母就需要这样对别人解释，宝玉和黛玉不是男女之情，而是兄妹之情。至于贾母自己怎么理解，那是她自己的事。其实薛姨妈这么聪明，应该知道，宝玉和黛玉已心心相连，不能分开了。她也早就发现，不管她怎么宣传"金玉姻缘"，贾母就是油盐不进；偶然出现个薛宝琴，贾母那么动心，可一直在她身边活动的宝钗，她一直都不动心。所以看到宝玉为黛玉死去活来，薛姨妈说"把你林妹妹定与他"，是无奈之语。

紫鹃很聪明，马上跟进来问："姨太太既有这主意，为什么不和太太说去？"这可真是将了一军，差点儿就把棋局高手薛姨妈将死。薛姨妈的回答是："你这孩子，急什么，想必催着你姑娘出了阁，你也要早些寻一个小女婿去了。"这个回答太狡猾了，不仅不回答紫鹃的话，还叫紫鹃不能再问了。黛玉说紫鹃"也臊了一鼻子灰去了"，但潇湘馆的婆子们又说了："姨太太虽是顽话，却倒也不差呢。到闲了时和老太太一商议，姨太太竟做媒保成这门亲事是千妥万妥的。"婆子们说话，薛姨妈就不能再开玩笑了，显得有些骑虎难下，只好回答："我一出这主意，老太太必喜欢的。"

薛姨妈能出这个主意吗？薛姨妈一直认定"金玉姻缘"，现在她去向贾母建议成全"木石姻缘"，可能吗？不过在曹雪芹这样的天才小说家的笔下，什么事都可能发生。既然文中的某一句谶语，脂砚斋的某一句评语，都可以引出后文，那么薛姨妈公开说过的话怎么就不能兑现呢？有红学家认为，很可能原本后三十回的情节中就有薛姨妈做媒让宝黛定亲，贾母也同意了，但宝玉外出逃难，黛玉为了宝玉日夜哭泣，还完最后一滴眼泪后，泪尽而逝，之后宝钗才和宝玉成亲。

那么薛姨妈说的话，究竟要怎么兑现呢？我想象不出情节将会如何发展。如果薛姨妈真的兑现了她的话，宝玉、黛玉最后又怎么成了悲剧，又将会上演怎样动人心魄的一幕呢？

不过，接下来的一回中，宝玉"真情揆痴理"，似乎又埋下了伏笔，暗示原本后三十回的情节走向可能就是红学家推测的那样。

假凤虚凰贾宝玉

——第五十八回　杏子阴假凤泣虚凰　茜纱窗真情揆痴理

　　梨香院小戏班解散，小戏子们被分到大观园各处为少爷小姐服务。一次巧遇，促使贾宝玉帮助被分在潇湘馆的藕官解脱了困局。凤凰是中国古代的神鸟，雄为凤，雌为凰。凤凰常用来比喻夫妻，"假凤"和"虚凰"，指戏里的夫妻。

　　贾宝玉在去看林黛玉的路上，经过山石后的大杏树，发现有人烧纸，原来是在梨香院的戏班扮小生的藕官祭奠已死的扮小旦的药官，她们在戏里演夫妻，在生活当中也恩恩爱爱。藕官的行为被大观园里的婆子发现，要把她拖走向主子们报告，宝玉保护了她。藕官告诉宝玉，你想知道怎么回事，你回去问芳官就行了。宝玉听了芳官告诉他藕官烧纸的原因后，不禁感慨良多。

　　这段戏子的戏中情对宝玉未来的感情生活会有什么影响？第五十八回，似乎没有宝黛爱情，没有凤姐理家，都是些鸡毛蒜皮，但仔细推敲，却仍和贾府盛衰、宝黛爱情有微妙的联系。

太妃病逝戏班离散

这个故事和第五十五回的一个细节有联系，第五十五回写元宵节过了，并没有开灯谜会，元妃也没有再次省亲，因为宫里有位老太妃病了。像曹雪芹这样的伟大作家不可能让小说出现重复的情节，"元妃省亲"只能有一次，作者就是要把这一次写成元妃和贾府关系的绝响，在这之后，元妃再也没有回到国公府。在这一回里，那位老太妃病逝了。所谓老太妃患病和逝世的情节，红学家有另外的解释，相当有影响的一种说法是：这个老太妃其实就是曹雪芹某一稿中的元妃。从种种迹象看，我比较相信这种说法，此是后话。

因为老太妃去世，朝廷规定诰命夫人需入朝随班，按爵守制，一年之内，有爵位的家庭不能宴饮音乐，庶民三个月内不得婚嫁。贾母、邢夫人、王夫人等每天入朝随祭，太妃停灵二十一天后入皇陵，贾母她们还要送葬。这样一来，两府虚空，无人照管，就向朝廷报了尤氏产育，留她照看，贾母又托薛姨妈照看黛玉。于是薛姨妈搬到潇湘馆，对黛玉照顾非常上心。

主要人物走后，贾府有点儿乱了。贾母等有爵位的人入朝，大管家也跟着去了，剩下的都是些生手。贾府中赚骗无节、呈告无据、举荐无因等种种不好的事都出来了，贾府正一步一步走向衰落。朝廷要求解散戏班子，王夫人比较善良，说这些孩子都不容易，愿意回家的，叫父母领回去，不愿意回家的，可以派到园中各处服务。结果一问，倒有一半不愿意回家。发落小戏子这里，似乎没出现龄官。"龄官画蔷"受到贾宝玉关注，龄官却对贾府凤凰贾宝玉很冷漠，拒绝给他唱"袅晴丝"，这是个戏份不多但很有个性的人物。遗憾的是，这个有点儿像林黛玉的女孩儿，此时却无影无踪了。她此时的情况似乎也只有两种可能：或者已死，或者回家了。

小戏子们被分到哪里去？曹雪芹即便写微小事物，也写得令人深思。他把戏班子的人分配各处使用时，好像都是按戏中角色分配的。文官是班长，分给贾母。正旦芳官给宝玉，小生藕官给黛玉，正好把角色倒过来了。小旦蕊官给宝钗。大花面葵官、小花面豆官给了湘云和宝琴。大花面是比较豪爽的角色，小花面是插科打诨的角色；于是大花面就给了性格开朗、爱说爱笑的湘云，小花面就给了宝琴。而宝琴的个性，据宝钗分析，似乎也和湘云接近。这些小戏子学戏很受拘束，一到园子就像出笼之鸟，有的学针线，有的继续玩。这些人因有特殊才能，心性比较高傲，和大观园里的婆子们关系就比较紧张了。

宝玉现编故事护藕官

清明时，贾琏等准备祭祀，宝玉因为尚未痊愈，所以没去。他饭后出去散步，看到园子里婆子们都在忙，有修竹子的，有整理花园的。宝玉走到池边，池中有小船，池边山石上坐着香菱、湘云、宝琴和几个丫鬟。湘云看见他就说："快把这船打出去，他们是接林妹妹的。"大家都笑起来，搞得宝玉很尴尬。湘云说话毫无顾忌，又把宝玉为黛玉闹得死去活来的事提了一笔。

宝玉走路拄了根拐棍，这个拐有用处。他走到沁芳桥一带，看到"柳垂金线，桃吐丹霞"，但和去年春色很不一样。去年也是这个时间，春色满园，那么多姑娘欢乐地在大观园玩。现在仍然春色如许，但似乎冷清了。宝玉看到大杏树上结了豆子大的小杏，心中感慨，我才病了几天，杏花就开过了，树上已经"绿叶成荫子满枝"

了；又想到邢岫烟也有人家了，又少了一个好女儿。

一只小鸟飞来了在枝上叫。宝玉想：小鸟肯定是杏花开时来过，现在杏花没有了，它是为了花而哭吗？贾宝玉像文学青年，随时都会发表人生感叹。他正想着，一道火光从山石发出，把小鸟惊飞了。接着听到有人喊："藕官，你要死，怎弄些纸钱进来烧？我回去回奶奶们去，仔细你的肉！"原来是刚分给黛玉做丫鬟的藕官，满脸泪痕地守着些纸钱灰。宝玉问她："你与谁烧纸钱？快不要在这里烧。你或是为父母兄弟，你告诉我名姓，外头去叫小厮们打了包袱写上名姓去烧。"但不管怎么问，藕官也不回答。一个婆子恶狠狠地过来拉藕官，说："我已经回了奶奶们了，奶奶气的了不得。"又说："我说你们别太兴头过余了，如今还比你们在外头随心乱闹呢。这是尺寸地方儿。"婆子们本来就看小戏子们不顺眼，现在可抓住了把柄，还指着宝玉说："连我们的爷还守规矩呢，你是什么阿物儿，跑来胡闹。"宝玉忙说："他并没烧纸钱，原是林妹妹叫他来烧那烂字纸的。你没看真，反错告了他。"贾宝玉不管三七二十一，只要是女孩儿，甭管在干什么，他都要保护。藕官马上得了主意，坚持说是烧林姑娘的字纸。婆子不依不饶，从纸灰中拣出没化掉的残余的纸钱，说："你还嘴硬，有据有证在这里。我只和你厅上讲去！"说着就要把藕官拉去见李纨等。

宝玉一把把藕官拉住，用拐杖敲开婆子的手，说："你只管拿了那个回去。实告诉你：我昨夜作了一个梦，梦见杏花神和我要一挂白纸钱，不可叫本房人烧，要一个生人替我烧了，我的病就好的快。所以我请了这白钱，巴巴儿的和林姑娘烦了他来，替我烧了祝赞。原不许一个人知道的，所以我今日才能起来，偏你看见了。我这会子又不好了，都是你冲了！"贾宝玉真厉害，现场编故事，还编得头头是道，一下就把老婆子唬住了，老婆子只好去了。

洗头小风波

宝玉问藕官到底是为谁烧纸，藕官不好意思讲，只是对宝玉说：你回去悄悄问芳官就行。宝玉去看了一趟林妹妹，他们已经不再吵架了，但黛玉益发瘦得可怜。这里又简单提了一笔，林黛玉的生命正在走向尽头。宝玉回怡红院想问芳官，偏偏有客人，湘云、香菱来了，和袭人、芳官说说笑笑，他只好耐心等着她们走了再问。这时，芳官跟干娘去洗头，她干娘让自己亲女儿洗后才让芳官洗。芳官不想用别人的剩水洗头，就和干娘闹了起来，说：我的月钱都是你拿着，反倒给我这些剩东西！她的干娘骂她：果然戏子没一个好缠的，这么一个小崽子，也咬群的骡子似的！丫鬟们也不得安宁，袭人想让人去劝架，晴雯觉得芳官太狂，袭人评价道："一个巴掌拍不响，老的也太不公些，小的也太可恶些。"宝玉还是站在芳官一边，说：怨不得芳官，她干娘拿了她的钱，又作践她，怎么能怪她呢？然后对袭人说，不然你把她的钱收过来，你照管她吧。袭人说，我怎么能收她的钱呢。袭人到屋里取了花露油、鸡蛋、香皂、头绳，叫一个婆子给芳官送去洗头用。

看到她们洗头要用鸡蛋，我不由得想起小时候，母亲也用鸡蛋清洗头，类似于现在用护发素。芳官的干娘很羞愧，认为芳官造谣说自己克扣她的钱，打了芳官几下。芳官就哭了。晴雯过来，指着她干娘说："你不给他洗头的东西，我们饶给他东西，你不自臊，还有脸打他。他要还在学里学艺，你也敢打他不成！"婆子并不服气，觉得自己打芳官是理所当然的。袭人把麝月叫来说，我不会和人吵架，晴雯性子太急，你去吓唬她两句。怡红院口才最好的丫鬟，有辩论才能的麝月再次出山，对婆子说："你且别嚷。我且问你，别说我们这一处，你看满园子里，谁在主子屋里教导过女儿的？便是你的亲女儿，既分了房，有了主子，自有主子打得骂得，再者大些的姑娘、姐姐们打得骂得，谁许老子娘又半中间管闲事了？都这样管，又要叫他们跟着我们学什么？越老越没了规矩！……他不要你这干娘，怕粪草埋了他不成？"

芳官挨打后，是怎样的形象呢？"那芳官只穿着海棠红的小棉袄，底下丝绸撒花裌裤，敞着裤脚，一头乌油似的头发披在脑后，哭的泪人一般。"这里形容芳官写得太妙了。她不像一般丫鬟的打扮，而是穿得花红柳绿；丫鬟经常扎起裤脚，她却敞着裤腿。麝月笑了说："把一个莺莺小姐，反弄成拷打红娘了！"玩笑开得对景。芳官在戏班里唱正旦，演莺莺的角色，而红娘是小旦。这一哭，莺莺小姐变成了红娘。

芳官在怡红院是什么等级的丫鬟？不可能和晴雯平等，应和佳蕙、小红同等待遇，干粗活儿。但芳官受宝玉宠爱，大丫鬟也高看她一眼。宝玉病中吃清淡东西，今天送来碗火腿鲜笋汤，宝玉放在桌上喝了一口，立刻说："好烫！"袭人说，几天不见荤，就馋成这样了。她赶快端起碗轻轻吹，看到芳官站在一边，就把碗递给芳官，说："你也学着些服侍，别一味呆憨呆睡。口劲轻着，别吹上唾沫星儿。"芳官就按她说的吹了几口。她干娘在外面看见，跑进来说："他不老成，仔细打了碗，让我吹罢。"一边说一边接过来。晴雯喊："快出去！你让他砸了碗，也轮不到你吹。你什么空儿跑到这里格子来了？""里格子"是内室的意思。晴雯一边把婆子撵出去，一边骂小丫头们："瞎了心的，他不知道，你们也不说给他！"小丫头们说，我们说她了，她不听，不让她进来，她非要进来，连累我们都受气。然后对婆子说："你可信了？我们到的地方儿，有你到的一半，还有你一半到不去的呢。何况又跑到我们到不去的地方还不算，又去伸手动嘴的了。"那婆子只能羞愧地走了。大丫鬟干什么，小丫鬟干什么，粗使婆子干什么，怡红院有严格的等级规定。芳官吹了汤，叫宝玉喝了。宝玉吃完饭，丫鬟们本来应该一起出去吃饭，但宝玉使了个眼色给芳官，表示有话跟她说。芳官本来就很伶俐，又学过几年戏，立刻会意，于是谎称自己头疼，不吃饭了。袭人说那你就在这里和二爷做伴儿吧。

宝玉体味"假凤虚凰"

宝玉赶紧把藕官的事告诉芳官，问她祭的是谁。芳官告诉他，这事说起来好笑又可叹，她祭的是戏班里死了的菂官。宝玉说朋友死了祭一祭也是应该的。芳官说："那里是友谊？他竟是疯傻的想头，说他自己是小生，菂官是小旦，常做夫妻，虽说是假的，每日那些曲文排场，皆是真正温存体贴之事，故此二人就疯了，虽不做戏，寻常饮食起坐，两个人竟是你恩我爱。菂官一死，他哭的死去活来，至今不忘，所以每节烧纸。后来补了蕊官，我们见他一般的温柔体贴，也曾问他得新弃旧的。他说：'这又有个大道理。比如男子丧了妻，或有必当续弦者，也必要续弦为是。便只是不把死的丢过不提，便是情深意重了。若一味因死的不续，孤守一世，妨了大节，也不是理，死者反不安了。'"这话倒合了宝玉心思，又是欢喜，又是悲叹，又是称奇道绝："天既生这样人，又何用我这须眉浊物玷辱世界。"他对芳官说，你悄悄告诉藕官，以后不要烧纸，逢时按节备个香炉，焚香就可。只要诚心，即值仓皇流离之日，连香都没有，有土有草，只要洁净，便可为祭，不仅死者可以享受，神鬼也会享受。你看我那案上就设个炉子，我时常焚香，别人不知道缘故，我心里是清楚的。随便有了清茶、新水、鲜花、鲜果等，我都拿来供上，所以说只在敬不在虚名。以后让她不要再烧纸了。

这一段很有意思，藕官烧纸祭奠药官，曹雪芹在这两人的名字上构思巧妙。"药"是莲子，莲子和莲花、莲藕都是同体的，所以藕官和药官是夫妻。药官死后，又补个蕊官。"蕊"可以理解为荷花里的小花蕊，和藕也算是同体。曹雪芹构思这三个人的名字就说明，原来的妻子和丈夫同体，续娶的妻子也和丈夫同体。芳官转述藕官的那段话说明，如果一个人死了妻子，可以续弦，只要不把原来的妻子忘掉就可以。这里面又有伏笔。之前说过，按红学家的推测，曹雪芹最初构思的后三十回中，贾宝玉是在林黛玉死后才和薛宝钗成亲的，然后再出家，这就使很多人不理解：为什么贾宝玉要和薛宝钗成亲后再出家，而不在林黛玉死后立刻就出家？那样岂不是更能说明贾宝玉对林黛玉是一心一意的吗？但是曹雪芹不是这样处理的，他笔下的贾宝玉不仅对林黛玉钟情，还要与封建社会的主导思想对抗；贾宝玉是在薛宝钗显示出崇尚功名利禄的思想后，才抛弃她出家的。他首先要和薛宝钗成亲，然后才能实现最后的"悬崖撒手"。

这就是藕官说的那番道理："比如男子丧了妻，或有必当续弦者，也必要续弦为是。"什么意思？可以猜想，林黛玉死后，贾宝玉并没想立即出家；作为荣国府的男性继承人，他要承担家族责任，要娶妻生子，于是他娶了薛宝钗，但薛宝钗婚后仍劝他立身扬名、读书做官。所以尽管薛宝钗和贾宝玉结婚后，曾有过一段举案齐眉、一起谈论旧事的比较和谐的生活，但薛宝钗一旦表现出利欲熏心，像"须眉浊物"一样热衷功名，贾宝玉就受不了了。贾宝玉总忘不了"世外仙姝寂寞林"，因为只有林黛玉从不劝他立身扬名。

第五十八回虽然写梨香院小戏子之间的悲欢离合，就是"杏子阴假凤泣虚凰"，却使贾宝玉对于他未来的人生似乎有了一点儿提前的清醒认识，就是"茜纱窗真情揆痴理"。这样我们就能理解为什么林黛玉泪尽而亡后，贾宝玉还会娶薛宝钗。贾宝玉说，想念什么人，不要烧纸钱，备个香炉随时烧香就行了，特别说到"即值仓皇流离之日"，就预示了将来贾宝玉穷到"寒冬噎酸齑，雪夜围破毡"的时候，他还是心心念念地想着林黛玉。第五十八回如果单独拿出来，也是一篇精彩的短篇小说，表面写梨香院小戏子之间的感情纠葛，但主角还是贾宝玉。

读者朋友读到第五十八回的时候，可能会像我当年上大学时一样纳闷儿：《红楼梦》不是写宝黛爱情、贾府盛衰吗？怎么到了第五十八回，宝黛爱情不写了，凤姐理家不写了？曹雪芹的兴致怎么放到芳官、藕官这帮小姑娘的身上？这现象也引起国外专家的思索，乃至不解。

美国著名汉学家夏志清教授是美国研究中国古典小说的权威之一。他在《中国古典小说史论》里，曾把中国古典小说和西方19世纪以来的小说进行对比，他认为，明清小说家缺少驾驭一个场面和展开全部潜在戏剧性的雄心，很少注意情绪和气氛的联系，很少能将叙述、对话、描写融为一体。在这方面中国古代小说只有一部书可以与西欧作家的作品媲美，那就是《红楼梦》。但他又提出，尽管《红楼梦》是一部堪与西方传统最伟大的小说相媲美的作品，但作者也免不了自讨苦吃地刻意维护故事堆积性的传统，附带叙述了许多次要的小故事，这些故事其实可以全部删除，以便把篇幅用在更充分地经营主要情节上面。夏志清教授的这一观点，其实是对《红楼梦》丰富性的否定。他所说的"可以全部删除"的情节，可能指第五十回之后出现的非主要人物的故事，如第五十八回"杏子阴假凤泣虚凰"等。大观园女奴们的故事跟宝黛爱情相比，跟王熙凤的故事相比，虽然可以算"故事堆积"，算旁逸斜出，但在组成大家族没落的情节上，却有不可替代的作用。我认为，中国的人情小说不是西方的侦探小说，它把生活的丰富性呈现给读者，把表面看似琐碎的东西不厌其烦地描绘出来，仔细琢磨却于细腻处见深邃。"杏子阴假凤泣虚凰"是贾府覆灭前的星星雨点，形成贾府败落的先声，这类情节的存在又使小说节奏得到松弛。长篇小说不应一直像离弦的弓箭，恰恰相反，长篇小说应有张有弛，应当有金戈铁马和锦瑟银筝的并存，有瓢泼大雨和毛毛细雨的交替，有多人宏大场面和个人心理独白的更迭，有主要人物和次要人物的换位。在构筑小说大厦框架后，增写部分贾府生活场景，让小说丰厚、蕴藉，把小说"装修"得细致精美，恰好是曹雪芹作为伟大小说家才能的展现。

"杏子阴假凤泣虚凰"的故事，是在贾母等人离开贾府时间较长的情况下发生的，跟后边贾宝玉庆生日的主奴同乐一样，是家长不在家时发生的事。这也是曹雪芹令人意外的安排，本来他设置出一个大观园就已经足够年轻人活动了，现在又故意把家长调出去。关于贾母等为老太妃送葬的事，红学家也有争论。从剑桥大学回国的吴世昌先生在《红楼梦探源》一书中曾指出，小说进行到二分之一时，贾母等人长时间为老太妃送葬的情节，可能本来是为元妃送葬，是后来加以删改而成的。这是有可能的，我在后文讲到宝玉过生日的情节时，举出了证明此说的例证，此是后话。

大观园的鸡争鹅斗

——第五十九回　柳叶渚边嗔莺咤燕　绛云轩里召将飞符

大观园里的鸡毛蒜皮、鸡争鹅斗，反映出贾府纪律松弛、无序无法的衰落景象。

这一回也可以是单独成立的故事。小丫头采摘柳条和花朵，引得管园子的婆子和她们争吵。"莺"是黄金莺，宝钗的丫头莺儿；"燕"是春燕，怡红院的小丫头。"柳叶渚"是靠近潇湘馆的水池子。莺儿在水池子边编花篮，春燕在一边看，管园中花木的是春燕姑妈。姑妈不好意思骂莺儿，就指桑骂槐地责打春燕。春燕的妈来了，姑妈又挑唆春燕的妈打她。春燕跑回怡红院，她妈居然跟回怡红院打。"绛云轩"是宝玉住处，袭人管不住老婆子，派人去请平儿，这就是"召将"。平儿有事来不了，下令处理老婆子，即"飞符"。这是俏皮地借军中的传令用语形容大观园的闺阁琐事。

贾府没了正头香主

在第五十八回"杏子阴假凤泣虚凰"的结尾，贾宝玉刚从芳官那儿搞清楚藕官烧纸是怎么回事，就听到有人报告："老太太，太太回来了。"宝玉赶紧添了衣服，拄了拐杖，到贾母上房请安。贾母在家休息一晚，第二天还得到朝中祭拜。不过一个老太妃去世，像贾家这跟皇帝沾亲带故的人家，也要兴师动众，闹得鸡犬不宁。贾母七十多岁的人，连续多日，每天按品大妆，进朝祭拜，最后还得离家送灵。这就是封建朝廷的威风，皇权的威仪。送灵前几天，贾府先派四五个媳妇和几个男人送去贾母等人下榻用的帐幔铺盖，安排好，等贾母、王夫人到来。贾母的丫鬟鸳鸯、琥珀、翡翠、玻璃，忙着给贾母准备送灵要带的物品；王夫人的丫鬟彩云、彩霞、玉钏儿，给王夫人准备要带的东西。准备好后，贾母和王夫人得力的丫鬟——鸳鸯和玉钏儿并没都跟去，而是留下看家。这样贾母、王夫人返回时，一切都能安排妥帖。

贾母和王夫人送灵要安排驮轿，就是用两头牲口驮着走的轿子。到正式送灵日，贾母带贾蓉续妻坐前一个驮轿，这是曾祖母带重孙媳妇，讲究体面的诰命夫人四世同轿，贾母是一品诰命夫人，贾蓉续妻是五品诰命夫人。贾蓉续妻最早出现在二十九回，当时没写姓氏；第五十八回写"贾母、邢、王、尤、许婆媳祖孙等皆每日入朝随祭"，排在尤氏后边的许氏显然就是贾蓉续妻。但后四十回再提到贾蓉续妻，又称为"胡氏"，且是京畿道胡老爷的女儿。驮轿后边跟着几辆大车，坐着婆子丫鬟，贾珍率领众家丁骑马护卫。贾琏打发贾赦、邢夫人上路，赶上贾母后，他率领家丁押后。贾珍、贾琏这二位可谓两府顶级花花公子，关键时刻需要起到家庭顶梁柱的作用。贾母最宝贝的孙子宝玉正因为误以为林妹妹要走的乌龙事件，病到拄了拐杖，不用一起去了。

贾府家长参加国丧，梨香院小戏子变成丫鬟，跟国丧期间的规定有关："凡有爵之家，一年内不得筵宴音乐，庶民皆三月不得婚嫁。"国丧期间如何守制？康熙年间曾发生过一起知名案件：康熙二十八年（1689），佟皇后国丧期间，洪昇在家招伶人给朋友上演《长生殿》，被与他有私怨的给事中黄六鸿告发，洪昇被革去国子监学籍，参与听戏的官员被罢官，其中包括著名诗人赵执信。洪昇和赵执信此后再也没能当官，有人作诗感叹："可怜一曲长生殿，断送功名到白头。"康熙四十三年（1704），曹雪芹祖父曹寅集合江南名士，请洪昇到江宁织造府，把洪昇让到上座，大演《长生殿》三天三夜；其间两个人对着剧本看演出，边看边讨论、修改。这是曹家的真实历史，在当时被传为美谈。曹雪芹对祖辈和大戏剧家的交往颇为自豪，对国丧期间的相关规定、禁忌非常熟悉。他巧妙地把这桩国丧事件处理成大观园短暂的权力真空时期，小丫鬟、老婆子们一个一个登台表演，简直要乱世为王。伟大小说家的构思，真是麻姑掷米，粒粒皆为金砂。

贾母他们去给老太妃送丧，贾府没了头领，乱成一团，按下葫芦起来瓢：第五十八回藕官在大观园里烧纸，第五十九回丫鬟春燕和她娘闹起来了。

贾母去送丧，本来赖大他们处理得很严谨，把上房门关了，日落时关仪门，谁也不能出入。晚上，林之孝家的带领老婆子上夜，好像安排得十分妥当，但内部矛盾越来越多。

贾宝玉的女性三段论

宝钗早上叫湘云起来。湘云说脸上发痒，大概犯了杏斑癣，让宝钗给她些蔷薇硝搽一搽。蔷薇硝是大观园姑娘自己制作的、带脱敏作用的化妆品。宝钗说我这儿没有了，叫莺儿到黛玉那儿去取些来。莺儿答应了，蕊官要求和她一块儿去，顺便瞧瞧藕官。

藕官本和菂官是一对，菂官死后，补了蕊官演小旦，她和蕊官又成了恩恩爱爱的假夫妻。莺儿和蕊官两人到了柳叶渚，莺儿折了些柳枝叫蕊官拿着，她边走边编篮子。看到漂亮的花朵，就摘下花朵编到篮子上。到了潇湘馆，林黛玉正晨妆，看到篮子说："这个新鲜花篮是谁编的？"莺儿说："我编了送给姑娘顽的。"林黛玉夸奖道："怪道人赞你的手巧，这顽意儿却也别致。"这一夸，夸出莺儿编篮子的兴趣，再编就编出矛盾来了。

莺儿来要蔷薇硝，黛玉叫紫鹃包了一包，叫莺儿拿回去。

贾母离开贾府，最不放心的人是黛玉，于是拜托薛姨妈照顾黛玉。薛姨妈搬到潇湘馆，对黛玉起居用药，照顾得无微不至。在紫鹃试宝玉时，黛玉已认薛姨妈做妈，现在对宝钗直接叫"姐姐"，对薛姨妈直接叫"妈"。可怜的绛珠仙子，像落水者抓住救命稻草一样，寻找世间温暖。薛姨妈和薛宝钗给她温暖，她就被感动得视如亲母、亲姐。有红学家说林黛玉认了个"狼外婆"当妈，薛姨妈是到潇湘馆监视林黛玉，阻碍"木石姻缘"的。我觉得薛姨妈没有这么奸诈，她是个有同情心的妇人。可怜的林姑娘自幼父母双亡，又没个兄弟姐妹，现在有个干妈，有个宝姐姐，都爱护她、照顾她，让她的孤寂心灵暂时得到一些温暖，这是好事。

黛玉跟莺儿说，你回去说与姐姐，不用过来问候妈了，我待会儿就和妈过去，也在那边吃饭。莺儿想叫蕊官一块儿回去，但蕊官正和藕官聊得高兴，不愿分开。莺儿说："姑娘也去呢，藕官先同我们去等着岂不好？"紫鹃特别善解人意，说："这话倒是，他这里淘气的也可厌。"她说着便把黛玉吃饭专用的匙子、筷子用西洋布毛巾包好，交给藕官："你先带了这个去，也算一趟差了。"藕官接了，三人顺着柳堤走来。莺儿又采了些柳条，坐在柳树下编起来，叫蕊官先去送了硝再回来。莺儿正在编的时候，春燕来了。春燕的妈何婆是芳官干娘，就是把芳官从"莺莺小姐"变成"拷打红娘"的那个婆子。

春燕说："姐姐编什么呢？"正说着，春燕看到蕊官和藕官两个回来了，就问藕官："前儿你到底烧什么纸？被我姨妈看见了，要告你没告成，倒被宝玉赖了他一大些不是，气的他一五一十告诉我妈。"春燕是怡红院的小丫鬟，她的亲人在大观园形成了一个"下人小网络"。她妈是芳官干娘，她姑妈管着柳树、花草，她姨妈是抓住藕官烧纸的婆子。藕官发了番牢骚，说这些年，干娘用了我们不少钱，还怨天怨地。春燕精明懂事，不给姨妈辩护，反而说姨妈的不是。但她又不能自己说姨妈不好，就举出贾宝玉的一番话。她这番话，就成了红学家研究贾宝玉思想的重要资料。

春燕说："他是我的姨妈，也不好向着外人反说他的。怨不得宝玉说：'女孩儿未出嫁，是颗无价的宝珠；出了嫁，不知怎么就变出许多的不好的毛病来，虽是颗珠子，却没有光彩宝色，是颗死珠了；再老了，更变的不是珠子，竟是鱼眼睛了。分明一个人，怎么变出三样来？'"春燕闲谈中讲出贾宝玉的著名学说，有红学家考证，贾宝玉的"女人三段论"，和著名思想家李卓吾[1]的观点有些相通。

李卓吾在《童心说》中称："夫童心者，真心也。若以童心为不可，是以真心为不可也。夫童心者，绝假纯真，最初一念之本心也。若失却童心，便失却真心；失却真心，便失却真人。人而非真，全不复有初矣。……童心既障，于是发而为言语，则言语不由衷；见

---

1 李卓吾：即李贽，号卓吾，明代思想家、文学家。——编者注

而为政事，则政事无根柢；著而为文辞，则文辞不能达。"他认为，人保持童心，就是保持真心，如果失掉真心，也就不再是真人，写文章会言不由衷、词不达意，处理政事会没有根底。贾宝玉说女孩儿没出嫁是颗无价宝珠，因为她没受到人世间恶浊的污染，没受到男人影响，还保留着少女的纯洁、真诚；出嫁后，因为接触利欲熏心的男子，为适应恶俗的社会，渐渐丧失了少女原本的清纯，变得世故甚至势利起来；再老了，沾上贪利之心，就变成鱼眼睛了。梨香院婆子们只关注干女儿的生活补助，不照顾她们的生活；管理大观园花草的婆子，只看到一草一木都是钱，针眼大的利益都计较，人情脸面一点儿也不讲。

春燕用少女的纯真视角观察自己的母亲、姑妈、姨妈，看到她们自私自利、金钱至上的本质，她们已经成了贾宝玉说的鱼眼睛。春燕说，我妈和姨妈，她姊妹两个如今越老越把钱看得真了。她们原来都没有差使，后来我到怡红院，自己的花销不用家里管，每个月还有四五百钱的余钱，她们老姐妹到梨香院照看学戏的，都成了小戏子的干娘。有了芳官和藕官那份钱，家里更宽裕了。"你说好笑不好笑？我姨妈刚和藕官吵了，接着我妈为洗头就和芳官吵。"她说本来她妈要给她洗头，她不洗，大概是意识到她妈打算让她先洗完再让芳官洗，觉得没意思。她妈还是把她的妹妹小鸠儿叫来先洗了。春燕还提到她妈要去给宝玉吹汤的事，觉得她妈真是太不懂事了。她对藕官说："你这会子又跑来弄这个。这一带地上的东西都是我姑妈管着，他一得了这地方，比得了永远基业还利害，每日起早睡晚，自己辛苦了还不算，每日逼着我们来照看，生恐有人糟蹋，我又怕误了我的差使。如今我们进来了，老姑嫂两个照看得谨谨慎慎，一根草也不许人动。你还掐这些花儿，又折他的嫩树，他们即刻就来，仔细他们抱怨。"

　　春燕抱怨藕官，实际是提醒莺儿，不要在这儿编花篮了。但莺儿自我感觉良好，觉得宝钗的身份在大观园有特权，应该特别受尊重，自己作为她的丫鬟，应该也没人敢指责。莺儿说："别人乱折乱掐使不得，独我使得。自从分了地基之后，各房里每日皆有分例，吃的不用算，单管花草顽意儿。"她还说，管花草的婆子们每天都会剪下一些花草给姑娘们送来，只是宝姑娘从来都不要。莺儿觉得"我今便掐些，他们也不好意思说的"。莺儿高估了自己，也高估了宝姑娘。大观园的婆子才不管你是谁，你掐了她的花或柳条，她就不高兴。

　　春燕的姑妈来了，莺儿和春燕让坐。婆子一看，又折柳条又折鲜花，浪费我多少钱？就说春燕，我叫你来照看照看，你就贪玩不去了。春燕说，你又使唤我，这会儿又说我，难道要把我劈八瓣才行？莺儿还是自我感觉良好，觉得如果是自己折花，婆子总该给个面子吧。她就开玩笑说："姑妈，你别信小燕的话。这都是他摘下来的，烦我给他编，我撺他，他不去。"这下春燕可就倒霉了。春燕说，你别开玩笑，我姑妈会当真的。老婆子果然相信了，她本来就唯利是图，正因折了她的柳条，心疼得要命，一听莺儿那么说，马上拿起拐杖往春燕身上敲了几下，骂："小蹄子，我说着你，你还和我强嘴儿呢。你妈恨的牙根痒痒，要撕你的肉吃呢。你还来和我强梆子似的。"春燕当着朋友被亲戚打了，很丢人。她说："莺儿姐姐顽话，你老就认真打我。我妈为什么恨我？我又没烧糊了洗脸水，有什么不是！"这话太棒了，洗脸水怎么可能烧煳？意思就是自己没有过错。

　　莺儿劝："我才是顽话，你老人家打他，我岂不愧？"婆子一点儿不给她留面子："姑娘，你别管我们的事，难道为姑娘在这里，不许我管孩子不成？"莺儿很生气，只好继续编篮子，没想到又来了个更蠢的。春燕妈一来，姑妈就向她告状，拿石头上的花柳给她看，说你闺女这么大的孩子弄这个玩，领着人糟蹋我！春燕妈正为芳官的事生气，上来就打了春燕一个耳刮子。婆子的昏聩、糊涂，在她们的用词上表现得非常生动，比如姑妈骂春燕"小蹄子"，亲妈骂春燕"小娼妇"。"小娼妇，你能上去了几年？你也跟那起轻薄浪小妇学，怎么就管不得你们了？干的我管不得，你是我自己生出来的，难道也不敢管你不成！既是你们这起蹄子到的去的地方我到不去，你就该死在那里伺候，又跑出来浪汉。"妈妈骂亲生女儿竟然骂出"小娼妇""浪汉"这样的话，还抓起柳条子送到女儿脸上说："这叫作什么？这编的是你娘的什么！"莺儿说："那是我们编的，你老别指桑骂槐。"婆子本来就特别妒忌袭人、晴雯这类人，又看到她姐姐的冤家藕官在旁边，一肚子怨气，便借着打女儿出气。春燕边哭边往怡红院跑，她妈怕她告诉怡红院的人，赶快去追，边追边喊："你回来！我告诉你再去。"春燕当然不会停下。曹雪芹擅长在行文中取乐，婆子一跑，被脚下青苔滑倒，摔了个大跟头，被莺儿三人嘲笑了。然后莺儿赌气把花篮、花朵、柳条全扔到河里了。

怡红院的新鲜事

春燕跑回怡红院，一把抱住袭人说："姑娘救我！我娘又打我呢。"袭人脾气好，但这时也不免生气，对春燕妈说："三日两头儿打了干的打亲的，还是卖弄你女儿多，还是认真不知王法？"婆子却要袭人"别管我们闲事"，还说"都是你们纵的"，继续赶着打。袭人气得回身进屋去，麝月正在院里晾手巾，听见闹起来了，对袭人说："姐姐别管，看他怎样。"同时使眼色给春燕，叫她往宝玉那儿跑。春燕于是直奔宝玉那儿去。大家都笑起来，大观园身份最低的婆子跑到大观园凤凰身边打人，可是从来没有的事！

麝月对婆子说："难道这些人的脸面，和你讨一个情还讨不下来不成？"婆子见女儿跑到宝玉那里，只好站住。宝玉问怎么回事，春燕就把刚才的事说了。贾宝玉着急了，你们爱怎么吵怎么吵，怎么还得罪亲戚？他说的"亲戚"是指薛宝钗。麝月说："怨不得这嫂子说我们管不着他们的事，我们虽无知错管了，如今请出一个管得着的人来管一管，嫂子就心服口服，也知道规矩了。"对旁边一个小丫头说："去把平儿给我叫来！平儿不得闲就把林大娘叫了来。"小丫头应了就走，大概希望婆子被治一治。怡红院的媳妇跟春燕的妈说："嫂子，快求姑娘们叫回那孩子罢。平姑娘来了，可就不好了。"婆子昏聩过头，也可能对怡红院乃至贾府的形势不是很了解，居然说："凭你那个平姑娘来也凭个理，没有娘管女儿大家管着娘的。"大家说："你当是那个平姑娘？是二奶奶屋里的平姑娘。他有情呢，说你两句，他一翻脸，嫂子你吃不了兜着走！"

小丫头已回，说："平姑娘正有事，问我做什么，我告诉了他，他说：'既这样，且撵他出去，告诉了林大娘在角门外打他四十板子就是了。'"平儿代表王熙凤管家，可以直接处置下人。春燕妈一听，撵出去就没收入了，还得挨四十板子，只得泪流满面地央告袭人，我好不容易进来的，我是寡妇，家里没人，正好一心无挂地服侍姑娘们，我要是被撵出去，就没有生活来源了。袭人有同情心，说："你既要在这里，又不守规矩，又不听说，又乱打人。那里弄你这个不晓事的来天天斗口，也叫人笑话，失了体统。"晴雯说："理他呢，

203

打发去了是正经。谁和他去对嘴对舌的。"婆子又央求众人，央求自己女儿："原是我为打你起的，究竟没打成你，我如今反受了罪，你也替我说说。"贾宝玉心软，决定留下她，吩咐以后不能再闹。婆子谢过众人走了。

平儿来了，问怎么回事，袭人说，已经处理完了。平儿笑道："'得饶人处且饶人'，得省的将就些事也罢了。能去了几日，只听各处大小人儿都作起反来了，一处不了又一处，叫我不知管那一处的是。"贾母他们刚走，贾府已经乱了套，矛盾一个又一个，这次冲突是最小的，后面还有大的。

贾府内部越来越混乱，衰落已经不可挽回了。大观园也不是世外桃源，矛盾冲突不断，下人们不守秩序，搞得鸡飞狗跳。第六十回还会闹出更激烈的矛盾——赵姨娘闹到怡红院了。

鸡毛蒜皮引风波

——第六十回　茉莉粉替去蔷薇硝　玫瑰露引来茯苓霜

　　第六十回又是大观园奴仆之间的矛盾。茉莉粉是芳官拿来冒充蔷薇硝给贾环的，引得赵姨娘大闹；芳官把宝玉不大需要的玫瑰露送给厨房主管柳嫂子的女儿柳五儿，柳嫂子倒了些送给娘家侄子吃，她的嫂子回赠她一包茯苓霜。茉莉粉、蔷薇硝、玫瑰露、茯苓霜，这几样东西引起了大观园的风波。

　　第五十九回平儿来处理怡红院的事，平儿说：现在园里闹出大小很多事，不知管哪处才好。这时李纨派丫鬟来找平儿，她赶快走了。大家说，她奶奶病了，她成香饽饽了。宝玉又让春燕跟她妈到宝姑娘房里给莺儿说几句好话。宝玉为人周到，觉得春燕和她妈得罪了莺儿，该去赔礼。春燕母女出去后，宝玉又隔着窗户嘱咐，"不可当着宝姑娘说，仔细反叫莺儿受教导"，他考虑得很周到。

　　娘儿两个出来边走边说闲话。春燕告诉她妈，宝玉常说将来这屋里的人，不管是不是家生子，他都要回太太全放出去。贾宝玉的民主思想先于伟大的俄国作家列夫·托尔斯泰出现。托尔斯泰是大地主，他要解放农奴，而《红楼梦》中的贾宝玉做得比他还早，这其实是曹雪芹的思想。

她们到了蘅芜苑，宝钗、黛玉、薛姨妈正吃饭，莺儿去倒茶，春燕母女给她赔了礼。她们告辞要走，蕊官给她们一个纸包，让她们带去给芳官。从黛玉那儿给史湘云要来的蔷薇硝，她居然分了一些给芳官。

小小一包蔷薇硝又引起了轩然大波，《红楼梦》中的"首席丑角"赵姨娘参与进来了。

芳官来个调包计

春燕回怡红院，宝玉看见，点点头，知道她赔过不是了。春燕使了个眼色给芳官，芳官跟她出来，她把蔷薇硝给了芳官。宝玉为什么不问春燕给莺儿赔不是的事？因为贾环和贾琮来问候他了，宝玉和他俩没什么可说的，看到芳官手里有东西，就有一搭无一搭地问她拿的是什么东西。芳官递给宝玉看，说是搽春癣的蔷薇硝。贾环伸头瞧，嗅到一股清香，弯腰从靴筒里掏出一张纸来说："好哥哥，给我一半儿。"真是厚颜无耻，哥哥的丫鬟从小伙伴那里得到蔷薇硝，一个做少爷的，居然好意思向小丫鬟要，而且要一半儿。宝玉只好答应，但芳官想着是蕊官所送，不愿意给他，说："别动这个，我另拿些来。"原来芳官自己也有蔷薇硝，结果不知为什么找不着了，问别人也不清楚。麝月说：忙着找这个干什么，随便给他点儿别的就是了，他们也不认识，赶紧打发他走了，咱们好吃饭。芳官于是包了一些茉莉粉给贾环，贾环伸手来接，芳官把纸包往炕上一扔，贾环只好拾起来揣在怀里。从这个小动作可以看出来，芳官虽是怡红院小丫鬟，却瞧不上贪小便宜的环三爷，连给他递个东西都不愿意，得扔到炕上让他自己拿。

贾环得了"蔷薇硝"，兴致勃勃地找彩云。彩云正和赵姨娘闲谈，贾环赶快献宝，把"蔷薇硝"给了彩云。彩云拿过来一看就笑了，说："这是他们在哄你这乡老呢。这不是硝，这是茉莉粉。"贾环看了看，觉得这也是好的，并没计较，让她留着搽就是了。彩云就收了。其实已经没什么事了，但唯恐天下不乱的赵姨娘说："有好的给你！谁叫你要去了，怎怨他们耍你！依我，拿了去照脸摔给他去，趁着这回子撞尸的撞尸去了，挺床的便挺床，吵一出子，大家别心净，也算是报仇。"赵姨娘竟然说贾母和王夫人外出是"撞尸"，把王熙凤生病说成"挺床"；如果没有深仇大恨，怎么能恶口悲古地咒骂别人？她还说："宝玉是哥哥，不敢冲撞他罢了。难道他屋里的猫儿狗儿，也不敢去问问不成！"贾环不敢去问，彩云也劝她忍耐些。但赵姨娘说："乘着抓住了理，骂给那些浪淫妇们一顿也是好的。"又骂贾环："你这下流没刚性的，也只好受这些毛崽子的气！平白我说你一句儿，或无心中错拿了一件东西给你，你倒会扭头暴筋，瞪着眼，蹬摔娘。"贾环不敢去，被生母骂得又愧又急，就说："你这么会说，你又不敢去，指使了我去闹。倘或往学里告去挨了打，你敢自不疼呢？遭遭儿调唆了我闹去，闹出了事来，我挨了打骂，你一般也低了头。"看来赵姨娘不止一次挑唆贾环闹事，贾环也不止一次因此挨揍。"这会子又调唆我和毛丫头们去闹。你不怕三姐姐，你敢去，我就服你。"这一句话戳到了赵姨娘的痛处：亲生女儿不认她这个娘。她喊着说："我肠子里爬出来的，我再怕起来！这屋里越发有得说了。"她拿起那一包粉来，飞也似的跑出去了。

赵姨娘大闹怡红院

赵姨娘跑进大观园，顶头遇见藕官的干娘夏婆子。夏婆子看到赵姨娘气冲冲地走来，就问她要去哪儿，赵姨娘把这些事跟夏婆子说了一遍。夏婆子一听，正中己怀。藕官烧纸那次，抓住她要告发的就是夏婆子。夏婆子听说芳官以茉莉粉冒充蔷薇硝给贾环，就说："我的奶奶，你今日才知道，这算什么事。连昨日这个地方他们私自烧纸钱，宝玉还拦到头里。……这烧纸倒不忌讳？你老想一想，这屋里除了太太，谁还大似你？你老自己撑不起来，但凡撑起来的，谁还不怕你老人家？如今我想，乘着这几个小粉头儿恰不是正头货，得罪了他们也有限的，快把这两件事抓着理扎个筏子，我在旁作证据，你老把威风抖一抖，以后也好争别的理。"赵姨娘本来倒三不着两，别人一戴高帽，她更是昏头昏脑的不知自己姓什么了。赵姨娘连忙问烧纸是怎么回事，夏婆子便把藕官的事说了，又敲一句："你只管说去。倘或闹起，还有我们帮着你呢。"夏婆子连说两次要给赵姨娘做证，她真敢给赵姨娘做证吗？看后面情节就知道，只要损害了她自己的利益，她跑得比兔子还快。

赵姨娘仗着胆子进了怡红院。芳官她们正在吃饭，一看赵姨娘来了，都站起来笑着让"姨奶奶吃饭"，赵姨娘尽管身份也是奴才，毕竟年纪大，比她们地位高些；她本应讲究点儿分寸，顾点儿脸面，但这时她不仅不搭理小姑娘的话，反而径直把那包粉照芳官脸上撒来，指着芳官骂："小淫妇！你是我银子钱买来学戏的，不过娼妇粉头之流！我家里下三等奴才也比你高贵些的，你都会看人下菜碟儿。宝玉要给东西，你拦在头里，莫不是要了你的了？拿这个哄他，你只当他不认得呢！好不好，他们是手足，都是一样的主子，那里有你小看他的！"

赵姨娘骂芳官，非常不得体，一个姨太太骂小丫鬟是"小淫妇"。而且她心里没数，头一句话就说错了，芳官怎么是她买来学戏的？连她都是被贾家买断的家生子奴才。而且贾环明明是要芳官的东西，怎么成了宝玉要给、芳官拦着？"莫不是要了你的了"，这句话直接是自我打脸。芳官一边哭一边反驳："没了硝我才把这个给他的。……我便学戏，也没往外头去唱。我一个女孩儿家，知道什么是粉头面头的！姨奶奶犯不着来骂我，我又不是姨奶奶家买的。'梅香拜把子——都是奴儿'呢！"这句话戳穿了赵姨娘的身份——你也不过是奴才！赵姨娘气急败坏，上来就打了芳官两个耳刮了。袭人等赶快劝，芳官撞头打滚："你打得起我么？你照照那模样儿再动手！我叫你打了去，我还活着！"一头撞到赵姨娘怀里叫她打，大家赶紧劝架。晴雯悄悄拉住袭人："别管他们，让他们闹去，看怎么开交！如今乱为王了，什么你也来打，我也来打，都这样起来还了得呢！"晴雯"斜着冷眼观螃蟹，看他横行到几时"，就想看这个姨太太，在宝玉这儿能闹成什么样。

湘云屋里的大花面葵官、宝琴屋里的荳官听说芳官被打，跑去跟藕官、蕊官说："芳官被人欺侮，咱们也没趣，须得大家破着大闹一场，方争过气来。"四个小孩儿跑进怡红院，荳官一头几乎把赵姨娘撞一跤，那三个也拥上来，放声大哭，手撕头撞，把赵姨娘裹住。藕官和蕊官一边一个，抱住赵姨娘左右手，葵官和荳官一前一后，拿头顶住赵姨娘："你只打死我们四个就罢！"芳官直挺挺躺在地下，哭得晕过去。蔡义江先生对这一段做出了俏皮的点评："想不到这些平时只扮演莺莺、红娘角色的人，也能演出一场全武行。人人奋不顾身，一拥而上，赵姨娘一人怎敌得过十只手，她又不是双枪陆文龙!"《红楼梦》有意思,研究《红楼梦》不要像老学究一样,一个劲儿考证来考证去,从细节读出趣味,才更好玩。

晴雯等丫鬟一边笑,一边假意去拉。她为赵姨娘出洋相而笑,"假意去拉"是做出劝架的样子,这样的举动很符合晴雯的个性,她还早就派春燕去报告探春。探春、尤氏、李纨带着平儿等人来了,把四个小丫鬟喝住,问起缘故,"赵姨娘便气的瞪着眼,粗了筋,一五一十说个不清"。不知赵姨娘的原型怎么得罪了曹雪芹,作者在整部小说中对赵姨娘就没写过一句好话,这个形象真是太丑恶了。尤氏、李纨两人不说什么,只是把那四个人喝住,自然因为碍着探春的面子。探春叹了口气,自己的生母居然和小丫鬟打起来,太让她没面子了。她说:"这是什么大事,姨娘也太肯动气了!我正有一句话要请姨娘商议,怪道丫头说不知在那里,原来在这里生气呢,快同我来。"她只想尽快让她的生母离开这里,免得继续出丑。赵姨娘只得同她们三人出来,口内犹说长道短,探春说:"那些小丫头子们原是些顽意儿,喜欢呢,和他们说说笑笑,不喜欢便可以不理他。便他不好了,也如同猫儿狗儿抓咬了一下子,可恕就恕,不恕时也只该叫了管家媳妇们去说给他去责罚,何苦自己不尊重,大吆小喝失了体统。你瞧周姨娘,怎不见人欺他,他也不寻人去。我劝姨娘且回房去煞煞性儿,别听那些混帐人的调唆,没的惹人笑话,自己呆,白给人做粗活。心里有二十分的气,也忍耐这几天,等太太回来自然料理。"赵姨娘被亲生女儿劈头盖脸地教训一顿,哑口无言。探春还以同为贾政姜室的周姨娘为例,讽刺赵姨娘:人家怎么从来没有这种事,你怎么不跟她学学?

"赵姨娘大战小戏子"的场面好玩,好看,耐人寻味。赵姨娘动手打芳官,后来芳官的"外援"来了,她们是不是要仗着人多势众群殴赵姨娘？没有。小姑娘们闹事，仍讲究长幼有别，闹得有理、有利、有节；她们只困住赵姨娘，让她动弹不得，小生藕官和小旦蕊官，一边一个抱着赵姨娘的手，大花面葵官和小花面荳官，一前一后用头顶住赵姨娘，嘴里喊"你只打死我们四个就罢"，完全没有动手打赵姨娘。设想如果这些女孩儿把赵姨娘打得头发散乱、身上有伤，探春还能仅仅把赵姨娘带走了事吗？敢打姨太太的小丫鬟们可能就要被打板子了。赵姨娘只是被困住，出了洋相，并没真正被打，更没受伤，探春想处理这帮小丫鬟也没理由。

探春心里清楚，生母这次大出洋相，肯定有人在背后挑唆，于是让人调查是谁挑唆的。被分给探春的小戏子艾官悄悄告诉探春："都是夏妈和我们素日不对，每每的造言生事。前儿赖藕官烧钱，幸亏是宝玉叫他烧的，宝玉自己应了，他才没话。今儿我与姑娘送手帕去，看见他和姨奶奶在一处说了半天，嘁嘁喳喳的，见了我才走开了。"艾官的揭发是对的，夏婆子和赵姨娘唧唧喳喳说了半天，就是在挑唆赵姨娘闹事。探春很谨慎，只应着，并未以此为证据查办夏婆子。

大观园人事关系复杂，夏婆子的外孙女蝉姐儿恰好在探春处当差，大概也是一个月拿五百钱的小丫鬟。翠墨叫蝉姐儿买糕去，蝉姐儿说，刚扫完院子，腰腿生疼，叫别人去吧。翠墨说："你趁早儿去，我告诉你一句好话，你到后门顺路告诉你老娘[1]防着些儿。"还把艾官揭发夏婆子的事告诉了她。蝉姐儿一听，赶快接了钱找她姥姥去了。她到了厨房，派一个婆子出去买糕，然后一边骂一边把刚才的话告诉了夏婆子。夏婆子又气又怕，想去质问艾官，又想找探春诉冤，之前挑唆赵姨娘的豪气早就烟消云散了。蝉姐儿还算聪明，

---

1 老娘：此处指姥姥、外婆。——编者注

赶紧拦住了夏婆子。如果这蠢婆子真去向探春"此地无银三百两"地表白，她就连外孙女儿和翠墨都出卖了。

曹雪芹似乎特别喜欢"冤家路窄"这条规律，"赵姨娘大战小戏子"的起因，是芳官糊弄贾环，然后一环扣一环，发展到蝉姐儿来向夏婆子报信时，恰好芳官来找柳家媳妇："柳嫂子，宝二爷说了，晚饭的素菜要一样凉凉的酸酸的东西，只别搁上香油弄腻了。"柳家的说："知道，今儿怎遣你来告诉这么一句要紧话。你不嫌脏，进来逛逛儿不是？"芳官进入厨房，替蝉姐儿买糕的婆子回来了，芳官开玩笑说："谁买的热糕？我先尝一块儿。"芳官刚从戏班进入大观园，因受宝玉宠爱，处事不知分寸，别人买的糕，她也不问哪个小姐要的，居然要先吃一口。蝉姐儿说："这是人家买的，你们还稀罕这个。"这就有点儿酸溜溜的了，意思是你们怡红院的人还稀罕别人的糕？柳嫂子赶快说："芳姑娘，你喜吃这个？我这里有才买下给你姐姐吃的，他不曾吃，还收在那里，干干净净没动呢。"于是拿一碟子出来给芳官，又去给芳官倒茶。柳嫂子为什么对芳官格外热情？她有自己的小算盘。芳官拿着那糕，举到蝉姐儿脸前说：谁稀罕吃你那个糕，你给我磕头我也不吃！芳官非常任性，居然把糕掰成一块一块的，扔到外面喂小鸟，还说："柳嫂子，你别心疼，我回来买二斤给你。"蝉姐儿气得冷笑道："雷公老爷也有眼睛，怎不打这作孽的！"媳妇们连忙说，算了，不要见面就吵架。

柳嫂子见别人都走了，出来和芳官说："前儿那话儿说了不曾？"柳嫂子曾在梨香院厨房当差，和小戏子们关系不错，比其他干娘对她们好得多。她看到芳官到了怡红院，又听说宝玉将来要把丫鬟们都放出去，也想让女儿去怡红院当丫鬟，拜托芳官去跟宝玉说。芳官觉得这事容易，但现在探春管家，要拿几个有面子的作法，暂时不能提这事。

玫瑰露引出茯苓霜

芳官回到怡红院，在这之前，她把宝玉的玫瑰露倒了点儿给柳五儿。玫瑰露当初是贾元春送给王夫人的，小玻璃瓶上贴着鹅黄笺，即皇家标志。宝玉被打后，王夫人心疼他，就给了他两小瓶玫瑰露调养。这么珍贵的东西，芳官居然倒了些给柳五儿。柳嫂子说柳五儿吃了特别喜欢，芳官说"等我再要些来给他"，回来跟宝玉一说，宝玉就说，"你都给他去罢"。如果芳官只拿杯子倒给柳五儿一些，还不至于引发后面的情节；连小瓶子一起拿去，就酿成大事故了。

芳官拿了小瓶子去，柳五儿恰好在，芳官告诉她："就剩了这些，连瓶子都给你们罢。"五儿问芳官："我的话到底说了没有？"芳官告诉她现在不能说，三姑娘找人扎筏子，要寻我们屋里的事还没寻着，何苦往网里碰去，不如等老太太、太太闲了，先和她们说了，没有办不成的。宝玉身边的小丫鬟名额此时已经缺了两个人：小红，凤姐要了去；坠儿，轰出去了。

柳嫂子去看五儿的表哥，把珍贵的玫瑰露倒了一些去，从井上取凉水和起来，给侄子喝了一碗。恰好几个小厮来问候她侄儿，其中有一个叫钱槐，这名字有趣，"钱槐"不就是"钱坏"？他是赵姨娘的内侄，陪着贾环上学。他看上了柳五儿，一再求婚，五儿不干；而且五儿最近想进怡红院，就更不想接受钱槐求婚了。柳嫂子见钱槐在，就跟哥嫂告别。她的嫂子取出一个纸包，送她出来，说：这是你哥哥昨天天门上当班，有官员来拜，送了两篓子茯苓霜，你哥哥分了这点儿，这东西最补人，给外甥女吃吧。我本想去瞧瞧她，现在主子不在家，各处查得严，我也没差使，不能往那儿跑，听说最近里面"家反宅乱"，去了反而惹麻烦，你正好来了，帮我把茯苓霜带给外甥女吧。

《红楼梦》是封建社会的百科全书，它在写宝黛爱情和凤姐理家的同时，笔触深入封建家庭的角角落落，写到身份低微的粗使丫鬟、粗使婆子，他们人生中有什么样的烦恼，他们之间发生什么样的纠葛，借助茉莉粉、蔷薇硝、玫瑰露、茯苓霜这些微不足道的小物件，把当时的社会生活巧妙地描绘出来。伟大的作家用一滴水可以照见太阳，曹雪芹就是这样的伟大作家。

《红楼梦》是结构严密的长篇小说，它像一张网，哪个网结起什么作用，牵拉哪条线索，作者考虑得非常周全，在极其细微的地方，也毫不松懈。大观园奴仆的故事已经连续讲述了三回，奴仆之间有个小网络。围绕懂事善言的小丫鬟春燕，她的妈妈、姨妈、姑妈，分别跟刚进入大观园的小戏子们发生矛盾；围绕刁蛮任性的小丫鬟芳官，以及原戏班的这"官"那"官"，分别发生了这样那样的故事；五儿想通过芳官进入怡红院，赵姨娘的内侄却在惦记五儿……小物件构成小故事，小人物互相有牵连，牵一发而动全身，妙不妙？

更妙的是，当我们读着看似鸡毛蒜皮的小故事时，当我们因几位闪亮的女主角王熙凤、林黛玉、薛宝钗忽然"失踪"感觉有点儿落寞时，男主角贾宝玉仍站在故事中心，从第五十八回到第六十回，这些鸡毛蒜皮、鸡争鹅斗的故事，都发生在贾宝玉身边，都和怡红院有这样那样的联系，贾宝玉的思想也在不经意中初露峥嵘："假凤虚凰"关乎他未来与黛玉、宝钗的关系；春燕说到"女人从宝珠到鱼眼睛"的怪论，其实是宝玉离经叛道观念的体现；柳嫂子想通过芳官把五儿送进怡红院，则是被宝玉"解放奴隶"的前瞻性思想打动的结果。

贾母他们不在家，整个贾府"家反宅乱"，连柳嫂子都听到了风声。柳嫂子带回来的茯苓霜，在后面一回还会惹出王夫人那里的失窃案。

图书在版编目（CIP）数据

马瑞芳品读红楼梦. 4 / 马瑞芳著. —成都：
天地出版社，2023.5
ISBN 978-7-5455-7538-5

Ⅰ.①马… Ⅱ.①马… Ⅲ.①《红楼梦》研究 Ⅳ.
①I207.411

中国版本图书馆CIP数据核字（2022）第253012号

MA RUIFANG PINDU HONGLOUMENG 4

马瑞芳品读红楼梦4

出 品 人	陈小雨　杨　政
作　　者	马瑞芳
责任编辑	吕　晴　柳　媛
责任校对	杨金原
封面设计	尚燕平
责任印制	王学锋

出版发行　天地出版社
　　　　　（成都市锦江区三色路238号　邮政编码：610023）
　　　　　（北京市方庄芳群园3区3号　邮政编码：100078）
网　　址　http://www.tiandiph.com
电子邮箱　tianditg@163.com
经　　销　新华文轩出版传媒股份有限公司

印　　刷　玖龙（天津）印刷有限公司
版　　次　2023年5月第1版
印　　次　2023年5月第1次印刷
开　　本　880mm×1230mm　1/32
印　　张　7
插　　页　48P
字　　数　203千字
定　　价　68.00元
书　　号　ISBN 978-7-5455-7538-5

喜马拉雅策划出品

《马瑞芳品读红楼梦》现已全部上线，
欢迎大家扫码收听

课程简介

《红楼梦》生动地描绘了一个贵族大家庭的吃喝玩乐、生老病死、喜怒哀乐、婚丧礼祭，细致地描摹了一群贵族男女的诗意享乐、悲欢离合，可以看作一部艺术化的中国古代文化百科全书。

《马瑞芳品读红楼梦》是马瑞芳老师在总结数十年的研究成果后，逐回细讲《红楼梦》前八十回的倾心之作。从青丝到白发，她仍愿回到曹雪芹笔下，逐字逐句，和听众一起再历一次红楼大梦，从中品味《红楼梦》的人物情感，挖掘人物的复杂性格和内心世界，探寻家族盛衰荣辱背后的深刻原因，感受文学语言的优美洗练。

无论是在忙碌中寻静心，在休闲中寻意趣，在得意处寻惊醒，还是在失意处寻体悟，你都能产生共鸣。

欢迎收听更多精彩有声作品

《马瑞芳讲聊斋志异》
打开鬼狐神妖的奇幻世界

《听见·刘心武·读书与人生感悟》
茅盾文学奖得主刘心武八十自述

《必须犯规的游戏·重启》
危机四伏的逃生游戏再次开启

从声音到文字，分享人类智慧

天喜文化